天尽处

刘佳智◎著

云南出版集团
云南人民出版社

图书在版编目（CIP）数据

天尽处 / 刘佳智著. —昆明：云南人民出版社，2018.4
ISBN 978-7-222-16626-4

Ⅰ. ①天… Ⅱ. ①刘… Ⅲ. ①长篇小说-中国-当代
Ⅳ. ①I247.5

中国版本图书馆 CIP 数据核字（2017）第 286020 号

出 品 人：赵石定
责任编辑：段兴民　赵　红　黄粤榕
责任校对：金学丽　任　娜
装帧设计：唐敬乾
责任印制：代隆参

天尽处
TIAN JIN CHU
刘佳智　著

出　版　云南出版集团　云南人民出版社
发　行　云南人民出版社
社　址　昆明市环城西路 609 号
邮　编　650034
网　址　www.ynpph.com.cn
E-mail　ynrms@sina.com
开　本　889mm×1194mm　1/32
印　张　9.75
字　数　220 千
版　次　2018 年 4 月第 1 版第 1 次印刷
印　刷　云南新华印刷二厂
书　号　ISBN 978-7-222-16626-4
定　价　38.00 元

云南人民出版社微信公众号

如需购买图书、反馈意见，请与我社联系
总编室：0871-64109126　发行部：0871-64108507　审校部：0871-64164626　印制部：0871-64191534

自　序

亲爱的读者，当您打开这本书的时候，我要衷心感谢您，并首先向您谈谈我写作此书的一些想法。

旅居美国二十年了，在这段不算短的岁月中，我对美国社会有了一定程度的了解，得出一些个人的体会和看法。回忆二十多年前自己对美国的强烈向往，尽管时间已经过去，但我相信，今天像我当年一样的年轻人，仍然为数不少。我想以文艺作品的形式向这些年轻人介绍一些美国的情况，供他们参考。这是我的写作目的之一。

美国是个物质丰富、交通方便、住房宽敞、科技发达、自由、民主、空气好、人民生活水平相对高的国家，但它是否就像天堂一样？我以为不是。只要看看，美国这个金元帝国中，有很多人仍然对便宜几毛钱、甚至几分钱的东西更感兴趣；吸引人的分期付款是购屋、买车等的方便手段，但并非每个人都能得到；繁杂的税务、各种罚款、众多的诉讼等等对社会和人民的干扰、威胁和冲击……凡此种种，不一而足。此外，还有一些像小说中主人公事业失败后的悲惨遭际。然而，我还是想通过描述一定的社会现象，反映一定的社会现实，让读者可以客观地来分析这个问题。

美国的华人，包括老一辈和新一代移民，以及众多的留学人员，他们生活得怎样呢？他们的精神面貌、政治、经济状况如何？这也是我想表达的。而谈到华人，很自然会使人联想到，在美国相当普遍、几乎是很多华人的天地的中餐馆。事实上，美国的中餐馆有着不朽的功绩。它不仅大大促进了中国传统烹饪文化的发展，还解决了大部分华裔新移民（合法的和非法的）刚到美国时的生存问题；并且，一些留学人员能够学成，也在一定程度上依靠了中餐馆。因此，小说对中餐馆着墨较多，特别是作为中餐馆主要力量的炒锅师傅和侍者，把他们辛苦的工作，很少娱乐的生活做出较详细的描述。同时，也通过中餐馆的兴衰，反映出华人在美国创业的艰辛和他们坚韧不拔的毅力。

历来很多文艺作品都提倡真善美的人性，我也试图能达到这种效果。在小说《天尽处》中，像主人公黄蔚这样的人在现实生活中也许不多，但我深信一定有。如果通过这部小说的流传，能够出现更多像黄蔚一样品格高尚的人，那么，生活中各种矛盾、纷争将会减少，这就是我最大的收获了。

小说中不足的地方、错误、缺点一定很多，恳请亲爱的读者批评、指正。

天尽头，何处有香丘

《红楼梦》语

第一章

1

联合航空公司飞往美国的207号班机内，中国赴美留学生黄蔚正闭目半躺着。他希望小睡片刻，但始终不能入梦。前面正放电影，空中小姐偶尔在舱内走动并小声和乘客交谈。由于机舱内仍有部分空位，有人干脆躺在空位上大睡。

很多人为了某种期望或目标而历尽辛苦，但往往在期望得到兑现或达标时，却又觉得也不过如此，甚至有些寂寞、忧伤和唏嘘。在宁静的机舱内，黄蔚心中那份能来美国的兴奋早已烟消云散，取而代之的是一些说不出的滋味。

早在少年时代，黄蔚就好学上进。医药世代的家人为他设计的通向理想境界的道路是大学，研究生，一份好工作，以及学术上有所成就。黄蔚自己呢，则希望成为一名大学教授。他认为，教授既从事教学又参加科研，能造就多方面的才能。

“文化大革命”使黄蔚像千千万万青年学生一样成为知青。在乡下的日子，黄蔚既没有灰心，也没有放弃。他相信不会一辈子做农民。农业劳动可以权当一种锻炼体魄的手段。因此，他从不懈怠，闲暇时就看书学习，练练武艺，各项活动也表现积极。推荐工农兵大学生时，他榜上有名，进了高等学府的电机工程系。“文化大革命”告终，他也毕业，被分配到一个电机工厂。

工厂技术人员的职务本不是黄蔚所想，因此他废寝忘食地苦读几个月，考上硕士研究生，重新跨进大学。

就在黄蔚攻读硕士期间，随着改革开放政策的推行，整个国家出现一股出国热潮。这股浪潮对黄蔚形成颇大的冲击，他为当一名大学教授而奋斗的雄心被彻底搅乱。所以决定争取出国并要到美国。

在生活中，黄蔚文静的个性使他似乎显得男子气不足，但遇到问题时他的坚韧和刚毅，一旦定了目标，就会克服一切困难向前迈进的处事态度，又往往是同学朋友们所不及的。

为取得赴美的经济担保，他一面向美国的一些大学申请奖学金，一面请他家一位在美国的亲戚帮忙。为此目的，黄蔚不惜起五更，睡半夜，走南闯北，为这位亲戚联系了一桩桩生意。汗水没有白流，辛苦终有回报，这位亲戚答应借出所需费用，待黄蔚日后归还，并为黄蔚出具了经济担保。

托福考试顺利通过，美国俄亥俄州 Greenland 大学电机系的

Thomas 教授答应接收他。计划眼看成功了一半。和很多自费留学申请者一样，黄蔚的赴美签证办得并不顺利。总算那位长着小胡子的移民官员没有用“有移民倾向”宣判他的死刑，办理五次之后，终于获准。

签证拿到那天，黄蔚全家快乐到了极点。他们欢笑，庆祝，憧憬未来。可是，高兴过后，一家人离别在即，忧伤也随之而来。虽然妻儿不久也许可能赴美，但谁能保证！说实话，黄蔚没有一点把握，只能走一步算一步。

黄蔚起程那天，很多亲友前来送行。在机场，女儿玲玲和小朋友们玩得很高兴，对于将和爸爸分离，她似乎没有什么感觉，毕竟年纪太小。黄蔚就要登机了，妻子吴菁抱起玲玲走近黄蔚。“和爸爸说再见，祝爸爸一路顺风。”吴菁说。

小玲玲照妈妈的话做了，黄蔚亲了亲玲玲。这时，玲玲发现了妈妈脸上有泪。起先，她还像大人似的说道：“妈妈不要哭，过些天我们就能到美国去看爸爸了。”后来看到妈妈泪水不断，也忍不住哭了起来：“爸爸，你不要去美国了，不要去，不要去，还和妈妈我们在一起。”

看着泪人般的吴菁和女儿，黄蔚心里真不是滋味，情不自禁，也掉下泪来。时间不等人，亲友们都劝他，岳父说：“放心去吧，我们会照顾她们的。”

黄蔚掏出手绢，为吴菁和玲玲擦了擦眼泪，搂住她们，三个人的脸贴在一起，然后松开手，拎起提包，向入口奔去。

已经坐在靠窗口的座位上，透过机窗，黄蔚还依稀看见，吴菁抱着玲玲正站在大厅中可以看到飞机的落地玻璃窗后面，等待着飞机起飞，她们以挥手和黄蔚说最后的再见。

每次想起这番情景，黄蔚总是热泪盈眶。

“各位先生女士们……”空中小姐的声音打断了黄蔚的思绪。快到西雅图了，飞机也减慢了速度。黄蔚睁开双眼，坐直了点，系上安全带。现在大概是这里的下午吧，他心想，低头看看手表，又掀开遮光板。不错，外面太阳照得格外耀眼，缕缕白云在飞机四周飘动。透过云层，可以看到下面的山水、田园和城市宛如在轻纱之中，无比安详，优美。湖光山色和家乡所差无几，而各种各样的屋顶，建筑却和家乡大不一样。哦，我已经来到美国了！这时，黄蔚心中原有的热情慢慢重新升起。短暂的别离算得了什么，不正是为了明天更好的团聚？想到这里，他把身子坐得更直一些，几天来的低沉情绪开始渐渐消失。

2

因需要在这里转机，入关检查后，按照工作人员的指引，黄蔚向十二号门走去。机场大厅相当大，楼层也多，人来人往，十分繁忙。黄蔚连问了几次，才远远看到十二号门的牌子。

“先生，您好。”两天来第一次听到说中国话的声音。黄蔚循声音望去，眼前是一位亭亭玉立的东方少女。修长的身躯，蛋形脸，穿一件圆领白衬衫，海蓝背带裙，给人整洁、端庄的印象。

“你好。”黄蔚答道。寻思好像在哪里见过这位姑娘。

“能帮我一点忙吗?”姑娘问。有些着急，大概紧张的缘故，白皙的脸上泛着红晕。

“有什么事?”黄蔚问，投去友好而亲切的目光。

“我想打个电话，半天也拨不通。我的飞机快起飞了，真急人，我是通知他们来接我的。”

“没关系，你走吧，我一定负责把电话打通。请留下电话号码和姓名。”黄蔚安慰她，掏出笔和一个小本本。

“那就太谢谢了。我叫叶贞，这是电话号码，请找 Mr. Jason，我的飞机今晚八点三十分到当地机场，请他们接机。时间关系，后会有期。”叶贞说着，递给黄蔚一个小纸头，眉眼之间流露出感激、信任和安慰。一个微笑，使她五官俊俏的脸看上去更觉秀丽。接着，她提起背包，急忙向登机门跑去。

黄蔚目送叶贞进了登机门，才想起应该先去找公用电话。一排公用电话就在厅的另一端，这里透过落地窗玻璃能看到机场内部。当黄蔚在一台电话机前站定，正要拿起话筒时，只见一架客机开始在跑道上滑翔，准备向高空飞去。也许是叶贞乘坐的飞机吧，“祝此去顺风，愿我们如你所说，后会有期。”黄蔚默默地想着。

一连多次，电话总算拨通。叶贞所托之事办完。

在十二号门口，黄蔚出示了机票。“对不起，先生，您迟到了。这次航班已经起飞。”守门的男工作人员看过机票后对他说。还不等黄蔚问该怎么办，那人又接着说：“可是没有关系，您可以乘坐下一个航班。请坐下稍等，我很快回来。”说着，指给黄蔚一个座位，然后朝一间办公室走去。当他回来时，身旁多了一名金发女工作人员。她先向黄蔚问好，黄蔚回答了。

“这是我们的领班，请跟随她去。”男工作人员说。黄蔚跟着女领班走到另一个入口，旅客们已开始登机。女领班和守门人谈了几句，又转向黄蔚：“您可以乘这次航班，祝好运，再见。”说完把机票递过来。

“非常感谢!”黄蔚接过机票，连忙加入正移动的人群。

3

黄蔚到达 Greenland 机场已经是午夜时分。他和其他乘客一起来到行李厅。行李已经送出，开始在椭圆形的轨道上运转，旅客们纷纷拿下自己的行李。黄蔚目不转睛地盯着那正在转动的轨道，只不见自己的三只箱子。一圈、二圈、三圈……轨道上行李愈来愈少，最后，已经没有行李，轨道在空转。“怎么回事呢?”黄蔚想，不解地站在那里。别的旅客都已走完。先问问吧，黄蔚决定去找行李办公室。事有凑巧，迎面来了两个警察模样的白人。黄蔚向他们谈了行李不见的情况。他们带黄蔚来到另一楼层的一个房间，一位身材高大的中年黑人男子正在写着什么。两人把黄蔚的情况对他说了。

“哦，我们看见上一航班的两件行李无人认领，把它们拿了下来了。请问您的行李是什么样的?”

这时，黄蔚才意识到，由于误了前一航班，行李已先到。他说明了自己箱子的形状、颜色，并拿出机票和行李牌。黑人男子仔细看了机票和行李牌，带黄蔚进入里面的房间，两位巡警同时出去。

里面房间内放着一排排架子，上面密密麻麻全是箱箱笼笼。黑人男子指着后排的两只皮箱问黄蔚：“这是你的吗?”黄蔚顺他的手指看去，一眼就认出吴菁特地系在箱上的彩带。

“对，对。”黄蔚答道。

黑人男子把箱子从架上拿下来放到黄蔚面前。

“可我的行李是三件，您看行李牌。”

“对不起，我们只看见这两个件。”

“那怎么办呢?”黄蔚很担心。

“这样吧，请留下姓名和电话号码。我们将进一步寻找，一旦找到就会通知您。您也可以随时来电话问问。万一实在无法找到，公司会负责赔偿。请放心。”说着从口袋中取出一张名片递给黄蔚。也只能这样办了，谁叫自己误了班机，黄蔚想，接过名片，同时说：“我叫黄蔚，暂时没有电话号码。两天后我会和您联系。非常感谢。”说完去提箱子。

“我来帮您。”黑人男子双手提起两只箱子。他们一起朝外面走去。也许猜想黄蔚要打电话，他一直把黄蔚送到公用电话旁边。“祝好运，晚安。”他对黄蔚说。

踏上美国国土后，黄蔚遇到了好几个美国人。他觉得，他们都非常乐于助人。像眼前这位魁梧的黑人男子，多么诚恳，多么善良。黄蔚很感激地和他握手，连连说：“谢谢，谢谢。”黑人男子离他而去。

4

黄蔚想给他的导师去个电话，请他们来接他一下，但又打消了这个念头。夜已很深，不该再去打扰人家。还是等天明，他们上班之后再说吧。他这样想着，提起箱子走到距公用电话不远的靠背椅旁边，放下箱子，坐了下来。此刻，他才感到，坐着是多么舒服。

眼下虽是初秋，但 Greenland 的夜晚已经很有些寒意。黄蔚拉拉风衣，把扣子扣上，靠着椅背，闭上了眼睛。的确，他已经非常疲惫。打从计划到美国来那天起，他就没有好好休息过，睡眠更是有限。繁多的事情，总是不够用的时间，使他忘了“休息”二字。现在，已经来到美国，他才感到很累。有时，黄蔚会问自己，“为什么要到美国？”其实，所有到美国来的人，都有这样的问题。以他来说，自认为不是赶潮流，也不像有的人相信美国“遍地黄金，随手可捡”，要到美国来发大财。

记得很小的时候，黄蔚和奶奶傍晚一起散步，看着天边色彩缤纷的云朵、斑斓、绚丽，他总爱问那是什么地方。奶奶告诉他，那是个极乐世界，人们穿得好，吃得好，自由自在，没有忧愁，没有烦恼。他虽不甚明白，但猜想一定是个好地方。就说，“我长大了也要去那儿。”后来长大了，他知道奶奶的话不过是她的一种理想境界。那么，是否真有极乐世界呢？

“文化大革命”初期大串联。借这个机会，黄蔚走遍大江南北，长城内外，西部高原。祖国雄伟、壮丽的锦绣河山让他激动、倾倒，给他留下难以忘怀的深刻印象。但那么多地方贫困、落后、灾害连连，又使他痛心、失望。啊，伟大而苦难的民族！他感叹。

二十世纪七十年代后期，国家实行改革开放。有关国外的传闻增多，报刊报道趋向客观。一些国家的种种，常常是人们议论的话题。美国、日本成为很多人向往的天堂。实际情况怎样呢？黄蔚抱着一种审视的态度。之后他想，只有身历其境，才能得到答案，说不定所追寻的理想境界就在这些地方。再看看自身吧，一个生活的适应者，按部就班，顺其自然，一贯是自然选择的结果。在生命的长河里，没有波涛，更没有巨浪。也许，当步入另一番天地时，创造性能够应运而生，不一定轰轰烈烈，起码不至于平平庸庸。他要做一次尝试，即使可能性不大，但不试则没有可能。出于这种考虑，他来到美国。

今天，是来到美国的第一天。夜深人静，他一个人坐在这里，周围空荡荡的，顿觉落寞。他好像依稀看见前面有一条道路。他还在想，这道路是阳光灿烂的康庄大道还是阴暗的崎岖小路。走上去是一帆风顺还是充满艰难险阻，它通向天堂还是地狱？没有答案，可是他已经走上去了。他要做的只是探索、奋斗，全力去争取还看不见的光辉前景。黄蔚这样想着不觉进入了梦乡。

5

黄蔚一觉醒来，天色已经大亮。外面一行行、一辆辆汽车，衣着整齐的机场工作人员，肩揽背包，手拎提包匆匆忙忙的旅客都清楚可见。大厅里，商店、餐馆、书店已开门。五颜六色的霓虹灯展示着各种各样的广告。电梯迎来送往一批又一批旅客，广播喇叭正报告即将起飞的航班……处处一片繁忙。黄蔚迅速站起，提起行李向洗手间走去。

洗手间空无一人，明亮、清洁。一排大镜子，使房间看上去更宽敞。黄蔚梳洗完毕，对着镜子整理服装。他个子中等偏高，身材略瘦而不单薄，经常进行体操、武术运动使胸部显得厚实。穿一套深蓝色西装，肤色显得更白净。浓黑的剑眉，大而闪亮的双眼，稍高，大小斜度合适的鼻梁，平整的嘴唇，加上整齐的牙齿，给人以一种雕塑型的美感。若细看，你会发现，在他的眉宇之间，有一种亲切和温柔，特别在含笑的时候。

从洗手间出来，黄蔚给他的导师 Thomas 教授去了电话。约好在大厅二楼公用电话旁边凳子那儿等来接他的人。恰好凳子上有人扔下一份报纸，他就坐下来看报。

6

大约一个小时之后，一个东方模样的青年走过来。“你叫黄蔚吗?”

黄蔚忙放下报纸，站起来，“对，请问，您是……”

“我叫李宇，Thomas 教授要我来接你的。”说时伸出手来。黄蔚和他握手，一面说:“您好，李先生，非常感谢。”

“不客气，叫我老李就行。一路辛苦，我们快走吧。”说着提起两只箱子。

“我来，我来。”黄蔚忙去提箱子，但李宇没有给他。

李宇个子比黄蔚高点，也比他胖，带一副眼镜。圆圆的脸，五官端正，稍大的嘴角很富男子气概。理个平头，年纪也似乎比黄蔚大一些，不时露出微笑，一副诚恳朴实的样子。

他们来到停车场，场内停满各式各样的车。李宇的车是银灰色的，大约五六成新。他打开后盖，放下后座位的靠背，把箱子、提包全放在里面，盖上。又走到前边，先打开右车门。“请进。”他热情地对黄蔚说。等黄蔚坐定，他关好车门，才来到左边坐好，把车发动起来。

“我们先去看 Thomas 教授，再到我宿舍。你暂时住我那儿，等找好房子再搬。”说话间，车已来到收费亭。黄蔚忙掏出钱来，李宇抢先付了。“一点小钱，不要介意。”他说道。在车里，黄蔚也不便太推让，心想，以后再说吧。“谢谢。”车出了停车场。

长形，挺拔，在朝阳下闪闪发光的机场大厦已经在后面，云灰色的停机场也过去了。来到高速公路上，一辆接一辆的汽车飞快地行驶，大有一种争先恐后的抢劲儿。黄蔚感到车开得很快，先有点紧张，但看看李宇沉稳、老练的驾车样子，他完全放下心来。短短十几分钟，李宇的言行已经给他觉得此人非常可靠的直觉。他自然地对李宇怀抱着亲切的友爱和信任。而李宇呢？黄蔚给他的第一印象是英俊，第二印象是斯文和彬彬有礼。他曾为 Thomas 教授接过好几个学生，但不曾有人像黄蔚这样在他心中激起阵阵友谊的波澜。他认定，他们会成为好朋友。

来到地方公路，两边建筑物之间，掠过一片片高大、浓密的枫树林。那红色、黄色、深绿、褐色、橙色的叶子就像散发着五彩氤氲，在阳光下交相辉映，异常耀眼。

看到黄蔚很入迷的神情，李宇说：“这里秋天不错。”

“是啊，看那枫树林，何止是美，简直是神奇。”

又穿过几条街，李宇告诉黄蔚，前面就是学校了。

7

Thomas 教授办公室里，除了几张大的红木办公桌和几把沙发椅外，四周全是书架并且都放满了书。Thomas 教授已经六十多岁，头发灰白，有点秃顶，眼睛炯炯有神，面庞慈祥和蔼。黄蔚恭敬地向 Thomas 教授问候，和他握手。Thomas 教授打量这个帅气的学生，拍拍他的肩膀。“顺利来到就好。”他的中国话讲得蛮像样。接着用英语说：“今天星期五，明天后天是周末。你先休息，星期一早上九点，再到这儿来见我。需要帮忙找李宇。”又向李宇说：“好好照顾他，有问题给我来电话。”

“请放心。”李宇答道。

辞别 Thomas 教授出来，他们到了李宇的宿舍。客厅不大，左边放一张长沙发。茶几上堆满中英文报纸杂志。对面有一个架子，放电视机和录像机。地毯干干净净。

“我和另一个人合住，每人一个房间。客厅，厨房、卫生间公用。家具房东提供，电视机是捡来的。”李宇介绍。

“看看我的房间吧。”他们走进去。房间大约十几平方米，靠窗是写字台。门的斜对面放床，旁边壁橱半开着，还有一个书架，一个床头柜和几把椅子。

“你今天先住这里，等找到房子再搬。”李宇说。

“那你呢？”

“我随便，沙发上就行。”

“哪能这样。”

“你累了，又有时差，要好好休息。就这样定了。”说完他们往厨房去。李宇拿出面包、牛奶、果酱和一些火腿、香肠。“随便吃点，晚上我回来再做饭菜。”一面把火腿香肠放进微波炉加热。又说：“去看看卫生间。吃过饭，你洗个澡就睡觉吧。恢复时差需要一两天。下午我还要上实验室。你好好歇着，我会早点回来。”把一切交代好，黄蔚开始吃饭，李宇才又到学校去了。

剩下黄蔚一个人，他感到有些孤寂。他原希望李宇能多陪他一下。短短两个多小时，他已经对李宇产生了多方面的好感。李宇热情，诚恳，细致，就像兄长一样。自己刚刚踏上这块异国的土地，陌生，担心，各种各样的问题。能遇到他，实在是一种幸运。也许，我们有缘分吧，黄蔚想。的确，李宇的出现，给了他莫大的慰藉，心中觉得踏实多了。就像一个小弟弟，他真按照李宇说的，洗完澡睡觉去了。

8

黄蔚躺在床上，翻来覆去睡不着。后来他想，不如去熟悉一下地方。星期一就要到学校，总得知道路怎么走。不能事事麻烦李宇，他学习，工作必定很忙。正好李宇留下了大门钥匙，于是起来往外走去。

李宇的宿舍离学校不远。他告诉过黄蔚，这地方称为小意大利区，居住的大部分是意大利人。从这里往前走，有一条热闹的大街，开着各式各样的意大利商店和餐馆。他们常去那里买 pizza 和 spaghetti。而学校在和这条街相反的方向。

黄蔚朝学校那边走去。街道不很宽，两边停了许多车。李宇曾说，晚上停车有时非常困难，因为找不到停车位。大部分人家门口都只够停自己的车，尽管家里还有车库。这个地区居民经济上属中等阶层，房子和房子间距不大，而每家至少两辆汽车。

黄蔚看那些房子。它们就像玩具似的，楼层不高，很多是木房。塑料叶片覆盖墙面，颜色有白、灰、黄、淡蓝等多种。屋顶有的斜度很大，烟囱高高的。房屋后面，几乎都是树林。远远望去，幢幢房屋全在绿树丛中，非常美观。空气也仿佛格外清晰。黄蔚不觉做了一次深呼吸，继续向前走去。

如果玲玲也在这里，她会有多开心，黄蔚想。记得有一次她生日，外公外婆给她的礼物是一盒高级积木。那积木可以搭出好几种式样的房子。以后每次上街，玲玲总爱问，哪一幢房子最像她的积木搭出来的。但当时很难找得到。而这里，有如玲玲积木搭出来的房子到处都是。“玲玲，不久你也会到美国，我们还要住进就像积木搭出来的房子里呢。”黄蔚自言自语。

Greenland 大学是市里最大的私立大学，在美国中部很有名气，年年在国家名校排行榜内。该校建立于五十年代，已有三十多年历史，是一所既设人文科学，又有理工医农学院的综合性大学。它面向全球招生，毕业生遍布世界各国。黄蔚将进的电机工程系是学校比较强的大系。系里教授、专家、学者人才济济，教学严谨，科研成果不断。学生大多有好的基础。尽管学费昂贵，但它却是立志深造者理想的园地。

黄蔚想着心事，不觉学校已在前面。学校很大，犹如一座小城。一块伫立在花岗岩基础上高大的半圆形石碑，清楚地刻着学校的名字。学校没有围墙，幢幢巍峨的建筑物分散坐落在一大片土地上。

方锥形的教堂顶耸立着巨大的十字架。门厅宽敞明亮的影戏院墙上海报格外醒目。长形方形的教学楼和实验室门窗特别规整。稍远处宏伟的图书馆和办公楼美国国旗正在飘扬。还有书店、商店、餐馆、冷饮咖啡馆……

沿着清洁的小径，褐色人工肥料堆积的花圃里秋菊正吐芬芳；喷泉银光闪闪，周围雨雾蒙蒙；高大威武，栩栩如生的青铜骑士雕像显示出追求自由者的不屈不挠；大片大片绿草如茵的草地；大块大块俨然是车辆世界的停车场。

……

可能有什么活动，许多学生来到草地上，一群群，一对对，坐着的，站着的，躺着的，尽情地放松，享受这短暂的休闲时刻。

铁丝网后是足球场。旁边，屹立着高大的室内运动场。里面有游泳池、篮球场、排球场以及各式各样的体操运动器械和一大间健身房。

面对这一切，黄蔚欣喜、振奋、还有点紧张。他仿佛看到，在生活的激流中，前面的这一段将是多么丰富多彩，极不寻常。他生命的船帆勇往直前，乘风破浪。一个声音时时在耳边响起：要稳健地掌好舵，早日驶到光辉的理想彼岸。

第二章

1

星期六早上，一般是李宇买菜的时间。要说他一个人其实吃不了多少菜，就算一月买一次吧也未尝不可。冰箱容量大，保鲜纸包好的蔬菜、水果一个多月也坏不了。而学生、学者们爱去的市场，距学校还都不近，单程就得开半个多小时。

李宇主要为带别人去买菜。很多学生，学者，特别是刚到时，人地两生，又无汽车，的确困难。李宇就把带他们买菜的事情包了下来。他常说，都是中国人，走到一起来不容易。能互相帮点忙，也增进彼此的情感。怪不得学生学者联谊会多次表扬他。

早晨黄蔚起来，李宇问他要不要也去看看，黄蔚当然乐意去。接了刚到美国不久的老王夫妇和小沈，他们先往农贸跳蚤市场方向开。

和庞大的食品超级市场相比，农贸跳蚤市场小贩们的销售量的确很小。但由于市场中食品的新鲜和便宜，却另具生命力。看那拥挤的人流，有白人、黑人、西班牙人、亚裔，没有哪一家超市能这样多。这种市场有点像中国的自由市场，不同的是每家都有摊位。它们连在一起形成一条环形小街并处于同一个屋顶下面。摊上，时鲜蔬菜、水果放得整整齐齐，种类应有尽有，并且洗得干干净净，价格大多以一美元为单位，如一美元四个苹果或两棵芹菜。小贩们笑眯眯地招徕顾客。偶尔能听到高声叫卖的，场内也有一些肉类副食店面。

老王夫妇大包小包买了一堆。他们的儿子也在学校念书，需要量大。小沈和李宇买了不少。老王对黄蔚说："这里东西比超市便宜很多。"黄蔚拣喜欢的买了几样。没有多久，几个人高高兴兴地满载而归。接着他们来到超级市场，老王、李宇和小沈各推了一部小车。

"美国的食品超市，几乎都是这样的模式。"李宇对黄蔚说。

超市空间很大，一排排不很高的货架，大冰箱、冻箱，冷冻槽就像整齐的丛林一样。各种各样食品分类摆设，如蔬菜类、水果类、肉类、干果类、糖果糕饼类、汽水类、冷饮类、杂货类、日用品类……还有冷菜台和熟食柜，正所谓货物堆积如山。冷气环绕需要保鲜的食品，一些蔬菜上不时有细雨自动喷洒。工作人员忙着整理，增加物品。顾客们熙熙攘攘手推小车，精心挑选需要的东西，前面八九个收银柜台旁边都排着等待付款的顾客。

“生意真不错。”黄蔚赞叹。

“今天是星期六嘛。”老王显出熟悉的样子。

“这家超市东西比别家便宜点，服务也好，看门口的黑人专门帮顾客推车、送货。平时客人就多。”小沈指指前面正推车的黑人。接着，李宇说：“这家超市的老板，据说曾经是美国的首富，有二十几家这样的连锁店遍布好几个城市。他经营方式的一个特点是员工们入股。这样，员工也像主人一样工作兢兢业业。十多年前入股的员工，有的如今已是百万富翁。”

“是啊，民以食为天，东西可以不用，衣服也可以少穿，唯有不吃饭不行。要延续生命，就得吃喝。食品，餐饮业应该是久盛不衰的行业。”黄蔚也说道。在他看来，这位老板有稳健的作风，所以选择了食品业，他又有良好的经营方式，所以一定成功。

最后，他们到了中国店。中国杂货店规模比超市小。主要出售各种中国食品、药材，也有一些日常用品。在这里，几乎都是黄皮肤、黑头发的面孔。大家说着普通话或广东话，使黄蔚有一种亲切的感觉。他想，中华民族是世界人口最多的民族，中国人生活在世界各地。每一个角落，只要有人，就一定有中国人，这多让人自豪。还在国内，他就听说过，在美国很多大城市都有中国城，不少中小城市有中国街称为唐人街。中餐馆更是遍布各地，中国杂货店也不少。可以说华人在美国有较雄厚的经济实力。这，是老一辈华人艰苦奋斗的结果，想当年，他们生活条件曾是何等困难。现在，作为新一代华人，我们各方面比他们优越得多，更应自强不息，做出一番事业。想到这里，他似乎感到有一股力量，使他勇敢地去面对重重难关，并以坚定的步伐走在生活的道路上。

2

下午，李宇带黄蔚去购物。黄蔚需要添些锅碗被盖等。“我们先去逛逛 Mall（大规模购物中心），但你的东西不一定在那里买。Mall 里东西一般比较贵，回头我们再去便宜店。”李宇说。

“我初来乍到，什么都不懂，听你的。”黄蔚笑笑。他花了李宇很多时间，又睡了他的床，觉得非常过意不去。但不这样也不行，暗想，以后再找机会好好报答他吧。至于李宇，一向助人为乐，他把黄蔚的一切都当成自己的事，好像是应该的。相处两天，言谈之间，他和黄蔚有很多共同语言，这也使他愿意为黄蔚做得更多。

他们来到 Greenland 最大的 East Mall。被大片停车场所包围的 East Mall 外表是灰白色长盒子形。前后左右有很多道门，后面还有室内停车场。二人从正门走进去。门厅很大，左右两边都是办公室。银行紧接门厅，墙上有 ATM。接下来是一间连一间的商店。服装店、鞋店、礼品店、珠宝店、百货店、电器店、化妆品店、药店、书店、体育用品店、录音录像带店、餐馆、小食店……林林总总，构成几条又宽又长的街道。尽头是几个大超级市场。

李宇告诉黄蔚，Mall这种购物中心，是美国近些年发展起来的新销售系统。它集各种门市于一体，让顾客更方便，更省时间，也进一步提高销售量。现在，一般城市的大部分销售活动都在Mall里进行。人们要购物，很自然地就会想到Mall。

通道上，一辆辆售货车，出售一些零星用品，工艺品和衣物。也有很多供顾客休息的长靠背椅，还有些花草、盆景之类。

中心部位，极高的屋顶是钢化玻璃结构。从这里可以看到外边的蓝天、白云。屋顶下阳光普照，各楼层的栏杆形成一个圆形空间。栏杆后面是过道，外围环绕五光十色的环形店面。底层有一组喷泉，水花耀眼，水珠飞溅。走进电梯，可上至各楼层，下至餐饮部。餐饮部中间放满桌椅，四周是快餐店：麦当劳、伯格厅、炸鸡店、意大利店、日本店、中国店……客人们自己买了餐饮后坐下来享用。托盘和清洁工各快餐店公用，桌椅随时干干净净，垃圾桶换得勤也很清洁。这里设洗手间和比其他楼层多的公用电话。

二人来到餐饮部，“要吃点什么吗？”李宇问黄蔚。

“来点饮料吧，你要什么？”黄蔚走向一家柜台。每家都有饮料。

“Coke就行。”李宇也走上去向服务员要了一杯橘子汽水和一杯 Coke。他知道黄蔚比较喜欢橘子汽水。

二人坐下来休息。几小时过去了，他们仅仅是走马观花。

“好大的 Mall，认真逛下来可能要几天吧。”黄蔚笑着说。

“可不是，但你可能也发现，逛的人多，真正买东西的少。号称金元帝国的美国，大部分人依然在几毛钱上大动脑筋。为增加销售量，各个公司、超市都会给人们免费寄送大量广告，中间有一些 coupon。很多人，特别是老头老太太会花不少时间收集这些 coupon，以便购物时少付钱。我们将去的便宜店，买东西的人就比较多。尽管有些东西仅仅便宜几毛钱，甚至几分钱，但大多数人还是对这些东西更感兴趣。”

便宜店买东西的人相对多一些。黄蔚还看到众多的便宜货中，大部分都标有“中国制造”字样。中国产品价廉物美，在美国市场具有相当的竞争力。黄蔚知道，中国劳动力成本低是产品便宜的主要因素。他估计，不久以后，会有一个同中国做生意的热潮产生。它将推动中国经济进一步腾飞，也让全世界更了解中国。这使他由衷地高兴。当然，他所买的，全都是自己祖国的物品。他想，使用这些东西，不更有亲切感吗？

3

Greenland 市有一片湖泊，称为依利亚湖。其实，这是一个海湾，一直伸进大西洋。不过有一段比较狭窄。这里海阔天空，风景如画，虽没有用很多人工修砌，却显现着自然的美，往往是游人们流连忘返的地方。星期天傍晚，李宇驾车带黄蔚来到湖边。

尽管已是初秋，并且时近黄昏，但不少游艇仍然漂在水上。稍远处，一艘艘轮船愈走愈远，渐渐听不到声音。再往前，则是水天相连，夕阳晚照，霞光万道。黄蔚很爱看那五光十色百态千姿的晚霞。他常想，古往今来，描写、赞美日出的，多之又多，但描写、赞美晚霞的却十分有限。其实，日出的壮观，固然给人以气势磅礴、前程浩瀚的感觉，而晚霞的绚丽，不也给人以五彩缤纷、前程似锦的印象吗？

他俩在一排栏杆边停下。看着一队远去的大雁，李宇问："家里都好吧，有小孩吗？"

"一个女儿，你呢。"黄蔚转身看看李宇。

"一双，孪生兄妹。"李宇说这话时，两眼放光。那是对一双儿女挚爱和满足的自然流露。但再看他凝视水面的神情，黄蔚发现，他在深深地思念。

"一男一女一枝花，真不错，他们几时来看你。"

"还不知道。"李宇不无微微的感伤落在细心的黄蔚眼里。

李宇也是知识青年出身。只不过他本来就是农村青年，家在西北一个不算富裕的村落里，"文化大革命"期间从县中学回到村上，后来做了生产队会计。李宇的父亲在国家经济困难时期死于严重的水肿病，母亲和他相依为命。母亲是个勤劳善良的农家妇女，每天起早贪黑，还做副业，一心把李宇抚养成人。家中有吃的，先让李宇吃饱，有穿的，先让李宇穿暖。集母爱兼父爱于一身。俗话说“穷家养娇子”，李宇虽没有父亲，可少年时代的生活并不比别的同学差多少。李宇也没有辜负母亲的厚望，学习成绩优良，年年全班第一，还是班长，小学毕业被保送进中学。正当李宇为考大学奋发努力时，想不到“文化大革命”开始，学校停课，李宇不得不回村务农。

李宇的对象也是母亲做主说定的一位邻村姑娘，两家还有点远亲关系。李宇是个懂事的小伙子，他深知母亲养大自己不容易。为了自己，年纪并不大，容貌又出众的母亲没有再嫁，尽管乡亲们一再劝导。为了自己，母亲含辛茹苦，哪一种艰难没有尝过。母亲手上厚厚的老茧，额上深深的皱纹永远铭刻在李宇心上，他对母亲总是非常孝顺。母亲喜欢的女孩子，他不会不喜欢。何况这位名叫秀芬的姑娘，长得清秀端庄，也是农村知识青年。接触几次，李宇觉得她性格温良，处事贤惠，此心也就定下来了。

眼看继续念书可能性不大。母亲认为家中人丁短缺，加之抱孙子心切，才刚刚十九岁的李宇，就在母亲的操办下成了亲。天从人愿，第二年生下一男一女一对双胞胎。母亲欣喜若狂。一家人虽然物质上清贫，精神上倒也幸福美满。

孩子生下来不久，大学招收工农兵学员。李宇是队干部，正所谓“近水楼台先得月”，他顺利地进了大学生物系，毕业后留校工作。

随着国家改革开放政策的深入，一批批学生、学者被派往国外深造。李宇也作为公派留学生的一员来到美国，学习和研究生物电子工程科学。说到出国，他们可不像自费留学生那么艰苦。学业上，国家专门对他们进行英语培训，因此具备了比较好的英语基础。经济上，国家不仅提供学费、生活费，出发前还给一些额外费用如置装费等。所以，他们既不用急于打工，也不用急于寻找资助。李宇到美国两年多了，眼下正在 Thomas 教授手下攻读博士学位。

自离家以来，李宇还未回去过。母亲和妻儿都希望他能回家一聚。分离那么长时间，谁能不想念。但是，学习、工作任务如此繁重，他恨不能有两个身子。不要说丢下两个星期，就是两天也不行啊。他写信回家，请她们耐心等候，学业一完成，他立即回家。而自己呢，思念之苦也并不轻。白天忙于学习、工作，一切都给忘了，而每当夜阑人静，那心灵的煎熬，往往使他难以入眠。李宇本不是柔情男儿，但长期别离，有时也使他变得多愁善感。一天，有位同学在他的一本书里发现张小字条，写道："碧云天，黄花地，西风紧，北雁南飞。晓来谁染霜林醉。总是离人泪。"看后还打趣他说："我们老李什么时候变成张君瑞了。"

李宇也曾想过把秀芬办出来陪读，但这样孩子无人管教，母亲无人照顾。子女正处小学阶段，必须打好基础。身为村小教师的秀芬，对子女帮助非常大。母亲年事渐高，由于年轻时辛劳过度，身体已每况愈下，常常生病。何况要办也不是一件易事。很多同学不也办不出来吗？只能忍耐一段。李宇是个感情朴实、执着的汉子，虽然在花花世界的美国，也不会让自己感情的激流随意泛滥。因此，相思之苦自然会更沉重些。

“我相信很快你们一定合家团聚。”黄蔚像是安慰，其实是在衷心地祝福。李宇转过脸来看黄蔚，正好对上他那无限真诚的目光，内心一阵感激。此时，海风吹来，黄蔚身穿衬衫，两手插在裤兜里的样子更显出寒意。李宇脱下自己的外衣，披到黄蔚身上。

第三章

1

星期一早晨，黄蔚按时到了 Thomas 教授办公室。教授今天西装笔挺，领带簇新。黄蔚猜想他可能有课。寒暄之后，教授递给黄蔚几页纸。“这是你的时间表，上面有你需要主修和选修的课程以及学分要求。还有我让你读的几本书”。稍停，“读书过程中有问题请和我联系，读完我将 test 你。”笑笑，又说：“每星期有一部分时间到实验室工作，这些小时我付你工资。过一会儿，Linda 将带你去办各种手续，以后就按时间表做。”

黄蔚想，看来 Thomas 教授是一位认真而又严格的老先生。黄蔚对他，有崇敬，但更多的是感激。还在国内时，黄蔚早就下了决心，一定要尽自己最大的努力，使教授满意。将来若能有所建树，要好好报答这位导师。

“这样很好。”黄蔚含笑回答教授。接着教授问是否还有其他任何问题。黄蔚知道今天的见面到此为止。于是从椅子上站起，“我会去找 Linda 小姐，有问题再来请教，祝有好的一天，再见。”

2

黄蔚跟随女秘书 Linda 办完各种手续，回到安排给他的大办公室靠角处用隔板隔起来的小间时，已经是中午了。其余小间里有美国人，也有中国人。大家正准备吃午饭，有几个上来和黄蔚打招呼。“你好，我叫袁进。你刚来?”袁进说话很热情，表情也很丰富，眼睛、鼻子、嘴唇都好像在说话。

“黄蔚，星期五刚到。”

“嗨，你好。”一位美国姑娘跑上来和黄蔚握手。

“你好。”

“我叫 Jennifer，他叫 Daniel，他叫 John，他叫 Mike。”姑娘笑着一一向她介绍围上来的学生们。

“你们好，黄蔚，很高兴见到你们。”黄蔚自我介绍，和他们一一握手。Jennifer 接着说：“明天我们在校园里有 picnic，你一定要来。”

“谢谢，一定参加。”大家七嘴八舌，问长问短，然后才走出去了。最后，袁进说：“有事需要帮忙找我，我得先走。”说话时眼睛一动，头一歪。“谢谢。”黄蔚答，袁进也离开了。

3

现在，黄蔚需要考虑的是财务问题。亲戚借给他的钱，从出发开始就花了一些。付学费后，所剩已经不多。和李宇同住的张老师在其他城市获得新的资助，过几天他要走，黄蔚可以住他的房间。当然，黄蔚必须付房费。按黄蔚的个性，他绝不会去向亲戚开第二次口。那么，要能顺利地学习、生活下去，就一定得找到一份课余时间的工作。他决定和李宇商量一下这件事。

“要找工作并不太困难。很多学生晚上、周末都出去打工。我只是担心，你刚来，各方面不熟悉，学习、工作担子又重，要习惯都不容易，再去打工，身体受得了吗？”李宇说话时带几分忧虑。

“没有关系，每天有六小时睡觉就够了。既然出来，就意味着要奋斗。对我来说，一切从零开始。但不知学生们出去都做些什么？”

“最多的就数中餐馆了，而最好的是做 waiter。waiter 时间花的不多，小费却挣的不少。我没做过。听说 waiter 是餐馆里比较好的工种，其他还有洗碗打杂，送外卖等等。这样吧，我先去了解一下，你也不要性急。在找到工作之前，主要把学校的各方面适应起来。”

黄蔚点点头，又说：“无论什么工作我都愿干，不会可以学。”黄蔚说话的样子，使李宇看到，在他那文雅的外表下，有一种坚韧的毅力，这是一对矛盾的统一，它使整体更为完美。

4

第一次参加研究生们的 picnic，黄蔚觉得很新奇。

一排野外烤炉上面，放满鸡肉和牛肉饼。几个盖子盖着，几个打开，都在冒烟。这种烤炉用的速燃燃料，火柴就能点燃，燃料本身无烟。旁边一张临时搭起来的长桌上，放满各种饮料、蔬菜、水果、调料。蔬菜都是生的，用来做 salad。也有一盘盘做好的熟菜。并有几道中国菜，黄蔚想，一定是中国研究生们做的。其他就是面包、奶油、蛋糕、饼干、土豆片等等。一个白色的大箱子里放满冰块。大家有的坐着，有的站着，一面吃喝，一面交谈，也有人在弹琴、唱歌，还有几个在烤炉边翻烤鸡、牛肉饼。

Jennifer 走到黄蔚面前，笑道：“尝尝我们的 salad，法国酱很好。烤鸡也不错，你喜欢美国菜吗？”见黄蔚点点头，又说：“我也很喜欢中国菜。蘑菇盖片很美味。”

“蘑菇盖片？”黄蔚不大懂 Jennifer 所说的中国菜。袁进在一旁解释：“这是中餐馆里最普通的中国菜，广东人把鸡念成‘盖’，普通话称‘蘑菇鸡片’。”黄蔚笑笑。Jennifer 不懂两人在说什么。“English，English，不说中文。”她叫道。Jennifer 是个热情、爽朗的美国姑娘。运动衫、牛仔裤、球鞋，五官端正、大方，皮肤白里透红，给人健康、利落的印象。她对中国很有兴趣，希望到中国去旅行。黄蔚和她谈了很久。

Picnic 使黄蔚非常愉快。他见到了系上几乎所有的研究生。好几个是中国大陆和台湾来的，大家在一起彼此都很亲热。台湾来的秦晓波邀请黄蔚去他那里玩。他住在一个美国人家里。秦晓波和黄蔚谈到教会。他告诉黄蔚，过去，他曾是一个多么调皮捣蛋的青年，是教会感化了他，使他走上正道，成为一个纯正的人。他约黄蔚到他们查经班看看。黄蔚表示一定去。

5

这是黄蔚第一次听 Thomas 教授的课。不大的教室里，坐了十几个研究生。八点整，Thomas 教授准时来到课堂。每次上课，Thomas 教授总是衣冠楚楚。今天，他穿一套深灰细呢西装，白衬衫，系蓝底金条织锦缎领带，给人一种认真而持重的感觉。

“早上好。”说开场白的同时，他的目光从眼镜后扫过所有的人，表情严肃。“我们这一单元研究传感器的原理和应用。”说着一面在黑板上写下字。他的字整齐而有力，显得一丝不苟。“传感器大家都知道，简单讲它是一个转换感觉信号的机构。例如人类的视觉系统就是一个很好的传感器。但我们侧重的，是把感觉讯号转换为电信号的传感器。在我们遇到许多技术难题时，三个通常考虑的方面是：一、计算设备，二、信息系统，三、传感器。前两个范畴，由于各种各样有显著进步的商业原因已获得高度发展，很多有案可查，或者说已被编址。在仅仅十多年里，我们已经从6502和280基础的个人电脑飞越达到有最大值64千byte地址空间的C/PM，Pendium基础系统运行在90兆Hz，存储地址高达32兆byte。高档电脑近期流行的潮流已经提供附加的动力，特别强调减少电能消耗和延长电池寿命。无线电本地区网络传播频谱技术在种类上现在同样已经发展到这样一步，许多售主在几英里范围内提供完全双工电路，以太网络兼容，高速数据自动传输中继器。而第三个范畴，目前情况稍微有点单独的传感器，由于原本缺乏高度的、大量的应用，仍然是开发者面临的最具特殊意义的挑战。用于机器人的传感器是较为典型的实例。我们对制造机器人所感兴趣的东西，是当它被完成后，我们建立了一个有用的人造体，是它对世界感觉的能力，变化和它的基本特性。如果没有传感器，机器人不过是一种确定的自动装置，它在一个仔细控制的环境里，一而再地以同样的、重复的方式运行。当然，这样的装置有它的地位，并常常是经济的解决办法。但如果有了好的传感器，机器人就具备干得如此之多的潜力。它们能在没有建筑物的环境里操作，能适应它们周围环境的变化，它们能在肮脏、危险、没有人能保证他们安全的地方工作；它们能够和我们互相配合，或作为队伍里的一部分一起工作。它们也能激起我们的想象力，引导我们建立起不久前纯属虚构的装置。这一切，都建立在机器人利用传感器把感觉信号转换为电讯号的基础之上。”

Thomas 教授的讲解条理清楚，层次分明，在感性的基础上再做理性、定量的分析，使人从概念到理论有一个自然的过渡，逐步深入地理解。尽管一次课讲了几十页内容，但当你自己阅读复习时，有一种“成竹在胸”之感，自然拦路虎就少。

黄蔚过去对他的研究方向——传感器知之不深，不算熟悉，几次课下来，这方面大有长进。

人在忙碌之中，时间跑得飞快。黄蔚每天到学校，上课，去实验室，完成家庭作业，读 Thomas 教授指定的书。读完第一本书，Thomas 教授对测试他的结果表示满意。在实验室，交给他的高亮度节能灯具课题，线路设计已在 Thomas 教授指导下初步完成，下面是修改、安装实验了。上课和完成家庭作业对他来说比较轻松。他开始适应学校生活。

6

下星期一是节日，学校放假，这是个有三天愉快假日的长周末。星期五下午，黄蔚从学校回来，正准备弄点晚饭，只见李宇也进了门。“我还去看你呢，不想你已不在。”李宇说。

“今天大家走得早，我也就回来了。”

李宇每天开车去学校，一般黄蔚跟他一道走。但回来两人时间不一致。尽管李宇离校前总要去看黄蔚，但一起回来的机会不多。黄蔚为人比较自觉，能不麻烦别人的事他都自己做。他常想，李宇对自己实在够可以的了，不应该再给他添负担。一开始黄蔚就表示，从学校回来自己走路，这样还能活动活动身体，叫李宇不要管他，可李宇仍然每天去接他。于是黄蔚就有意早些动身。时间一久，李宇也就不常去了。

“这个周末多一天，我们也稍微放松一下。今晚去看看电影怎么样?”

自到学校后，黄蔚看过几次电影。他素来对电影戏剧蛮有兴趣，于是高兴地说：“好啊，不知放什么电影。”

“X级电影。”

“X级?”黄蔚不大懂。

“没看过吧。”李宇诡秘地笑笑。

“你知道美国电影分各类级别，如PG普通级，R是惊险片，那X级呢。不说了，一会儿自己看吧。”

学校影剧院里，今天人特别多。黄蔚和李宇入场时，座位几乎已经坐满，好一阵才在楼厅第一排找到两个座位。李宇告诉黄蔚，虽然影剧院每天都有电影，但X级影片每两周才放一次，一共两场。黄蔚不知什么是X级，也不追问。如李宇说：看看就知道。他向来不性急。

距开映时间还有几分钟。忽然，场内灯光一暗，舞台上亮起一盏投影灯。一个身穿睡衣、高大、壮实的白人学生出现在投影灯光之下。只见他先站定，向观众弯弯腰，然后很快地脱去睡衣，一丝不挂，向下面展示他健壮的肌体和硕大、坚挺的那东西。场内一下子沸腾起来。学生们又叫、又笑、又拍手、又吹口哨，一片赞许和欢乐的声音。台上人转了一圈，跑进去了。电影开始。

各式各样做爱的镜头，特写，男女之间，女人之间，男人之间，还有自慰……真是黄蔚见所未见，闻所未闻，他心跳加剧。在黄蔚看来，做爱也好，自慰也好，通通是人的隐私，怎么可以在大庭广众之中和众目睽睽下播放！起先，他猜想X级影片也许有一些色情镜头，但完全想不到会这样暴露。他不知道这种电影是对还是错。要说错吧，为什么受那么多人欢迎？入场的学生，有男生，也有女生，大部分是双双而来。黄蔚遇见几个同学，都是平时学习努力、品行优良的学生。要说对吧，有些内容不是公然违背法律吧。这种电影没有情节或只有简单情节。电影放映中，每到特写镜头，学生们大声喧哗，鼓掌，扔纸团，非常亢奋，影响好吗？黄蔚把他的想法和李宇谈了。

“怎么说呢，过去我也这么想。”李宇搔搔头发。

“不过看不出电影对人们有什么坏影响。一方面，X级电影法律是只允许二十一岁以上的成年人观看，所以又称成人片。另一方面，公开的影视节目是不能露人体三点的。美国人喜欢追求刺激，越带刺激性的东西越受欢迎。如一些活动，尽管可能有生命危险，有人还是去做。据说某游乐场有个项目是从几百米高的悬崖上往下跳，当然有保护，每天玩的人不少。裸露更不在话下。某校有个冬季裸体长跑队，参加的学生很多。学校想取缔他们的活动，队员们就集体裸坐校长办公室抗议。校方无法，只得由他们去。有些地方有裸体游泳池。有一个名叫‘天体营’的组织，成员不穿衣服的。这大概也是美国自由的表现之一吧。”李宇笑笑，又说：“我想，从古到今，性这东西就很神秘。愈神秘就愈使人好奇，不如公开化，反倒自然。性既然是生活的一部分，别的方面能够表现描写，性为什么不能呢？这是我的观点。学校放X级电影，除轻松、娱乐外，据说对经常沉浸在学术研究中的知识分子的性健康有些好处。”

黄蔚点点头。他自己也觉得，看过电影，无非增加了一些知识，并没有太多胡思乱想。性，是人类的一种生理和心理现象。对他来说，性，必须在情的基础上。不能设想，可以和一个素不相识或他不爱的女子有性关系。在这种时候，他对吴菁的思念自然比较强烈。

7

那是在乡下一个丰收的秋季。他们所属的人民公社举行篮球比赛，各大队都有代表参加。黄蔚作为西村队员也来到公社。

比赛开始那天，七步营和小河女队首先交锋。因为是开场赛，挑了两个强的女队。比赛中，双方都打得很精彩，比分差距不大。其中小河队有一位队员引起黄蔚的特别注意。她高挑的身材，灵活的身手，接连投进几个球，一下子为小河队获得领先的比分。但使黄蔚目不转睛的并不是她的球技，而是她那柳叶眉、丹凤眼、秀美的鼻梁、鲜艳的嘴唇、整齐洁白的牙齿和剧烈运动后红扑扑的瓜子形脸，以及那一颦一笑的神韵。在黄蔚眼中，她是自己见过的最美的女子。

从这天起，一种从未体验过的思绪在黄蔚脑际出现。那似乎是快乐、兴奋、渴望和不安交织在一起的。他设法打听那位女队员的情况。原来她叫吴菁，也是知青，在小河插队。同时，黄蔚总想看到她并希望和她说上几句话。不巧的是，吴菁老和别的女孩子一道出一道进，几乎没有单独活动的时候。她完全没有注意到，有一个男青年的目光每天像影子一样跟着她。

眼看比赛就快结束，黄蔚心急如焚，坐立不安。

黄蔚举止文雅，相貌迷人。曾有几位女孩子对他倾心。处于青春萌动期的黄蔚，有时也会情不自禁地注意女孩子。可当意识到自己在想这类事情，就有一种自责心理，感到很难为情。况且不是觉得这女孩子多点什么，就是觉得那女孩子少点什么，所以一直没有和女孩子交往过。

初中毕业以后，一位走上工作岗位、在商店做售货员的女同学要黄蔚常去看她。为要他去，她总爱买点商店里这样那样的小玩意送给他。有一天，黄蔚又去，听见她的同事笑着说："哈，小女婿来了。"黄蔚一阵脸红，从此再也没有去过。高中时，一位女同学对他特别好。有几次约他出去散步。但当他感到这种情感不一般时，马上止步。随着年龄增大，黄蔚走向青年时代。和很多别的男青年一样，他内心深处，也有一位少女的形象。那是有一次看香港电影，影片的女主角给他留下的。而眼前的吴菁，正是那部影片中少女的化身，他所寻觅的姑娘。于是激起他感情的滚滚洪流。

比赛结束那天晚上，篮球队员们和村民将要举行联欢。黄蔚被选为晚会的男主持人。他万万没有想到，吴菁是晚会的女主持人。简单的排练开始，面对容光焕发的吴菁，黄蔚真有点慌张失措，心几乎要跳出来了。倒是吴菁，落落大方，一口标准的普通话。

在黄蔚心中，那是一个多么美好的夜晚。他也一展歌喉，唱道："蔚蓝的天上飘着白云，白云下面盖着雪白的羊群。啊——羊群撒在绿色的草原上，好像是斑斑的白云啊，白云啊乎依。高高的山上流下一道天河，天河里的水清凉洁净。啊——有一天河水流遍草原上，草原上充满了生命啊，生命啊乎依。"

这是黄蔚最爱唱的一首歌。他那浑厚、圆润的嗓音，赢得场上一阵阵的掌声。其实，这歌是献给吴菁的。他用心来唱，显得那样投入，那样深情。

当天，黄蔚和吴菁总算搭上了话，他们终于认识了。

晚会结束，已经镇静下来的黄蔚故意找话题和吴菁交谈。说故意，也可以说出自内心。对她，他有憋了好几天说不完的话。言谈中他得知吴菁喜欢看小说。聪明的他立刻列出自己所有小说的清单（有些是借来的）。幸亏吴菁有几本还未看过。黄蔚马上表示等有机会从她们村路过一定把书借给她。

黄蔚还有许多话要讲，无奈吴菁要走，黄蔚只得目送她消失在茫茫夜色之中。

回生产队后，黄蔚心潮久久不能平静。他把答应借给吴菁的书理了一遍又一遍。想吴菁心切，决定第三天就以送书为由去看她。

那天下午，黄蔚借口要进城办点事情，请了几个小时假提前下工。回宿舍后，他认真梳洗，穿上自认为最合身的衣服匆匆出发。小河村离西村少说也得走两小时路，但走不多远就来到小河边，沿着小河，可以一直走到小河村。

小河不宽，曲曲弯弯，源自山里。碧绿的河水静静流淌，不时有一群鸭子在嬉闹。微风过处，落花阵阵，水面星星点点变成片片碎金。河对岸，是不高的龙山。茂密的松树林清楚可见。山脚下，块块待收的玉米田给龙山镶上一道金边，秋景如画。

黄蔚健步如飞，到达吴菁住处才五点来钟。一位老大娘告诉他，吴菁还没有下工，要他在院内等一下。这是一幢四合院，三边有楼一边是偏厦。右边楼下有几条板凳，老大娘让黄蔚坐下，还说村上的女知青都住这里。

约摸半小时之后，知青们陆陆续续回来，只不见吴菁。一位姑娘告诉黄蔚，队长找吴菁有点事，她要晚些回来。又过了二十多分钟，吴菁才姗姗进门。今天她戴一顶斗笠，脸上闪动着青春的光彩，穿一件淡蓝色条纹棉衬衫，裤腿卷起，样子很精神。一见黄蔚，她先有点吃惊，接着含笑说：“你好，路过这里？”

“进城办点事，顺便把这几本书给你带来。”黄蔚有些紧张，又有几分腼腆，急忙把书从包内取出来。

“谢谢，添麻烦了。”

“哪里。”就在吴菁接书时，黄蔚热情地望着她，那目光热烈、深邃，吴菁不觉微微低下头。黄蔚猛然醒悟，忙说：“我该走了。”

吴菁送黄蔚来到门外。此时，在杏黄色夕阳下的村子里，家家屋顶炊烟袅袅。小路旁井边有人提水，有人洗菜。前面，则是一大片收割之后还有稻茬子和稻谷飘香的田野，牧童在田埂上放牧。显得安详、怡静。

“你也有小说吗？”正走着的黄蔚转身问。

“有几本，要拿去吗。”吴菁停下脚步。

“不了，过两天我再来。”黄蔚同样不一般的目光。吴菁又有些不好意思。黄蔚接着说：“请回吧，劳动一天很辛苦，好好休息。”说时伸出手来。当吴菁的手在黄蔚稍大而手指细长的手掌上时，他感到那小手是何等温馨，柔嫩。他多想亲它一下，但还是忍住了。不能造次，毕竟才刚刚开始。

8

黄蔚离去，吴菁随手翻着他送来的书，她若有所思。

篮球比赛的日子，让吴菁很愉快。虽然比赛紧张，但每天有更多的欢笑，使她暂时摆脱沉闷的心境。

吴菁是个各方面出色的姑娘，特别是长相。见过她的人，没有不夸她的。然而，造物主弄人，她家庭出身“不好”。关于家庭之谜，吴菁“文化大革命”以后才知道。

吴菁的母亲是一所中学的语文教员，父亲是同一学校的物理老师。她还有一个比她小四岁的弟弟。他们住在学校教工宿舍，父母的收入维持一家人生活不成问题。母亲文学造诣深，不时有文章发表在报纸杂志上。父亲喜欢弄弄电器，经常帮人修修收音机什么的。星期天，父母常带姐弟俩去公园。寒暑假，一家人会到比较远的城镇旅游。母亲性子急一点，父亲老成持重，脾气特别好，尤其是对吴菁。吴菁姐弟自幼功课有父母辅导，成绩都很优良。

“文化大革命”一开始，他们平静的生活被打破了。一天，吴菁姐弟放学回家，很晚还不见父母归来。他俩不知发生了什么事，心里很着急，正商量去看看。忽然，父亲踉踉跄跄进了门。他好像一天老了十岁，眼神暗淡，胡子拉碴。“你妈妈被隔离审查了。”父亲的第一句话。

那天晚上，三个人忘了吃饭，也忘了开灯。他们坐在黑暗里，直到深夜。

母亲不在，父亲慢慢地从忧伤中振作起来。这几天，他特别关心姐弟俩。的确，他是一位多么难得的好父亲。吴菁长这么大，他从未骂过她一句。就算她真做错了事，妈妈说她，他也只是在一旁解围。而对她的错，提示性地说上一两句。他完全相信女儿的自觉性。记得小时候去公园，他总是给她当马骑。在公共汽车上，从来都抱着她，哪怕没有座位。生活上无微不至，学习上严格耐心。父亲给了她全部的爱。

直到有一天，一群红卫兵闯进他们家，把两个房间翻了个底朝天。他们在母亲的一只小箱子里，发现了一面镜框。框内是一张军人照片。照片上的人头戴一顶硬硬的遮阳军帽，帽上有一颗显眼的十二角星。当时，吴菁清楚地看到照片上的人绝不是父亲。

傍晚，弟弟出去了。吴菁帮着父亲收拾完房间，坐到自己的小床上。屋内灯光昏暗，一种十分低沉的气氛。忽然，父亲朝她走来，心事重重，面色忧悒，但还是那样慈祥的样子，他坐到吴菁身边。“菁菁，有些事情我想告诉你。”他没有看吴菁，但吴菁看着他。

“你看到今天他们翻出的照片了吧。”吴菁点点头。他转过身来。

“那是你的生父。”见吴菁不解的样子，他接着说：“这件事我本想永远隐瞒你，我是那样爱你，我怕失去你啊，但现在看来瞒不住了。总得让你有个思想准备。你的生父是国民党的一名将领。早先他也曾在国民党工作过。新中国成立前夕，国民党兵败，他不得不随部队撤到台湾。当时你母亲正在乡下，他来不及接她同行，也不知道你母亲已怀了你。”

一番话使吴菁如堕五里雾中，她思绪好乱好乱，半晌说不出话来，只觉得眼泪一个劲儿往下掉。慌乱中，她抬头看看身边的父亲，他也在落泪，显得那样痛苦。她一下子扑到他怀里哭了出来：“不，爸，您才是我的亲爸。”

后来吴菁知道了，母亲原来是一位大家闺秀，她人品超群，才貌出众，念完大学，家里做主把她嫁给了年轻、帅气的父亲。

自从父亲到台湾后，一直杳无音信。吴菁现在的父亲是母亲高中时候的同学。他一直深爱母亲，从一开始就照顾母亲。母亲终于被他的深情所感动，在确定丈夫不可能回来以后，和他结了婚，夫妻俩搬到他老家居住。那时尚在襁褓中的吴菁，对这些一无所知。

当吴菁冷静下来后，她思考，这位她从不知道的所谓生父，不知是否还活在人世。她和他之间，没有感情。

由于家庭问题，几个钟情于吴菁的男孩子都离她而去。更多的人对她则敬而远之。黄蔚的出现，不能不在她平静的内心燃起星星点点火花。黄蔚的举止、相貌，无不给人良好的印象，联欢晚会上，他的歌声，他的谈吐，处处显得不凡。特别是他那略带温柔的眼神，是吴菁从未感受过的。然而，一想到狱中的母亲，国民党的父亲，心中的涟漪立即平伏。她看不出黄蔚对她感情发展的可能性。

两三天后，吴菁和黄蔚又见面了。黄蔚说来取吴菁借给他的书。他依然深情地微笑，英俊的面孔热情洋溢。这一次，黄蔚让吴菁陪他走了较长的路程，然后再把她送回来。他们谈论读过的书，谈到法国作家雨果和他的小说。雨果是两人共同喜爱的作家。黄蔚说他非常敬重《悲惨世界》中那位仁慈的米里哀主教。吴菁讲她无限同情书中感人至深的母亲芳汀。两人存在太多的共同语言。黄蔚深感，在吴菁秀丽的外表下，蕴藏着丰富的内涵。吴菁觉得，黄蔚的才学，远远超过自己的料想。这天晚上，俩人都夜不能寐。黄蔚处在一种欢乐、兴奋的热浪里。吴菁则摆脱心中的阴霾，任凭感情之马在心田驰骋。

从此，晚上相会成了两人生活的一部分。在那静谧的小河边上，他给了她平生第一个吻，也是在流水涓涓的小河边上，她为他献出了少女宝贵的童贞。

缱绻的情爱使吴菁不想也不愿意让黄蔚知道她的家世。她太爱黄蔚，以致怕会失去他。现在，她给了他自己的一切，而他也一样。处于甜蜜爱情里的吴菁感到的是幸福、甜美，她甚至宁愿付出任何代价来换取这哪怕是短暂的情爱。

终于有一天，黄蔚问到吴菁的家庭。吴菁低垂下头，半天没有说话。她想，也许，今晚他们之间的感情将画上休止符；也许，黄蔚只是她身边的过客，像一颗明亮的流星一闪即逝；也许……现实终归要面对。不属于自己的留不住，该是自己的跑不了。她轻轻地说：“我母亲在监狱，生父是国民党军官，不知去向。”说时，拿开黄蔚搂在她肩上的手，坐远了点。

夜色蒙蒙，黄蔚看不清吴菁的神情，但他深深感到，此时的吴菁，正处在家庭包袱的阴霾里，他无限同情，无限爱怜，无限感伤。其实，黄蔚早就知道这些情况。那是公社知青办的工作人员告诉他的。然而，对黄蔚来说，他爱的人是吴菁，不是她的家庭，不管家庭怎样都绝不会减少他对吴菁的眷恋。他也不怕这对自己会有什么坏的影响。

黄蔚转过身来，紧紧搂住吴菁。“出身不能选择，父母也没有罪，他们无非按当时的条件来生活。”又说：“你把一切给了我，我也一样。我要请你同意，今天是我们确定关系的日子。让青山、绿水做证，你是我最亲爱的妻子，我是你的丈夫，让我们永远相依相伴，白头偕老。”吴菁的泪水滴在黄蔚厚实的胸膛上，他感到阵阵清凉、甜美，不觉低下头去，亲吻着她。

在黄蔚要求下，吴菁带他回故乡探望了父母。在二老眼中，他们真是一对金童玉女。看到父母花白头发下舒展的眉头和欣慰的笑容，吴菁和黄蔚由衷地喜悦。

黄蔚和吴菁完婚，是黄蔚大学毕业以后的事。

9

在新的学习生活中，要说有什么是黄蔚感到较困难的，那就是语言问题。虽然在国内曾下过一番苦功夫，托福考试也获得了五百八十多分的好成绩，但刚到美国，无论听或说都仍然存在不少问题。普通的生活用语、日常会话，一般都能对付，但比较深的交谈，有时听课特别在对方还带口音的情况下，就觉得吃力。

毕竟在国内学得较多的是英国英语，它和美语之间存在一些差别，并且对于英语的所谓语感也还比较欠缺，所以距“流利”还差一段距离。为了迎头赶上，过语言关，黄蔚除了抽一切空闲时间听录音带，又付四分之一学费（本校学生免费一半，部分时间又免费一半）去学校附设的语言部门听课外，还主动交美国朋友进行交谈。Nicholas 就是他要好的美国朋友。Nicholas 是一个土生土长的美国青年，操一口纯正流利的美语，也是系里的研究生。他金色头发，粉红肤色，脸上微微有点雀斑，五官大方，身材不高却健壮。他们有时一块去打球，有时去游泳，有时上图书馆。Nicholas 住学生宿舍，黄蔚常主动去找他聊，当然有时他也会来找黄蔚。他们无所不谈，比较熟悉之后，也会谈到彼此的感情经历。

还在高中时代，Nicholas 就有了女朋友，那是他的同班同学。后来，由于他们进入不同城市的不同学校而分了手。对于这段青春期一时冲动的感情，Nicholas 倒也并不存在太深的印象和太多的留恋，分手也就分手了。几年以后，他已是硕士生，各方面逐渐成熟。这时，他爱上了另一位在他心目中各方面都非常优秀的姑娘。他们一块学习、研究，一块登山、滑雪……

一次暑假期间，Nicholas 从大老远的城市跑到姑娘家在乡下的庄园看她。那天，阳光普照，微风拂煦、空气清爽、淡云如纱；垂柳微摆，花絮轻扬，鸟儿在唱，马儿在跑，歌声在田野上飘。他们漫步在曲曲弯弯的小道上，徘徊在流水潺潺的小河边，周围的世界对他们来说是那么美，他们犹如置身在金色的梦幻之中。可当 Nicholas 向姑娘表白对她的感情时，大大出乎他的意料，姑娘拒绝了。

“Nicholas，你是一位优秀的青年，我们是好朋友。很对不起，我已有男友，他从军了。”姑娘说。

姑娘的话犹如晴天霹雳，Nicholas 听了几乎倒下去。他万缕千丝的情思，他设计得那么美的他和她的未来一下子全粉碎了。他痛苦不堪。姑娘一再安慰他。

痛苦过后，Nicholas 了解到姑娘的男友只是一个士兵，并没有多高的学历。他想，“凭自身的条件，我竞争得过他。我马上就是博士生了，难道不比那位士兵有更光明的前途?”他又从各方面做了更多的努力。当时他为气象台设计的一道程序相当成功，不仅得到一枚勋章，还得到一笔丰厚的奖金。同时，姑娘课题上碰到很大的困难，但在他帮助下，她也顺利完成了课题。

然而，Nicholas 仍然未能获得姑娘的芳心。因为姑娘看重的是真情实感，而不是名誉、地位、金钱等等。这以后，Nicholas 不仅更爱这位姑娘，也更敬重她的人品。

当 Nicholas 讲完自己的故事以后，他问黄蔚:“你猜猜这位姑娘是谁?”黄蔚摇摇头。

“远在天边，近在眼前。她就是我们的同学 Jennifer。”这时，黄蔚对 Jennifer 良好的印象又增加了敬重的成分。

和 Nicholas 相处几个月，黄蔚的英语大有长进。由于 Nicholas 要到杜克大学攻读博士学位，他们不得不依依惜别。

第四章

1

黄蔚准备功课的时间一般在晚上。今天，电路测量和仪表课程的作业要求对基础的高频功率测量方法做出解释。他在阅读了讲义和参考书后，头脑中有了问题的清晰概念，才开始动笔。他先画好电路图，接着详细写出原理、分析、结论。书写完毕，又看了两遍，认为没有问题了，才放下笔。

黄蔚每次作业，都做得认认真真，大小考试，无不名列前茅，加上动手能力极强，他成了大家公认的优等生。

2

李宇经多方打听，终于为黄蔚在 downtown 一家名叫“太平洋酒家”的最大的中餐馆找到一个waiter的职位。星期天中午，他们前去见工。

餐馆老板姓陈，台湾人，个子矮矮的，还有点发福。穿一套湛青色西装，头发吹得平平整整，抹了发油，皮鞋擦得锃亮。他上下打量黄蔚，露出满意的神色。“在别家餐馆做过吗?”陈老板问。

“没有，我刚到美国不久。”

陈老板考虑了一分钟。“按我们规定，没做过waiter的，起码得先做三个月的busboy。情况熟悉后才能正式做waiter。你愿意吗?”

对黄蔚而言，他需要工作，没有挑选的余地，尽管并不知道busboy是什么工种。他肯定地点了点头。

“那好，星期一也就是明天来上班。你的工作时间是一三五六日下午五点到晚上十点，可以吗?”

“会不会太多。”李宇插了一句，他有些担心。

“先干吧，就这样定了，谢谢。”黄蔚感激地和陈老板握手。

“工资怎么算呢?”还是李宇老成，他问。

“一小时三元，加上waiter小费的15%，顺便说一下，需要准备白衬衣、黑裤子和领结。”

从太平洋酒家出来，黄蔚突然想起什么。“我还没有黑裤子呢。”

“我们顺便买一条去。这样吧，去旧货店几毛钱解决问题。”

李宇说，二人上了车。

留学生、访问学者们常去的旧货店今天人不算多。只有几个黑人正在挑选衣物，有的拿了满满一车。店内，一股旧货特有的膻气夹杂着洗涤剂气味。一排排架子上，分别挂满外衣、裤子、衬衣、棉毛衣、T恤、大衣。还标着男人、女人、儿童类，也有鞋和各种日常生活用品、图书、字画等等。

“这些东西是人们捐给慈善机构清洗后出售的。捐赠者可以获得一张减税单。你看价格多便宜。像这套毛料西装，还九成新，才五美元。”李宇说。

“是啊，这条黑裤一毛五分。我要了。”

的确，要说美国物价高，也有低的时候。每逢感恩节第二天、圣诞节过后，或遇清仓处理，价格就会大幅度下降。如果低一档次，购买用过的东西，则相当便宜，即使仅仅用过很短时间。无怪乎有人说，在美国，东西用过就不值钱了。有些穷人，同样衣着入时，穿得很好。其实，他们买的大多是旧货，花不了几个钱。

3

第二天下午五点前，黄蔚就来到太平洋酒家。

星期一没有实验室工作，课也只有两节。他乘bus来。昨天，李宇和他选好了车次和路线。

柜台后面，正算账的王太太昨天已经见过，她负责收银。柜台旁边，站着另一位五官迷人、化了稍浓妆的女子。她保养得很好，白皙的脸上，弯弯的黑眉毛，长长的眼睫毛，淡淡的胭脂，粉红色的口红，十分漂亮；穿一件蓝底白花锦缎旗袍，上面用银片钉着简单大方闪闪发光的图案，腰身线条十分明显；戴一串金灿灿的项链和与项链搭配的金耳环；烫成大波浪的半长黑发披在肩上；个子不很高，给人以丰盈、艳丽之感。黄蔚想，大概是带位小姐吧。和王太太打过招呼之后，转向她：“小姐，你好。”

“叫老板娘，陈太太。”王太太在一旁笑道。黄蔚想不到老板娘竟是如此年轻貌美。“他是新来的 waiter，先做 busboy。”王太太对陈太太说。陈太太看了黄蔚一眼，笑道：“我以为是客人呢。”见黄蔚脱下外衣，“衣服可以挂这里。”她走到壁柜旁边，拉开门，挪动了一下里边的衣服，递给黄蔚一个衣架。“跟我来吧。”见黄蔚挂好衣服，她说道。

黄蔚跟在陈太太后面，一股淡淡的玫瑰花香水味扑面而来。陈太太穿一双黑色高跟皮鞋，显得鲜艳而妩媚。“我们一共三间餐厅，还有两个 party room。”陈太太介绍道。

他们进了第一间，厅内还没有客人。迎面一个矩形大鱼缸，缸内灯光明亮，气泡翻腾。石子、珊瑚、水草，各色各样的金鱼、热带鱼形成一个小小水底世界。两边是紫色人造革卡位，中间放方桌，一头一尾两张大圆桌，上面有转台，铺着雪白的台布。叠成扇形橘红色的餐巾，高脚玻璃杯，沉甸甸发亮的餐具。

还有宫廷式烛台，蜡烛已点燃。椅子是中式柚木沙发椅。左边墙上，一幅七八尺长的立体《清明上河图》。右边是牡丹图、八美图，又有玉扇、宝剑等古玩和京戏脸谱挂在墙上。地毯是深红色的。餐厅没有窗户，壁灯发出柔和的光，射灯不显眼地照在桌面上，能听到一点点二胡独奏的音乐声从四壁传来。

不愧是第一大餐馆，黄蔚想。

“晚班 busboy 的第一件事是做柠檬冰水。”来到 waiter station，陈太太开始交代工作。

4

下班回到宿舍，已经将近十一点。虽说十点下班，吃完饭也差不多十点半了。

见黄蔚回来，李宇从房间里出来笑着问：“怎么样?”

“工作如你所说，主要给客人倒水，收碗盘换台布，收收台子。”

“累吗?”

“还行，生意不错。有一阵子三个厅坐得满满的。”黄蔚说着，从包里掏出一小沓一美元钞票。“三个 busboy，每人分得十六元，加上工资，就有三十一元。看，这就是今天挣的，怎么样，星期天请你吃饭。”他笑看李宇。

李宇看看黄蔚，见他那么开心，暗想，他把自己的辛苦全忘了。李宇听说过，在餐馆做工一点不轻松，老板不会让你有一分钟闲着。他拍拍黄蔚的肩膀，友爱地说："再说啦，快去洗澡吧，明天还要上课。"

洗完澡，又准备了一下功课，黄蔚才睡下，此时，他才感到很累。一连几个小时马不停蹄地干活，有一阵子完全是跑着干。门口客人排长队，需要台子。但是，从今天起，他可以安下心来。和往常一样，躺在床上，黄蔚想得最多的是吴菁和玲玲。明天就给她们写信，告诉她们我有了工作，并将把第一月的工资给她们寄去。当她们得到这个消息后，会有多高兴。黄蔚又兴奋又疲惫，很快睡熟了。

5

白天上课，晚上打工，几个星期很快过去。对黄蔚来说，辛苦是不言而喻的。下班后，还必须准备功课，有时深夜一两点也不能休息。虽然累，但精神很愉快。他常想，只要能以坚实的步伐走在生活的道路上，哪怕吃苦也值得。

黄蔚在餐厅的工作，得到大家的一致好评。他手脚勤快，从不计较干多干少；他服务周到，好几个客人特地把小费塞到他手上，指明给他，busboy 得小费的情况一般很少；他从不拿 waiter 漏收的小费，哪怕 waiter 已经下班。他的勤劳、诚实、正派让大家对他很有好感。

6

为应付卫生局检查，陈老板要大家加班。黄蔚和洗碗打杂的学生们周末白天也到餐馆干。别看餐馆餐厅那么漂亮，厨房却完全不一样。一年四季难得干净几天。里面夏热冬冷，因为没有空调，热的时候像蒸笼，冷的时候只要抽风机一开，叫人直打哆嗦。冻箱、冷柜、制冰机上，常常敷着一层灰，虽是金属的，但只有拉手有点亮。洗碗机前，总是堆满用过的碗盘，后面横七竖八放着洗碗盘框架。炉灶顶上，油烟过滤器浸满油腻。灶台、菜台、味台，不用刀刮绝对擦不干净。水槽不时散发出一股酸臭，垃圾桶总是满满的。随处可见空酱油桶和废罐头筒。一位师傅告诉他们，大部分中餐馆厨房都如此。只有那些生意不好的略为干净，他们才有时间搞卫生。

清洁厨房比做 busboy 累多了，特别是炉灶下面，他们得躺在地上干，一次下来，满头、满脸、满身都是油渣子，就像溅满酱油。看看彼此的样子，一位同学说："这就是资本主义。"另一位同学加上一句："老板剥削我们太多剩余价值。"

干了两天，黄蔚腰酸腿痛，但在李宇面前装成没事一般。李宇看在眼里，先叫他泡热水澡，又帮他揉捏，才好多了。

"这老板也真是，让你们干得这么重。"李宇有些气愤。

"他也有难处，每天要应付卫生局、消防局、税务局、移民局。像我们干这些，低价请不到人来干，即使是黑人。反过来说，剥削也好，榨取也好，学生没有工卡，到底老板给了我们工作机会，我还是感激他。”

“你是天底下最好的员工，要我是老板，第一个就用你。”李宇跟他开玩笑。的确，只有李宇了解，黄蔚生就一副多好的心肠。他处处考虑别人，给了他一分，他一定用十分来回报。李宇只是担心，这种个性，在当今社会上，能有好结果吗？

7

太平洋酒家两边和后面都是停车场。一个星期四晚上，很多客人的车窗玻璃被砸。这对餐馆是很大的事。赔钱不要紧，影响生意那还了得。陈老板非常恼火，报警之外，他决定抽一名busboy暂看停车场。黄蔚责任心强，这份差事自然落到他头上。

对此事，黄蔚并不畏难。他喜欢了解美国社会的各方面，也想看看自己的身手、胆气，多年磨炼，在异国是否有用武之地。毕竟他年轻，精力充沛。

星期五晚上，天气晴朗，干冷。黄蔚精神抖擞地准备应战。果然，一名黑人壮汉又来作案。当他手里的铁器正要向一辆崭新的福特车车窗猛击的时候，被突然出现的垒球棒反弹，一下子落在地上，发出“当”的声响。那人抬头见是一个亚裔，立刻扑了过去。他哪是黄蔚的对手，眼看敌不过，拔腿想跑，早被黄蔚逮住了。

“昨晚也是你干的吗?”黄蔚气愤地问。

“求求你饶了我吧，我家中还有生病的老婆和一群小孩。”那人央告。正说着，一位巡警闻声走过来。黑人心想，这下全完了。可黄蔚忙松开被他反扭着的黑人的手，把自己的手搭在他肩上。

巡警看看他俩。

“他在跟我学中国功夫呢。”黄蔚笑看警察。警察似乎有些怀疑，问黑人：“是吗?”完全想不到情况会这样的黑人点点头，眼中涌出泪水，警察离开。

“为什么要来砸车窗玻璃。”黄蔚问。

“我长期失业，一家七八口，救济金完了，食品券解决不了问题，妻子又生病。好不容易在餐馆找到洗盘子的工作。却来了一个墨西哥人，老板说他干得比我好，不要我了，你想，我多气。”

“美国社会本来就是一个竞争的社会。工作还可以再找，但如果你被抓进监狱，那家人怎么办?”黄蔚寄予同情，黑人深受感动。

“先生，今后我绝不再做坏事。你的行动教育了我。过去我也有前科，但他们那样对我，只会使我更铁了心。我一定痛改前非。”说着，眼泪终于抑制不住掉了下来。

“这样，明天你来，我试试跟老板谈谈，看有没有别的工作，快回去吧。”

“非常感谢。”黑人模仿中国人的样子，向黄蔚打躬作揖，感激而去。黄蔚向他挥手，一整夜没有别的事。

8

星期六晚上，飘着鹅毛大雪。雪从早晨开始，电视台报道是今年最大的一场雪。虽然陈老板为黄蔚准备了一件有帽子、很厚的羽绒大衣，但站在华氏十几度的户外，还是非常寒冷。特别是风刮起来的时候。黄蔚手握垒球棒，在停车场上转悠。雪虽大，停车场仍然像往常一样，汽车进进出出，客人来来往往。只是虽有人不时铲雪，地上积雪还是厚，车必须慢慢转动。

看着停下来的车很快被雪覆盖，黄蔚的思绪早又飞到远方。菁、玲玲，你们现在正干什么呢？故乡的冬天也很冷，也常下雪，但比起这里，只是小巫见大巫。记得有一年下雪，我们围在木炭火炉边听玲玲唱歌，什么也不做。多么温暖，多么快乐。后来还在火上做毛肚子火锅。而这儿，好冷。但冷一点算得了什么，有你们在我心里，我浑身都热乎乎的。

黄蔚正想心事，一辆红色奔驰车向他开来。车灯显得特别耀眼。车在距他不远处停下。车灯关闭，车仍处于发动之中，雨刮子在转。雪不停地下，接着车门打开，一位穿件貂皮大衣的女士从车上下来。黄蔚定睛一看，那不是陈太太吗？迎了上去。“陈太太今天到得晚点。”黄蔚说道。

“告诉你不要陈太太陈太太的。叫我 Alice。”Alice 含笑瞪了黄蔚一眼，又说，“我早来了。问他们才知你看停车场。其实大雪天的，应该不会有坏人。”

“小心一点也好。”

“这么冷的天，进去，坐在车上看。车内有暖气。”Alice 说着，指指车。

无限感激之情一下子涌上黄蔚心头。他正想说点什么，一阵狂风吹来，风夹着雪。他忙上前去为 Alice 挡住刮来的风雪。Alice 没有他高正好靠在他胸前。风过后，黄蔚发现，Alice 离他那么近，自己的手还在她肩上，急忙倒退一步。

“谢谢，谢谢，这么大的风雪，请进去吧。其实也不是特别冷，我想不用车了。”黄蔚有些不好意思。Alice 看了黄蔚一眼，没说什么，朝餐厅走去。

又是一阵狂风，夹着大雪扑面而来。黄蔚眯起双眼，自觉不自觉地走向那已被积雪覆盖的红色奔驰车。车内的确很暖和，也很洁净。一股玫瑰清香味。看来 Alice 很喜欢玫瑰。前窗挂一个保行车平安的金色佛像。雨刮子正在转，Alice 选了很好的停车位置，从车内能清楚地看到外面。黄蔚注视着停车场入口，进出的车已经不多，客人也相对少了，可疑之人几乎没有。此时，他想到 Alice。

这位来自外州的老板娘，据说娘家也很富，当然比不上又开餐馆，又有旅馆，还做金融生意的陈老板。她是父母做主嫁给陈老板的。几年前，陈老板虽然个子矮些，但不失为风度翩翩的公子哥儿，因而赢得了Alice父母的欢心。尽管陈老板并不是Alice心中的白马王子，但一来父母喜欢，二来陈老板的不懈追求真是精诚所至，金石为开。而要寻觅十分理想的人物也非易事，陈老板各方面条件还算不错。Alice就依了父母。结婚之后，夫妻俩来到Greenland市，陈老板的生意大部分在这里。谁知到Greenland市不久，Alice发现，陈老板已结过婚，在台湾还有一房妻室。这真是晴天霹雳，她一下子傻了眼。怎么办呢？生米已经煮成熟饭。她恨陈老板，怨父母，又怨自己。陈老板苦苦哀求她，说台湾的妻子是早年他还很小的时候家里做主娶的，和他并无感情，迟早总会离婚。而他实在是太爱她，才对她和她的父母隐瞒了已婚的实情。也许真是这样，Alice答应他暂不把此事告诉父母。毕竟他对她各方面百依百顺，的确很好。但Alice对他的感情，从此退了一步。

气恼归气恼，Alice做起事来，总是认认真真，兢兢业业。她主管餐厅和旅馆。自从黄蔚到餐馆做工后，常见她到餐馆来。这位看上去雍容华贵的老板娘，对下人还蛮和气。餐馆高峰时间，只要她在，就一定会帮忙收碗盘、铺台子，为等得久的客人点点菜。有时，她也会跟大家一起交谈。一次，她问黄蔚，是不是大陆的知识分子都要被“改劳”。黄蔚对她所说的百思不得其解。经她反复解释，才恍然大悟原来是“劳改”。引得黄蔚哈哈大笑。

有几回，她要黄蔚告诉她一些北京、上海的情况，说将会去旅游。一天生，两天熟，黄蔚渐渐和餐馆里的人都认识了，相处也比刚来时自然得多。其中当然也包括老板和老板娘。在听到他们生活中的事后，尽管黄蔚认为老板也许心有苦衷，但他还是更同情老板娘。毕竟她当时是个纯真的女孩子。

由于黄蔚工作认真、踏实、负责，老板夫妇很喜欢他。老板说他为人厚道。老板娘说他是大陆学生中最好的。老板有时亲自开车送他回去，老板娘常常给他一些吃的东西。每逢她外出应酬，总给他带些饭菜回来，说是吃剩打的包，可作为他在学校的午餐。但黄蔚从饭菜的分量和完整看，绝非吃剩的。他和李宇两人都吃不完。一次李宇和黄蔚开玩笑：“老板娘看上你了，可你不能思想抛锚哦。”黄蔚一下子红了脸，笑着推李宇一掌：“去你的，瞎说。”二人大笑。

玩笑虽是玩笑，但李宇觉得不是一点根据都没有。凭着黄蔚帅气的长相，他的涵养，文静中带点忠厚的气质，很容易让人产生好感。而那位年轻貌美的老板娘，似乎比较单纯，又有婚姻上的不如意。基于一种天真烂漫的热情，完全可能做出不一般的举动。再看黄蔚，提到那位老板娘时流露的种种神态是李宇过去未曾见到过的。毕竟他也是男人，追求女人原本是男人的天性。但李宇知道，这种恋情如果一旦发生，它将产生严重的不良后果。既然他把黄蔚视为兄弟，他不愿看到黄蔚走弯路，他要提醒他防患于未然。一天中午，两人又吃黄蔚带回的大餐，李宇和他谈了自己的看法。望着李宇严肃而诚恳的态度，黄蔚点点头。他相信李宇。他答应李宇一定小心注意。

9

黄蔚下班时，车不多了，雪也停下来，他进餐馆去，想把车钥匙交给 Alice，但未见她。王太太告诉黄蔚，Alice 在旅馆。

陈家旅馆就在餐馆旁边，是一幢十几层的高大建筑物。一块大大的霓虹灯招牌闪耀着“Shangri - La Inn”几个英文字。黄蔚进去向柜台服务员打听 Alice，得知她在顶楼住。

黄蔚乘电梯来到顶楼。这个楼层和其他做旅馆的楼层格局不一样。出了电梯，是个通道，左边墙上一排窗子，右边一道大门。因为只有一道门，黄蔚寻思就是 Alice 的住处。他轻轻按了按门铃。门开了。Alice 笑盈盈地出现在黄蔚面前。她今天穿一件素雅的家常连衣绸裙，面色红润，显得光彩照人。

“我把车钥匙给你送来，非常感谢。”黄蔚站着没有动，声音似乎有点颤抖。

“先进来吧，过道上总有些冷。”Alice 说道。黄蔚犹豫了一下，但还是跨进了门。肉色的地毯很新、很柔软。黄蔚脱下短呢大衣，Alice 接过来把它挂在侧面壁柜内。他又脱鞋，心想这双踩过雪的翻皮鞋和这干净的地毯非常不协调。

“陈老板在家吗?”黄蔚问。

“下午到外州去了，星期一回家。来，这边坐。”

穿过挂衣柜和后面的洗手间，前面是大客厅。客厅右侧，将近一半没有铺地毯，是非常光洁的清漆浅栗色地板。这部分最显眼的，要数那架亮闪闪的顶盖半开的黑色大钢琴。顶盖旁摆了一束盛开的玫瑰花。“陈太太还弹琴啊。”黄蔚望着钢琴含笑问道。

“总不能每天除了餐馆就是旅馆。一会儿我弹一曲表示欢迎。喝点什么？咖啡、橘子汁、啤酒还是果酒。”

“不了，谢谢。”黄蔚上来时，打算交还钥匙就走，但现在他好像把这点给忘了。

“天气冷。来点 plum wine 吧。”Alice 打开壁上的小冷柜，倒了一杯 Plum wine 给黄蔚。黄蔚本不善烟酒，但还是接过了那杯紫红色甜酒。“谢谢。”黄蔚说着，向钢琴那边走去。钢琴对面放音响柜，除一组 Sony 音响外，就是音乐带子、片子。很多舞曲，古典音乐家贝多芬、肖邦、柴可夫斯基，现代音乐家布里顿、科普夫、肖斯塔科维奇等的曲子，还有一些中国名乐。此时，黄蔚领悟到为什么这部分是地板。他们常跳舞吧，黄蔚想。

“带子、片子真不少呵！”黄蔚说，流露出羡慕之意。

“我的东西不借人，但你例外，喜欢可以拿去听。”Alice 说道，同时放了勋伯格的《升华之夜》。那悠扬的提琴声，描绘出静夜、树林、情侣。Alice 走向前，用眼神和手势示意黄蔚。黄蔚也没有推辞，二人翩翩起舞。漫步在音乐世界里，他们是那样如醉如痴，那样快乐、幸福。音乐暂告一段，黄蔚举起杯子，呷了一小口酒。Alice坐到钢琴边，钢琴声一下子响了起来。她弹奏技巧娴熟。黄蔚不是很懂音乐，但他能领会音乐的意境。那是一段回忆，倾诉和美丽月色的描绘。黄蔚沉浸在钢琴声中，不觉又饮了一口酒，脸红红的。他向Alice望去，她弹琴的姿态多美，黄蔚想，往目光方向移动了一步。他似乎有话要和她说，他想靠近她。

突然，就在乐曲转到一阵轻微旋律的瞬间，街面上刺耳的警笛长鸣声传来。黄蔚一下子从沉思中惊醒。“我该回去了，你也要早点休息。”黄蔚有些慌乱。

“没有关系，明天是星期天。”Alice站起来，又说：“你不参观一下我的卧室、书房，到吧台尝点干果，去阳台上看看雪景和我那居高临下的游泳池吗？我不愿意住市郊的房子，除了它离工作远，很多啰唆事外，我主要爱这里的高。你想，站在阳台上，全城尽收眼底，微风拂面，多有诗意。特别是晚上万家灯火的时候，这城市的夜景更令人着迷。而在游泳池中，距天那么近，真是天泳。”

看着Alice在他面前所表现出的他从未见过的富于表情的言谈，说实话，黄蔚完全不想走。然而意志终于战胜了自我。“今天太晚了，以后还有机会。”黄蔚放下杯子。Alice看黄蔚，喝过一点酒的他显得容光焕发。那雕塑般的俊美体现得更充分。她多希望他能留下。然而，一种女性的矜持，暂时控制了感情，见黄蔚一定要走，只好说：“天晚了，又冷，我送你回去。”

这一夜，黄蔚久久不能入眠。那如诉如泣的琴声，始终回荡在他脑中。

10

星期天凌晨，一大早秦晓波就来接黄蔚，他要带黄蔚去教堂。

秦晓波是位虔诚的天主教徒。他信奉上帝，也是中国教会的活跃分子。黄蔚刚来还未找到工作时，他约黄蔚每逢星期五晚上去教会查经。在那里，大家共同读圣经，向上帝祈祷，检查一星期来自己的过失，向上帝忏悔，同时提出内心的希望请上帝保佑。然后一起聚餐，互相交谈，品尝各自带来的菜肴。有一次秦晓波因事未到，黄蔚为不失信，一个人走去教堂。说也奇怪，他从未走过，仅凭乘车时的一点点印象，道路弯弯曲曲，教堂还居然被他找到了。大家都说，是上帝指引他找到的。教友们有共同的信仰，彼此亲热、互相帮助。黄蔚觉得，大家都很善良，像秦晓波，如果有什么事情找他，他一定尽全力帮忙。现在，因为工作关系，黄蔚只能星期天早上去教堂。

当他们到达教堂时，里面几乎已经坐满。不大一会儿，礼拜开始。音乐声中，台上圣歌唱了起来。唱诗班成员，清一色上白下黑，非常整齐。圣歌有领唱、独唱、男声合唱、女声合唱、混声合唱，抑扬顿挫、庄严、优美。场内一片肃穆。秦晓波本来也是唱诗班成员，今天为陪黄蔚没有上台。

圣歌结束，一位身穿长袍的主教上台布道。黄蔚不完全明白他讲道的内容，但有一点他听清楚了。主教说道：“我看见门外阳光灿烂，主已向我们走来。主永远和我们在一起。”主教讲道过程中，有一个盘子顺座位传过来。黄蔚见大家都放点钱在里面，他也照做了。

后来，主教谈到了人类的罪恶。这时，昨晚的情景浮现在黄蔚脑海里。先是一阵兴奋，接着是一阵懊恼，再就是一阵痛苦出现在他的面部。秦晓波专注于主教的讲道，没有发现黄蔚的表情。人的欲望有时会有令人无法抗拒的力量，“主啊，请拯救您的儿子。”黄蔚默默祈祷着。

黄蔚的性格特点，使他易于接受宗教的感染。如果他去上神学院，一定会成为一名好神父或好牧师，将来也可能达到主教的位置。秦晓波和教友们正是看到这一点，所以非常器重他。礼拜结束，秦晓波介绍黄蔚给好几位白人教友。有一位热情地邀请他们到家里共进午餐。

第五章

1

系里的电脑实验室实在是现代科技的殿堂，里面有多个部分设置供实验者使用。也有几个地方让实验室工作人员监控和观测。课题进行处被装备得类似一间舒适的办公室，除了完整的电脑设备外还有特殊的软件安排。监视区和课题区分开。实验室里还另有视频和音频设备，以便实验者记录、分析和检查。这里是黄蔚常来的地方，今天他又坐在一个操作台前，正聚精会神地设计一道软件。

说起这程序，黄蔚可是三进三出。记得前些日子，资深的Martin教授给研究生们出了一道题目，要大家设计一个从键盘到打印机复制符号的程序。经过仔细思考，黄蔚初步认为，这程序本身代码不到十行，设计和编码的时间应在一小时之内；但它牵涉到很多方面，需要做准备，真正完成大约应该一个星期。他绘出图形，选了 Java 语言，使用最节省的编辑，设计出了程序。当他再次复核自己的设计时，没有什么错误，觉得还算满意。于是进行实验，程序也能成功地寄存入操作码控制系统。

Martin 教授看了黄蔚的程序，认为这是所有研究生中最成功的设计。几星期后，Martin 教授找到黄蔚。“你可不可以使你的程序让用户能从纸带读出器读出。”教授问他。黄蔚不想辜负教授的期望，哪怕事情可能比较棘手。“我试一下。”他点点头。教授露出微笑。

为了让程序的修改尽量不破坏精巧的原设计，黄蔚反复思考，又参考了大量有关资料，终于完成了设计。这个程序令 Martin 教授相当满意，并得到他高度的评价。事实上，它比前一个更成功。

一段时间后，Martin 教授又对黄蔚说：“用户有时想要输出到穿孔纸带的复制程序。再努力一次吧。”他拍拍黄蔚的肩膀。尽管这次修改可能破坏原设计，这是他极不希望的，但黄蔚还是答应了。

为要这次的程序虽然功能增加但不降低水准，他参考了 OCP 原理。好在他做初始设计时用了最简单、精炼的方法，也考虑到将来可能变更而使它有较强的适应性。设计最后完成了。它又是一个成功的杰作。这被公认为理想的程序，没有辜负他的努力和辛苦。在赞赏的同时，Martin 教授给了他一笔可观的奖金。

通过这道软件的设计，黄蔚领会到，做好一个设计有三点应注意，那就是用灵活的实践发现问题，用全面的设计原理分析问题，用适当的设计模式解决问题。他也领会到，好的设计是一种方法而不是事项。它是原理、模式，实践为了改善设计结构和明确性的持续运用，它是在所有时间内致力于保持设计系统简单、精确和高价值的结果。

2

圣诞节快到了，星期六晚上系里有个圣诞 party。平时，大家各忙各的，常常见面都不多，也很少有机会交谈。这种时候，正好一起集会。黄蔚向 Alice 请了假，并邀她同往。Alice 欣然答应。这天晚上，Alice 只化了淡淡的妆，穿着简朴大方，一副女学生模样。尽管如此，却遮不住她的美貌和气质，反而显现出另一种清纯的风韵。

大厅里灯火辉煌。前面一棵高大的圣诞树张灯结彩，树顶上银色的五角星、层层叠叠绕在树上的小彩灯忽闪忽闪。彩带和各色小球挂满树上。树下是一堆象征瑞雪的白纱。中间几排台子，放满丰盛的节日菜肴，甜点、水果和饮料。厅另一端，有几棵稍小但同样布置的圣诞树围绕舞场。场上已有人随着欢乐的音乐声起舞。

黄蔚和 Alice 到达时很多人已经来了。黄蔚帮 Alice 脱下大衣挂好，一眼就看见李宇正和 Jennifer 交谈。他们走上去，黄蔚“Hi”了一声，向 Alice 介绍：“我的同学 Jennifer，好友李宇。”又对他俩说：“我的朋友 Alice。”三人互相问好，握手。

Alice 曾听黄蔚讲过有如他兄长般的李宇和家庭富有、但勤工俭学的 Jennifer，对他们印象很好。想不到今晚首先就能见到他们，她非常高兴。李宇原本想象这位老板娘一定非常出色，而眼前的她，比想象中强多了。现在，他更能理解黄蔚。三人热烈交谈。黄蔚拿了一杯橘子汁给 Alice。这时，Thomas 教授偕同夫人进了门。大家一齐迎上去。秦晓波和袁进也出现了。和教授夫妇寒暄之后，教授有事找李宇，他们站到边上。Jennifer 告诉 Alice 圣诞节她将和朋友一起去滑雪。每年他们都要去几次。说滑雪虽然累但非常有意思，非常刺激，要 Alice 和黄蔚也去试试。短短十几分钟，Alice 已经非常喜欢这位豪爽、热情的金发姑娘。她答应 Jennifer，等有机会一定和她一起去滑雪，并邀请 Jennifer 到她家做客，她要为她准备一些地道的中国菜。见她们谈得投机，黄蔚过去盛了两小纸盘估计她们喜欢的菜，连同纸巾、塑料叉子送到她们手中，又去取自己的食物。在餐桌前，袁进说道：“你这位朋友真够漂亮。”秦晓波接着说：“称得上晚会的皇后。”说完二人看着黄蔚笑。

听了他们的话，黄蔚不觉向大厅里扫了一眼。的确，大部分是戴眼镜的知识妇女，没有一个比得上 Alice 的。他胡乱拿了点菜，又向 Alice 走去。

后来，大家往舞场来。Jennifer 首先和一位在舞场遇到的同学跳起舞。黄蔚对李宇和 Alice 说：“你们都是我的好友，来一个。”说完轻推他们进场内。二人大大方方，共同起舞。Alice 舞姿轻盈、优美。袁进、秦晓波都请她跳了。最后轮到黄蔚。在这里跳舞，虽然没有在 Alice 家客厅里那么浪漫，但他们的心离得如此近，却完全是一样的。

直到二人离去，除李宇外，没有人知道 Alice 的真实身份。

第六章

1

两个多月 busboy 工作终告一段，黄蔚开始做 waiter 了。他穿上 Alice 送他那件合身的黑细呢背心，结上领结，显得格外潇洒。作为一个 waiter，黄蔚的确非常合适。他文静、耐心、彬彬有礼，一口流利的英文，常常得到客人的欢心，有比其他 waiter 丰厚的小费。同时，他和老板夫妇关系更为融洽。Alice 来餐厅的次数明显比过去增多，见到黄蔚，总是殷殷含笑。黄蔚呢，似乎更热爱餐馆。他解释说：waiter 比 busboy 挣钱更多，是钱吸引了他。李宇可不这样认为，他深知黄蔚不是视钱如命的人。黄蔚自己也迷惘。有时，他希望尽快到上班时间；有时，下了班还不想走；有时好像在期待；有时，好像在寻求。有一点黄蔚自己意识不到，那就是他看 Alice 的目光和过去完全不同。如果他看得到的话，一定会吓一跳。

2

一天，Alice 对黄蔚说，她新买了一盏吊灯需要安装。陈老板去台湾了，要不他会请人弄。黄蔚是学工程的，装一罩灯应该不成问题，可不可请他帮帮忙。黄蔚满口答应。

下班后，黄蔚来到 Alice 住处。灯要装在卧室。穿白衬衫、白线袜的黄蔚随 Alice 走了进去。

首先映入黄蔚眼帘的是那长长的乳白色梳妆台。上方一面大镜子，四周环绕着美神维纳斯和几个身背翅膀的裸童雕像。台上是排列整齐的化妆品。前边一个鼓形瓷座位，覆盖着精制的粗绒线垫子。距梳妆台不远，有一张和梳妆台配套的 king size bed，围边、床罩、被子都用春花色锦缎缝制，大小枕头七八只。床头图案刻着海边的亚当和夏娃以及一群正在飞的海燕。四角四根圆柱，同样环绕会飞的裸童、藤条、叶子和小鸟。床头柜上，除一盏镀金台灯，一个带音响的银色小闹钟外，还有一对古希腊少男少女石膏像。壁橱旁边，半高立柜上，有几个漂亮的芭比娃娃和小熊、小猫、小狗之类。屋子顶一盏琉璃吊灯，长长的天鹅绒窗帘一直垂到地面。

在黄蔚看来，那盏琉璃吊灯已经相当不错，当然，新买的水晶吊灯可能更好。黄蔚按照说明，先把灯架搭起来，再把叶片固定在上面。Alice在一旁帮他。

“一般卧室都不要顶灯的。但我觉得灯多一些好。落地灯侧照，床头灯小照，顶灯普照。各有不同用途，造成不同气氛。”Alice说。

看着专注地工作的黄蔚，他时而拿起钳子、起子，时而上镙钉，时而安叶片，那长而灵活的手指，Alice联想到，这是一双非常适合弹钢琴的手。再看他上下凳子轻松自如地取下旧灯，挂上新灯的姿态，Alice估计他平时一定常运动。而看他一手提有一定重量的吊灯，一点不感吃力的样子，Alice觉得他的臂力还真不小。

对于组装过无数收音机、电视机的黄蔚来说，安装一盏灯的确不是难事。大约半小时后，那盏玲珑剔透的水晶吊灯已经把它柔和的光洒满室内。这间华美的卧室显得更加富丽堂皇。

“累了吧。先坐下休息。”Alice感激地看他，又看那张放满水果、蛋糕、饮料的小圆桌。然而，黄蔚并没有过去，而是走向挂在墙上大相框里Alice的婚纱照。他望着那张彩照，照片实在拍得很美。就在他注视照片的时候，Alice轻轻走了上去。

“多美。”她听见黄蔚自言自语地小声说。大约过了一分钟，黄蔚发现Alice在他旁边，他转过身来。Alice不知什么时候换上一条低低的黑色纱裙，裙子只用两条细细的带子轻轻搭在肩上，露出她那白皙细嫩的肩和丰满的手臂，酥胸也似乎半遮半掩。她含情脉脉地看黄蔚。此时，一股热流涌上黄蔚全身，从脑际到上部再到下部。他忽然不顾一切地紧紧搂住 Alice 狂吻她，又把她抱起来。正当他想往大床移动时，猛抬头，看见另一侧墙上 Alice 和陈老板的结婚照。如梦初醒，黄蔚意识到自己的失态，吓了一大跳，心目中那个理智的男子站起来。

“呀，我干什么，对不起，对不起。”他把 Alice 放下，向门外冲去。

3

夜深了，教堂里死一般的静寂，黄蔚跪在圣坛前，他在哭泣。

4

第二天，黄蔚见到 Alice。他以一种歉疚的目光看她，又低下头。Alice 和以往完全一样，依然殷殷含笑，情深意浓。你是一个男子，她用柔情的目光安慰他。

黄蔚是 Alice 遇到第一个能开启她心扉的男人。少女时期的 Alice，男朋友不少。毕竟她有貌有才，出身上等之家。但一般富家子弟，大多缺少她所要求的深度。尽管也许仪表堂堂，头脑却很简单，要不就是肥头大耳，其貌不扬。相比之下，陈老板还算过得去。

在 Alice 看来，黄蔚是一个最合适女人的男子。他算得上标准的情人。看他，雕塑般的面孔，不胖不瘦、稍高的身躯，甚至于手腿都很性感。而憨厚中带点温柔的神态，显示出另一种男子气质。他又是理想的丈夫，善良、诚恳、正派、能吃苦、事业心强，让人感到靠得住。而他的才气，很少有人能比得上。遗憾的是，他已是有妇之夫，而自己是有夫之妇。以她开朗的个性，她可以抛弃一切随他而去。事实上，自己婚姻并不如意。从某种意义上讲，先生欺骗了她，她完全有理由提出离婚。因此，她并不十分控制自己的感情。即使黄蔚再有过头的举动，那也只是自己的心愿而已。昨晚，她的确希望他们能有美好的一夜。她相信黄蔚会有好的床上功夫，而自己也一定能使他满意。然而，问题在于黄蔚。可以看出，他不是不爱她，昨晚他的举动已证实了这一点。但他是个正人君子，有着千丝万缕的顾虑，所以一再压抑自己。Alice 知道，对于一个男人，这非常痛苦。当然，自己也不轻松。怎么办呢？她不得而知。

5

听了黄蔚的忏悔，Tom 神父慈祥地说："你是个血肉之躯，情欲在所难免。情欲本身可以宽容，淫乱则是一种罪恶。你们中国话里有一句'情既相逢必生淫'，道出情欲和淫乱之间的关系。但我们是上帝的孩子，上帝将拯救我们，愿你在上帝的感召下回头吧!”

Tom 神父建议黄蔚，为取得内心的安宁，他应该办妻儿出来陪读。关于这事，实际上从跨入美国的第一天黄蔚就在考虑，可他觉得条件尚未成熟。首先，经济上还没有基础。对 Thomas 教授原来说好自费，不应该自食其言，赴美后变了。现在，别的地方也不是找不到更多奖学金，但他却不会离开 Thomas 教授，他更看重信义和感情。如果吴菁母女到来，会不会让她们过得太艰难，这是黄蔚最为担心的。其次，他也不愿意吴菁刚来就去打工，那样太辛苦，何况她还必须照顾玲玲。然而，对吴菁母女的思念，自己孤身一人生活的愁苦，使他又想立即着手此事。在某些方面，以往，他过分相信自己的意志力。看来，也有把持不住的时候。他害怕做下对不起吴菁、也对不起 Alice 的事。这使他异常痛苦。在这方面，黄蔚自认为比不上李宇。李宇离家几年了，而自己仅仅才几个月。一次他和李宇谈起，李宇反倒安慰他:“刚刚分开正是最困难的日子。时间久了自然慢慢习惯。再说，感情往往是双方的事，我没有你那么好的外在条件，难得对别人造成吸引，也就很少诱惑。”

“不，是思想境界高低的问题。我应该向你学习。”

和所有别的事情一样，办吴菁母女出来的事，黄蔚还是首先和李宇商量。

看着黄蔚这几天若有所失，还有点消瘦的样子，李宇猜想他定是为情所困，正准备和他聊聊。

“我想这样做是对的。”当黄蔚谈到办吴菁母女赴美的打算时，李宇说道。“经济担保如何着手呢？把我户头上的钱暂时转到你户头上，银行存款差不多了。但要查起经济来源，由于你的收入太少，可能就有问题。Thomas 教授不可能给一张高资助证明。大部分美国人头脑规则，一般也是遵纪守法的。如果能找到其他合适的人作经济担保，设定你跟他是亲戚关系，经济来源于他，那样就比较好。”

“这个人？”黄蔚在思考。

“能否考虑你那位亲戚？”

“已经麻烦过一次，尽量不再去找他。我想，有一个人。”黄蔚有点兴奋。

“谁？”

“陈老板。求求他，兴许会帮忙。”

“试试看吧。”李宇也很高兴。事情有了眉目，他祝黄蔚一举成功。

情况比黄蔚想的还顺利。一经黄蔚开口，陈老板爽快答应。还叫他的秘书从速办理。第三天，黄蔚就拿到了那份公证得好好的经济担保书。他附上别的需要文件，立即寄出。

6

一个多月过去了。

一天中午，李宇从学校回来。门开着，他知道黄蔚在家。

“黄蔚——”李宇喊了一声，没有动静。他轻轻推开黄蔚的房门。黄蔚躺在床上，用折叠的被子盖着头。李宇走上去：“不舒服吗?”他关切地问，没有回答。这时李宇发现床上还有几页纸，他随手拿起来看。是吴菁的信。也许有什么事发生。李宇顾不得许多，看信上写的什么。

蔚：

你好，当我提笔给你写信，夜已悄悄降临。玲玲也睡熟了。

故乡今年的冬天似乎比往年冷。收到来信和材料，它们就像一阵阵春风，化解了我心田的严寒。带着残冬即将过去，暖春就在前头的欣喜，我的思绪早又飞到远隔天涯的你身旁。

你一定还记得我们共读的那首《红豆歌》吧……“展不开你的眉头，挨不明的更漏，恰便似遮不住的青山隐隐，流不断的绿水悠悠。”它是我此刻心情的写照。现在来领会其含义，才真正能引起最强烈的共鸣。

蔚，在我独守空室、无限思念的日子，往往使我得以安慰的，是对那些我们朝夕相处美好岁月的回忆。我不愿赋予生活很多感伤的色彩。我深信，我们的未来充满希望。

身背玲玲，冒着严寒，怀揣一颗激动的心，我到了美国驻中国领事馆。等待办签证的人大排长龙，我也加入了他们的行列。好不容易才轮到我，谁知那位官员看完材料，在申请上批了“有移民倾向”的字样，几分钟就打发了我。当时，我是那样失望，那样伤心。呵！上苍对我多么不公，命运为何如此坎坷。我猛然想起恢复高考那年我各科都考第一，满怀上大学的希望，想不到张铁生的一纸白卷，彻底砸碎了我的美梦。由于家庭问题，我最终被拒之于大学门外。此情此景，与当年何其相似。

……

李宇知道发生了什么。他拿开黄蔚头上的被子。被子已被泪水浸湿了一大片。他无限同情。一个多月来，黄蔚盼星星盼月亮，是怎样苦苦等待回音呵。结果如此，打击实在惨重。但他用另一种口吻说：“不要这样，男儿有泪不轻流。”说着扶起黄蔚，坐到他旁边，“很多人不都签过数次，最后才签准了。还可以再努力嘛。”

李宇使黄蔚暂时恢复了平静。但黄蔚清楚，一旦被批上“有移民倾向”几个字，就等于宣判了这件事的死刑。要想再签准，谈何容易。为了让李宇安心，他强笑着点点头。

7

黄蔚带着低沉的情绪去餐馆上工。整个晚上，他神色忧郁。回忆将近三十年的生活道路，凭着他的勤奋、聪明才智以及对事物报以辩证的乐观看法，在一波接一波生活的浪潮中，他总能主动地应付自如。而这一次，他却是个失败者，既失望又无奈，失落得满腹愁肠，只能望洋兴叹。

黄蔚的愁闷 Alice 看在眼里，平时总是高高兴兴的他，今天却有些反常。她猜想他一定碰到不小的困难。要不他是不容易把心事流露出来的。但不管发生了什么事，她都不会不管，只要他有难处，她就同情他，也一定会帮他，她这样想着。

黄蔚下班的时候，Alice 说要送他回去。他们一块沿人行道向旅馆停车场走去。Alice 的车停在那里。

“今天我看你好像不大高兴，有什么为难之事吗。”Alice 关切地问。

“没事。”黄蔚语气肯定，但不无感伤。

“我想不是这样，说来听听，也许我能帮忙。”

面对 Alice 的真诚和关心，黄蔚多想把内心的苦衷向她倾诉，但这件事，他不愿意告诉她。看到黄蔚还是不想讲，Alice 又说：“难道你不信任我？”一句话使黄蔚不好再隐瞒。

“她被美国领事馆拒签了。”

陈老板帮黄蔚办经济担保一事，Alice是知道的。这使她内心深处不能没有一丝遗憾。与此同时，对黄蔚又增添了几分敬重，他的确是一个深情、执着的男子。从这点出发，她希望事情能够成功。当然，这也更增加了她对黄蔚的爱恋。现在听黄蔚谈到结果如此，她深为同情。

“为什么？”

“说她有移民倾向。”

“很多人都因为这个理由被拒签。它拆散了多少家庭，造成了多少牛郎织女，真是可悲、可叹。但你不必难过，不要气馁，可以继续进行。有志者事竟成。有个曾在餐馆做打杂的小徐，她的先生原来也在你们学校念书。她的签证就足足办了五年，等全家团聚的时候，先生早毕业了。今后，若还需要出具什么材料，你只管说，我们一定办到。”Alice说时深情地看黄蔚。

黄蔚想不到Alice对此事的态度竟是这样。此时，他不能不暗暗自责。从请陈老板办经济担保，他就有意无意地想避开她。其实，自己把她看低了，她是那样一位高尚的女子。反倒是自己，不显得有些猥琐吗？他不觉脸微微发热。而另一方面，他又感激她，这种感激自然地又转化为爱恋。他转过身来说：“谢谢，你们帮忙很多了。的确，当我刚刚得知这种情况时，是很想不开的。人的思想，往往有时会走进死胡同，或者说去钻牛角尖，以致不能自拔。你的话对我很有启发，心情好多了。我常常庆幸，能遇到像你们这样朋友般的老板，各方面给我那么多的帮助，大大减少了我刚到美国的困难。”

“事情总是两方面的。以你待人的诚恳，以你的勤劳，我想你无论到哪里总会顺利居多。实际上这是一种聪明的做人道理。不管怎么说，世间好人总是多数。你先无保留地为别人付出了，大部分人一定会回报于你。更何况以你的才能，你是那种能做大事，又不拒绝小事的人，这就使你减少了很多心理负担和压力，同时也减少了很多困难。”

他们热烈地谈论着，本来早就应该左拐进停车场，不知是忘了还是有意不进去。他们继续沿着人行道往前走。将近午夜的街面上人已经很少，尽管五光十色的霓虹灯依然亮闪，但各家店面早已关门，只有大小酒吧开着。他们来到一个小巷口，一名无家可归的高大黑人站在那儿有点虎视眈眈地看着他们。Alice 不免一阵紧张，黄蔚急忙伸手搂住她。

“给点小钱喝咖啡吧。”黑人冷冷地说。黄蔚放开 Alice，掏出两美元上前递给黑人，转过身来拥着 Alice 往回走。

此时，Alice 处在黄蔚坚实的臂膀下，她感到舒适、可靠。她多么希望这样一直走下去，不管前程怎样。而 Alice 淡淡的体香，也使黄蔚如醉如痴。他们信步进了一家酒吧，在灯光幽暗处的两个高凳上坐下来。Alice 要了威士忌混合酒饮料，黄蔚要了青岛啤酒。以黄蔚今天的心绪，喝点酒解解闷是最合适不过的事。但由于 Alice 的劝慰，他大大释然，加之平常饮酒有限，今晚喝得也不多。可 Alice 却喝得不少。他们四目相视，没有太多说话。随着酒的兴奋作用，黄蔚沉重的心情冰消雪化，他显得陶醉而愉快。Alice 则处于甜蜜幸福之中。黄蔚情不自禁地拉起 Alice 的手，Alice 顺势靠向黄蔚怀中，他亲吻着她……

Alice 又喝了不少酒。黄蔚阻止她，但她说："酒逢知己千杯少，今夜要一醉方休。喝啊，喝——"不一会，Alice 就支持不住了。

"我们回去吧。"黄蔚结了账，搀着 Alice 走出酒吧。Alice 醉得厉害，来到门外，黄蔚索性把她抱了起来。Alice 身体轻巧，黄蔚并不感到吃力，相反，他却体会到一种愉悦。

一路上没有任何行人，黄蔚迅速来到陈家旅馆门厅。夜深人静，柜台上的值班人员正在打盹。黄蔚悄悄进入电梯，到了顶楼。好在他来 Alice 住处已不止一次，并知道陈老板这几天不在家。他从 Alice 手提包里找出钥匙，进门后把 Alice 安顿在床上，自己则来到客厅。

客厅静悄悄地，黄蔚心可跳得厉害。他无限兴奋，但又有一种做了贼似的感觉。该怎么办呢？是扔下 Alice 不管一走了之吗？他不能这样，也不愿意这样。是留下照顾她吗？万一，他极其矛盾。他再进入卧室，Alice 安静地躺在床上。黄蔚呆呆地看着她，他多想上去亲吻她。忽然，Alice 轻哼："水，水——"

黄蔚倒了一杯水，跪在床边喂她。这时他看到 Alice 美丽苍白又十分柔弱的面庞。一种怜爱之心油然而生，他渐渐冷静下来。

黄蔚照料 Alice 直到半夜，看到她沉沉入睡，已经不要紧了，才关好门悄悄离去。

第七章

1

太平洋酒家有个大酒吧，位于餐厅侧面。和一般酒吧相似，一条长长的柜台，前面放着高凳。柜台后面酒架子上，除各色酒外，另有几台电视机。不同的是，这里柜台正对面还有餐桌，供主要喝酒，但也用餐的客人。忙的时候，高凳不够，餐桌正好派上用场。酒吧后面，和 waiter station 连通，以便 waiter 们出入。到餐厅用餐的客人绝大部分都喝酒，不喝酒也多少要些饮料。酒吧实际上同样是 waiter 们工作的地方。一般烈酒，大多调配成混合酒饮料，由调酒师做好再给 waiter。而汽水、啤酒、甜酒之类，则 waiter 自取。调酒师有的毕业于调酒学校，有的是酒吧自己培训的。由于一起工作，调酒师和 waiter 们有较为密切的关系。

懂不懂水酒，懂多懂少是衡量一个 waiter 素质高低的重要标准。好的 waiter 必须很熟悉水酒。为做一名优良的 waiter，黄蔚希望学习调酒。Alice 也觉得这种想法好，就安排他有时在酒吧工作。酒吧目前的主要调酒师是一位白人男子，名叫 Michael，调酒学校毕业。他身材高大，金色短发，蓄着胡子，灰色眼睛，眉毛和眼睛靠得很近。高鼻梁，大嘴唇，典型的西方人模样。平素语言不多，个性内向。黄蔚和他实际上早就认识。听 Alice 说黄蔚来向他学习调酒，他非常高兴。连声说："欢迎，欢迎。"

第一天，Michael 叫黄蔚先看他做；第二天他给黄蔚带来一本书，要黄蔚拿去阅读；第三天，他就让黄蔚试着做，自己在旁边指导。他精心地教，黄蔚仔细地学，效果非常好。

过去，黄蔚就对 Michael 印象不错。他不仅工作熟练，心地也很善良。黄蔚刚做 waiter 时对酒类不熟悉，特别是一些 Menu 上没有的酒。遇到这种情况，黄蔚只能把客人说的酒名大概记下来拿去问 Michael，Michael 再根据他不完整的拼写分析后把酒做好。有时还会发生错误，一杯酒做几次。这使黄蔚非常过意不去。但 Michael 总是笑着说"No problem"，然后不仅把酒做好，还把正确的酒名写出来，叫黄蔚记住。另外像酒的装饰，什么酒要放花或柠檬、樱桃、橄榄等，一开始黄蔚也不大清楚，毕竟种类太多。Michael 先是帮他放，慢慢指导他放，后来让他自己放，看到黄蔚进步神速，高兴地说："Good job！"

黄蔚很快便熟悉掌握了侍酒的技术，这和 Michael 的帮助完全分不开。

一次周末，有个一百多人的团体租用有舞池的party room。陈老板决定在里面设临时饮料服务部。这事由他最信任的黄蔚负责。Michael知道后，不但帮着黄蔚一起搭好台子，还帮他把各种酒类准备好。工作过程中，不时来帮这帮那。黄蔚顺利完成任务，收到二百多元小费。他感激Michael，一定要分小费给他，但Michael说什么都不要。黄蔚非常感动。心想，在金钱社会的美国，像这样的人必定不多。

平时，Michael只要见到黄蔚就会说："Hi David，how are you doing?"有时，过来和他拉拉手或拍拍他的肩膀，并且总是笑着看他。黄蔚不大理解的生僻英语、口语、俚语常常拿去问Michael。他总是详细解释，有些还写在纸上。时间一久，两人成为要好的朋友。他是黄蔚除同学之外的第一个白人朋友。现在一起工作，就比过去亲近。

当Michael知道黄蔚每天乘bus上下班后，就表示要送他回家。黄蔚婉言谢绝。

"在bus站等车很冷。"Michael说。

"我会在bus快来前出去。"黄蔚实在不想麻烦他。他家方向和黄蔚宿舍正相反。

"Bus不一定准时，你需要花太多时间。"

看着Michael那么诚恳，那么热情，黄蔚不好再推辞。从此，只要Michael上班的日子，他一定送黄蔚回去。

一次回家的路上，Michael问："你结婚了吗?"黄蔚点点头。

“有小孩吗?”

“一个女儿。”车内比较暗，黄蔚看不清 Michael 的反应。如果这之前，他一定不会问 Michael 同样的问题。因为听说和美国人相处，像年龄婚姻等不应该随便问。但既然 Michael 提到这方面，若他不闻不问，起码显得对朋友不关心。于是他也问：“你呢?”同时看他。Michael 摇摇头。以后他们没有继续说话。很快到了黄蔚宿舍门口。当 Michael 和黄蔚说再见时，神情似乎有些忧郁。

一个星期五晚上，从未有过的情况，Michael 迟到了。当他走进酒吧时，黄蔚发现，他神情沮丧。整个晚上，Michael 一直心不在焉，样子很痛苦。黄蔚明白，肯定有什么事情发生。打算下班后安慰他。

在车上，黄蔚想说什么，但 Michael 先开了口：“能和我一起回家吗？我想和你聊聊。”时间已经很晚，星期五下班迟。不按时回去李宇也会担心。但不能扔下 Michael 不管，他今天有事。“走吧!”黄蔚语气毫无勉强。

当 Michael 掉转车头后，黄蔚请他先开到公用电话亭给李宇去了电话。

Michael 的住所是一套 apartment，在三楼，进门就是客厅，收拾得整整齐齐，干干净净，一股较强的古龙水气味。Michael 打开冰箱拿出啤酒，递给黄蔚一瓶。黄蔚急于了解情况，刚坐下就问：“发生了什么?”Michael 没有回答，只随手把茶几上的一本影集递给他。黄蔚翻开看，里面主要是 Michael 和另一个白人男子的照片，有些是裸照。“你的朋友吗?”黄蔚指着那白人男子问。

“我的 lover。我们是 gay。”稍停，Michael 接着说，“在酒吧认识的，已经共同生活两年多时间，现在分手了。今天他去加州，怎么留也留不住，我很爱他。”Michael 说话时非常痛苦。

黄蔚这才发现，茶几上那些杂志，封面几乎全是裸体男人。黄蔚听说过，美国同性恋很多。在餐馆，他也多次接待过前来用餐的同性恋者。表面上，大部分同性恋者和一般男女没有什么不一样。只有少数男同性恋者看上去有点女性味，个别的右边耳上带只单耳环。黄蔚从不歧视同性恋者。他认为，他们仅仅性取向和异性恋不同，没有什么不正常，更不牵涉道德品质问题。在性心理上，可以对异性感兴趣，那为什么不能对同性感兴趣呢？像身边这位 Michael，原来不知他是同性恋，而他是个多好的人。看着 Michael 难过的样子，他猜想，他们失恋时的心态大概也和异性恋差不多吧，对异性恋而言，如果失去自己所深爱的情人，会多痛苦！那对同性恋来说，这种情感也许是一样的。他不愿 Michael 痛苦下去，转向他，无限同情地安慰：“不要太难过，你的朋友过些日子还会回来，他对你也必定一往情深。”Michael 摇摇头。

“就算他不回来，你还可以找到新男友。凭着你的善良、勤恳，一定有别人会爱上你。”黄蔚一席话温暖了 Michael 的心，也好像提醒了他。他黯淡的目光一下子变得明亮。他移动了一下身躯，坐得更靠近黄蔚，接着把手搭到黄蔚肩上，激动地说："我爱你，David。"黄蔚想不到Michael会做出这样的举动。他有点生气，难道你不了解我并非同性恋？他想推开他。然而，善良的天性，有时优柔寡断的弱点，使他什么也没有说，什么也没有做。他明白，如果此时他离开Michael，那就等于在他受伤的心头又切一个口子。为不再次给他打击，黄蔚决定暂且忍耐一下。

等Michael送黄蔚回到宿舍，已经是深夜。Michael完全摆脱心中的阴影，恢复了以往的热情和生气。

李宇已经睡熟，黄蔚洗完澡躺在床上。又是不眠之夜，他考虑着今晚的一切。看到Michael从低沉变得开朗愉快，他高兴，他希望朋友快乐。而自己呢？他忧虑，会不会也变同性恋了。虽认为同性恋无可非议，但并不等于自己要成为同性恋者。为探究这点，他想到Alice。当Alice出现在他心里时，他有一种热情，一种亢奋，一种欲望。而Michael呢，他承认，由于共同工作和相处，Michael的善良，对自己的关心、帮助，使他喜欢他。但这种喜欢，就像喜欢李宇一样，是一种弟弟对兄长的爱。要叫他从性的角度来喜欢Michael，他产生不出这样的情绪。对于Michael的举动，他是被动接受，他没有办法同样回馈他。而之所以还能忍耐，完全出于同情和不愿伤了朋友之间的和气。但后果会怎样呢？他无限担心。又一个难题摆在面前。

2

第二天，黄蔚把昨夜之事和李宇谈了。

“这就叫为帅所累。”李宇又跟他开玩笑。

“说正经的。”黄蔚哭笑不得，又谈了自己的担心。

“一般来说，同性恋往往随遇随散。当然也有动真情的。据说有一对女同性恋者，由于其中一名要改变同性恋生活方式，准备和她喜欢的男人结婚，另一名爱她很深不愿分开，怎样劝说都无用，结果枪杀了对方而后自杀，造成惨剧。对于Michael，一方面要向他说明你有家庭、有小孩，当然方式方法要得当；另一方面，如果他找到新男友，对你的情结可能就会终止。”

一番话使黄蔚茅塞顿开，他知道下一步应该做点什么，望着李宇，佩服地说：“你真行，什么都有办法。”

3

另一个黄蔚和Michael共同上班的日子。Michael想约黄蔚跟他回去。但黄蔚说：“对不起，Michael，我有点事。今天是我妻子的生日。我得打电话去向她祝贺。她也等待着我的电话。”说话时，递给Michael一张照片。“我妻子。”

“很漂亮，在中国吗？”Michael语气不无遗憾。

“她曾是我们小城最美的姑娘。这是我的女儿，你看像她母亲吗?”黄蔚又拿出一张照片。

“有点像，多可爱。OK，我送你回去。”Michael笑着，但笑得有点勉强。

第八章

1

Greenland 的春天很短但却非常美。应 Jennifer 邀请，李宇、黄蔚、袁进、秦晓波还有几个白人同学一起去她家在乡下的庄园旅行。开一两小时车去上班，对一般美国人来讲是极普通的事。大部分美国人喜欢住郊外，因为郊外安静，起码很少警笛声，空气更清新。有些人甚至住进密林深处，因为不存在交通问题。一路上，他们不断看到这类私人住宅。

Jennifer 家距市区约二百英里左右。开车将近三个小时。这里大片大片平坦坦的田野刚翻过准备种植。一块绿草如茵的很大的高尔夫球场，一个小游乐园，再就是树林、温室、一望无际的原野。村民们的房子彼此都距得较远，式样和城里差不多。

Jennifer 家在绿树丛中，一条小径直通公路。小径两边，修剪整齐的迎春花盛开，好像在为客人临门而欢笑。房子坐落在稍高处，面向宽敞的停车场。四周，两排高大整齐顶端枝丫交叉连在一起的柏树既是天然的围墙，又形成林荫小道围绕院子。大门前，两根圆柱巍然耸立，房子看上去犹如宫殿。几台石阶下面，一对石狮子分立两边，俨然像守门的卫士。二楼右侧伸出的晒台有宽面半高的铁栏杆，令人想到凭栏远眺的情趣。左侧玻璃墙、顶造成长形的水晶屋闪闪发光。这些部分的楼下，是有石栏杆的通道。周围花园里，各色各样靓丽的郁金香争妍斗艳。车库旁一座假石山，爬满了阔叶的藤。一股清泉顺假山流下，开始一段落差较大形成一个小小瀑布，水声如诉。假山旁，放着石桌、石凳。庭院中，还有雪白的梨花，粉红的樱花，好一派春的景象。

Jennifer的父母非常好客，知道大家要来，早准备好一桌子点心、咖啡、饮料等。两老看上去五十多岁，和蔼可亲。他们主要种植玉米、土豆，也种些蔬菜。工人大部分是季节工，收种两季来工作，只有少数长工，且多是墨西哥人。Jennifer的父亲曾帮几个墨西哥人解决移民问题。他们为感恩，每逢收种两季，一定来帮忙。Jennifer家还有一个马场，马匹主要供游客们练习骑马。

2

喝完咖啡，一行人先往马场而来。马场很大，木栅栏内，一群高大，色泽油亮，配着鞍子的壮马正在阳光下悠闲地嚼草料，看见有人来，一齐上前。旁边一排平房是马厩。几世纪前曾是人类主要交通工具的马匹，今天在美国已基本上被汽车取代。有的也主要是游乐性质。不过在一些大都市中心，马匹仍然耀武扬威地穿行于车辆和路人之间。因为它们载着全副武装的巡警。

Jennifer 含笑要大家试试骑马。为做示范，她选了一匹栗色马轻轻蹬上马背。只见她手持缰绳，双腿一夹，那马飞也似向前奔去。Jennifer 身躯微微前倾，金发飘在后面，一下子就离开大家好长一段距离。远远看去，活像中国蒙古族姑娘。

"骑术真不错啊！"黄蔚赞叹地说。大家一齐拍起手来。

回到这块熟悉的土地，Jennifer 如鱼得水。她生在这里，长在这里。这里的一草一木对她都无比亲切。Jennifer 一共姐妹三人，没有兄弟，她排行第二。姐姐生得比较秀气，妹妹有些柔弱。而她膀稍宽，腰稍圆，像个男孩子，从小就喜欢跟在父亲后面，去田野、马场，有时还去狩猎。上中学时，夏天，她开着割草机把房子周围草地上的草割得平平整整。秋天，她身背吹风机把庭院中的树叶吹得一片不留。从此父亲不再请工人干这些活。上大学了，Jennifer 像很多美国青年一样，走上自立之路。按说家中那么富有，就是十倍的费用也能承担。但 Jennifer 认为家里的一切都是父母的，不属于她。既然自己年过十八，就不应该再靠家里。所以她白天念书，晚上和周末都抽时间去打工，自己的生活费、学费自己解决。

和别的姑娘一样，Jennifer 也有自己感情的美好时光。只是和一般美国青少年开放、随便的观念相比，Jennifer 对待感情认真而专一。个性豪放、开朗的 Jennifer，对男友却处处表现出女性温柔、体贴的一面。男友从军前，她为他准备了各种日常用品。出发那天，她赶去为他送行。她双手搭在男友肩上，蓄泪的明眸既含情脉脉，又有无限别离的忧伤。满怀千言万语要对他倾诉，却不知从何讲起。终于，她喃喃地说："勇敢地前去，报效祖国。我爱你，我为你祝福。我等待着你归来。"男友点点头："分开是痛苦的，但也是短暂的。我爱你，不论天涯海角，我们的心永远连在一起。"他们互相望着，很久很久。显得那样深情，那样执着。

谈到骑马，早在孩提时代，Jennifer 上马背还需用东西垫着时就能驯服顽劣的马匹。场中所有的马，在她手下都乖乖的。就像在主人手下一样。

不大一会儿工夫，Jennifer 已从原野上绕了一圈回来。她脸色红润，娇喘微微，笑问大家过去是否骑过马。回答只有李宇一人骑过。接着她说："马匹很聪明。从你上马的动作，它就知道你是否骑过马。驯顺的马，它会善待骑它的人。顽劣的马，它可能和你开玩笑，甚至让你跌下马背。这里，重要的一点是要注意使用缰绳。要它向左向右，全凭拉缰绳。有时，还必须准备一根鞭子。有些马欺生，它知道你不会骑，就停下来吃草，不走。遇到这种情况，你就要给它它一鞭子，或用脚轻轻踢它。试试吧，我会给你们驯顺的马。"她鼓励地笑看大家。接着，Jennifer 和一个马场工人谈了几句。那人微笑地点点头，给每人牵过一匹马来。看得出，这些马都比较温顺。大家上马，Jennifer 一一吆喝，马儿向原野走去。

李宇的马走在最前面，有时还小跑。黄蔚紧跟着。毕竟他有体操、武术功底，对骑马也比较易于学习、掌握。好像马儿也知道他俩是好朋友，不让他们分开。袁进的马走着走着钻进几棵树中，树枝正好马能通过却把人拦住。幸亏 Jennifer 即时赶到让马停下，袁进才没有被摔下来。秦晓波的马走了一段不走了，停在路边吃草，踢它也无用。但 Jennifer 刚上去，它又乖乖地走起来。白人同学的马慢慢走在后面，还算顺利。

骑马让每个人都觉得愉快，黄蔚说学骑马就像当年学游泳；袁进说他有过去学滑雪的感觉；秦晓波讲以后还要再练骑马。要不是时间关系，大家真不愿离开。

之后，Jennifer 带领大家参观了温室和农场别的地方。

3

这次 Jennifer 家乡之行，每人都有不同的感想。白人同学、袁进和秦晓波主要觉得很有意思，好玩。黄蔚则领会到美国没有城乡差别，乡村生活条件和城市一样；也没有工农差别，农场工人同样每天和机器打交道，无非他们的工厂是大自然。李宇的感触就多一些。美国的农业机械化、自动化程度高，效率也就高。

无论种植、收获、灌溉、生产方式都非常先进。大片田野，生产、管理人员没有几个。如果有一天，家乡也能这样，那才叫人兴奋。与此同时，他又一次感到肩上的重担。国家要我们出来，就是要我们把一切先进的东西带回去，让它们在祖国开花结果，使祖国更加富强。好好努力啊，一定不能辜负祖国和人民的期望，他又一次告诫自己。大家有一点共同的，那就是对 Jennifer 更加了解，有了更好的印象。的确，她是一位多么优秀的美国姑娘。

4

黄蔚很久没有收到父母的来信了，今天总算看见大哥的笔迹。他急忙打开信，面带欣喜。可读着读着，脸色大变，泪水模糊了视线。大哥告诉他，父亲因直肠癌医治无效，已于上月逝世。目前一切善后都已处理完毕。为不影响他的学业，事先没有通知他，望他节哀顺变。看完信，黄蔚立即肃立低首，向父亲默哀。此时，父亲慈祥的面孔，对他的关怀、爱护、培育，一桩桩、一件件清晰地浮现在脑际。出国前，一家人在碧园餐厅为他饯行时父亲的叮嘱犹在耳边。

"啊，爸，想不到碧园一别成千古。孩儿不孝，您临终前竟不能在身边。"黄蔚悲痛万分。

黄蔚出生在江南一个颇富名望的医药世家。曾祖父时，黄家的百草轩中药堂就是城中数一数二的大药房。祖父黄文龙继承了曾祖父高深的医道，也是一代名郎中。到了父亲黄亚铭，却改学西医，考进协和医学院，后来成为内科大夫。母亲余慧娟原是位护士长，以后担任了副院长职务。黄蔚父母的感情，经历过风风雨雨，很感人。

当年，黄亚铭大学毕业归家，正准备寻找一份医院的工作。可黄文龙另有打算。他决定把附设于百草轩的中医诊所扩大为中西医联合诊所，并招聘一名年轻护士。这样，刚从护士学校毕业不久的余慧娟经人介绍进了百草轩。

年轻时候的黄亚铭气宇轩昂，相貌出众；而妙龄少女余慧娟更是花容月貌，楚楚动人。他们于不知不觉中相爱了。然而，这种恋情是黄家所不允许的，他们早为黄亚铭物色好门当户对的富家小姐白艳芳。白小姐也是大学毕业，学经济的，不仅聪明，长相也很漂亮，在自家银行做董事经理。她和亚铭从小一起长大，彼此印象都很好。

在白艳芳和余慧娟之间，亚铭断然选择了余慧娟。他更爱余慧娟的清纯、善良和水晶般自然的美。可是，当他把自己的决定向父母表示时，黄文龙大发雷霆，他恨不得马上解雇余慧娟。在亚铭母亲的劝说下，一场争吵才平息下来。

余慧娟知道此事后，她的思想激烈地斗争。她一点也不怪亚铭父母。从亚铭的角度来考虑，的确他娶白小姐更合适。白家那么有钱，白小姐才貌双全，他们将来有的是好日子。但她爱亚铭。亚铭就像她严寒生命史上出现的一轮火红的朝阳，第一次让她得到温暖，使她开始领会到生活的真谛。要叫她放弃对亚铭的爱，不如叫她去死。怎么办呢？她拿不定主意。亚铭一再安慰她，要她放心，他会劝说父母，未来一定是他俩的。

时逢药房要去上海进一批西药，黄文龙指派亚铭前往。母亲对亚铭说，出去几天也好，要不父子俩都在气头上。临行之前，慧娟为亚铭准备好行装，二人依依不舍。看着眼泪汪汪的慧娟，亚铭深情地说："几天就回来了。"慧娟也看着亚铭，点点头，亚铭把慧娟紧紧搂在怀里。

在上海，亚铭特地为慧娟买了一串水晶项链。据说佩带水晶可保平安。那颗又大又璀璨的心形水晶多像慧娟柔美的面庞啊！回城后，当亚铭兴冲冲跑到诊所时，这里再也没有慧娟的影子。亚铭精神完全崩溃了。他把自己关在房间里，不吃饭，不见人。一连几天，父母劝说也无用，焦急万分。痛定思痛，亚铭决定出走，去找慧娟。

慧娟没有家，从小在孤儿院长大，所上的护士学校是教会办的。到百草轩工作后，主人怜惜，让她从租住的地方搬到主人家中一个小房间里。冷静下来之后，亚铭想，她能去的地方最可能是医院或诊所。于是，亚铭访遍了全城的大小医院和诊所，可是没有慧娟的踪迹。

上海，繁华的大上海，慧娟可能去哪儿，那些天，他不就在上海吗？说不准慧娟会去找他，亚铭来到上海。

在上海的那几天，亚铭几乎走遍了所有大街小巷，只不见慧娟。他又在报上登了寻人启事，仍然没有消息。他开始寻访上海的医院和诊所。找不到慧娟，却在一家大医院遇见一位老同学，经这老同学推荐，成了该医院的内科医生。他决定在上海慢慢找慧娟。

很长时间过去了，慧娟杳无音信，没有下落。亚铭恢复了和家里的联系。亚铭所在的医院是一所设备好、名气大的医院。出于让亚铭锻炼一下，以获得更高医术的原因，家里同意他继续在医院工作。

一天，亚铭突然收到“父病危，速归”的电报。他急匆匆赶回家。父亲果然卧床不起，气息奄奄。见了亚铭，他老泪纵横，拉着亚铭的手，颤巍巍地说：“黄家三代单传，看不到你成家生子，我死不瞑目。”面对垂危的父亲，亚铭低下了头。

家里其实一切早已就绪，只等亚铭回心转意。一场隆重而热闹的婚礼，忧郁的亚铭终于娶回了白家小姐。白小姐聪慧体贴，处于温柔乡中的亚铭渐渐对她有了更多的感情。他把这归之于“命运”。也许真是命该如此。更奇怪的，父亲应验“冲喜”之说，不但病体慢慢康复，身子骨还似乎硬朗起来。这也给亚铭莫大的安慰。

亚铭大学毕业前后的这些年，正是二次世界大战，中国处于战乱的年代。满怀正义感、血气方刚的亚铭，几次准备从军上战场。无奈家中百般阻挠，父母怎能让这唯一的独苗去冒生命的危险。他们一面用在后方也能抗日的论调说服他；又在药品、财物上让他尽量对前方大力支援，加之后来和艳芳有了感情，才慢慢打消了他上前线的念头，不过在后方他也努力地为抗战做各种工作。

经过艰苦的浴血奋战，抗战终于胜利了。亚铭在沸腾的人群中激动地欢迎着从战场上归来的将士。一个头戴军帽、身穿军装、秀气的姑娘一下子跃入他的眼帘，他不顾一切地冲过去。

“慧娟，慧娟……”

慧娟也很快认出亚铭。她急切地穿过人流奔向亚铭。两人幸福地相依相偎。

“我找你找得好苦。”

“真想不到你会在上海。”

那年，趁亚铭去上海之机，黄家提出要慧娟另找出路。为此，他们拿出不算少的一笔钱，但慧娟只拿了她应得的工资，就离开了黄家。她没有伤心落泪，比这更苦的日子她都挨过来了。唯一使她痛苦的，是对亚铭的眷恋。亚铭啊亚铭，我们还能相见吗？真会如你所说，未来是你我的吗？举目无亲，她投奔了邻城同学兼好友的许秋玲。许秋玲正准备上前线，她慷慨激昂：“国家兴亡，匹夫有责。”慧娟被她的热情精神所感染、鼓舞，毅然决定和她一道赴前线。在前线，两人成了战地护士。即使在那生死搏斗的战场上，慧娟也没有一刻不想亚铭。几经险阻，她们总算迎来了胜利的一天。

日盼夜想的慧娟回来了，可自己已不是自由之身。这使亚铭在幸福、快乐的同时又无限彷徨、苦闷。他不愿把已婚的实情马上告诉慧娟。一方面，他对她的爱，经过别离，比以往有过之而无不及。另一方面，看着沉浸在甜蜜幸福中的慧娟，他实在不忍心给她当头一棒。边走边看吧，他无可奈何地安慰自己。

慧娟在上海别无亲人，常到亚铭处是很自然的。彼此的深爱，使亚铭无法克制自己。终于在共度一个风雨之夜后，慧娟告别战友，搬来和亚铭同住。从此，他们有了黄蔚的大哥黄跃。纸包不住火。慧娟很快知道了亚铭已婚的事情。她痛苦，但她没有责怪亚铭。她爱他，她了解他的苦衷。现在最难办的是，她怀了亚铭的孩子。不要这孩子吧，说心里话，两人爱情的结晶，她一万个舍不得。留下孩子，可他们毕竟不是合法夫妻。有时候，她甚至想，为了孩子，为了亚铭，她甘愿退而求其次，只不知白小姐怎样想。

而亚铭呢，有孩子让他惊喜。和白小姐结婚几年，她一直没有怀孕的迹象。父母可一再催促。慧娟有喜，证明他是一个正常男子汉。他欣慰，现在有条件跟家里谈判了。孩子是他们感情的见证，他压根就没有想过不要孩子。然而，他又非常于心不安，他深感对不起身边的两位女性。这使他异常苦恼。慧娟对他的体谅使他稍稍释怀，但怎样去面对白小姐呢？这却是一个大难题。

作为三角恋一方的白小姐，她对亚铭是真心爱慕的。相对于亚铭的才貌，她更看重亚铭的品格。结婚以后，夫妻相敬如宾，她也确实做到了举案齐眉。但共同生活中，她痛苦地发现，亚铭对另一个女子，也就是余慧娟更具真情。慧娟几乎占据了他整个的心，而自己在他心里仅仅只占可怜的一角之地。她要求的是完整的爱，而不愿和别人共同分享，她早就做好退出的准备。听说慧娟已经回到上海，她开始行动。一切安排好之后，才告诉公婆和丈夫她要到美国她原先的学校学习一段时间。公婆对此相当不理解，直到亚铭谈了他和慧娟已有孩子时，他们才依稀明白几分。一个男人娶两房妻室在他们看来并不稀奇。更主要的是慧娟已经怀了黄家的孩子，这使他们现在不但接受了慧娟，还对她持欢迎的态度。

几个月后，亚铭接到了白小姐的律师从美国寄来的离婚协议书。当亚铭在协议书上签字时，心中不无感伤。他亏欠她太多，他痛惜失去她。正所谓："相处不觉情分量，别时才知重如山。"不久，亚铭和慧娟搬回家乡，黄跃随后出世。以后，他们又有了黄黎和黄蔚。

黄亚铭一生以白求恩大夫为榜样，勤勤恳恳，兢兢业业，全心全意地为人民服务。在教育子女方面，本着德才兼备的原则，要求非常严格。黄蔚的两位兄长，外科医生大哥和建筑设计师二哥都是单位上的优秀人才。

"父亲，请安息吧，我一定用学业和事业上的成就来报答您的养育之恩，慰藉您老人家在天之灵。"黄蔚擦干眼泪，坐下来给家里写信。

第九章

1

春夏之季，旅馆较为繁忙。ShangriLa Inn 柜台工作人员不够。Alice 问黄蔚愿不愿意到那边帮忙。工作时间是晚班和夜班。这个机会使黄蔚特别高兴。眼下，他正为 Michael 的事感到困扰。该去的地方去过，该做的事情也做了些，但 Michael 还是没有找到情人。相反，进一步相处之后，黄蔚了解到 Michael 属于感情比较执着的男子。他的爱，不会随随便便。要完全摆脱他，看来并不容易。那么，要怎样才能了断这情结呢。黄蔚想，如果换个地方工作，大家不在一起，感情也许会逐渐淡下来。旅馆工作和他这种想法不谋而合。他当然满口答应。

当黄蔚和 Michael 谈到老板要调他到旅馆柜台工作时，出乎黄蔚预料，Michael 非常高兴。“Congratulation! Honey，职员比

waiter 轻松，你还可以空闲时看书学习。”第二天，Michael 带来一套深灰色西装，一条织锦缎领带送给黄蔚。“柜台上服装要正式。”他说。黄蔚穿起那套美国出产的西装，系上领带，看上去非常英俊。他不明白，Michael 怎么知道他的身材尺寸，买得那么合适。Michael 接着说：“我会常去看你。”

2

旅馆柜台工作的确不重。操作电脑是黄蔚的本行。Check in、Check out，都很简单。各方面情况熟悉以后，他应对就很自如了。周日客人一般不会很多，周末则住得满满的。没有订房，临时来的客人就很难有房间。有些时候，客人仅仅住两三个小时，黄蔚起先不懂，他们为何如此浪费。后来同事告诉他，这种人都是召妓者。晚间，旅馆周围的小街上，常有流莺。一次黄蔚来上班，一个女人上前和他搭讪，黄蔚忙假装不懂英语走避。

自到旅馆后，黄蔚和 Alice 接触机会比以往更多。Alice 常到柜台来。时间一久，白人职员也看出点苗头。她来的时候，只要黄蔚在，他们就尽量避开。黄蔚呢，也很希望 Alice 来，见到她，他感到愉快。不可否认，他对她已经到了强烈爱恋的境地。过去，他思想中的两个男人常常打架。那个动物性男子，让他随时可能不顾一切地向她扑过去；而那个理智男子则叫他对她敬而远之。两种思想交织，最后留给他的是无限痛苦。现在，在这间避风港般的柜台办公室，他可以稍稍松弛紧张的神经，稍稍放纵自己的感情。因为他深信，在这里，他一定不会做出任何过头的举动。

3

那是一个星期六晚上，黄蔚下班后，Alice约他去夜总会跳舞。这几天陈老板不在家。黄蔚踌躇了一下，还是去了。舞场的气氛、音乐、性感的人影，使他有种顾影自怜的情绪。看周围那些衣冠楚楚、笑口常开的男士们，在女人面前多么洒脱、多么自如。谁像自己，纯粹是个苦行僧。太多的包袱背在背上，太多的框框套在头上，畏首畏尾，常常使自己喘不过气来。为什么要这样？是自命清高还是自认不凡。其实，虚伪，虚伪。生活本应该是美好的，何必总是把自己囚禁在不见天日的牢笼里，让短暂的生命窒息致死？我也是人，我也是男人。想到这里，他渐渐地忘了自我，很兴奋地拥抱Alice，吻她，一杯接一杯地喝酒。本不胜酒力的他，结果酩酊大醉，倒在沙发上。Alice扶着他，开车回到旅馆。

“他醉了，安排一个房间让他休息。”Alice对一个职员说。正好还有最后一个房间，409号。

在409号房，Alice让黄蔚躺在床上，帮他脱去外衣和鞋子。然后打开饮料冷柜，倒了一点冰茶，据说这对解酒有好处。她扶起黄蔚，慢慢喂他喝。这时，黄蔚睁开眼睛，当他意识到自己在Alice怀里，亢奋重新升起在他醉意醺然的脑际。他一下子坐起来，搂住Alice，喃喃地说："我每天好想好想你。"说着狂吻Alice，慢慢解下她的衣裙，轻轻抚摩和吻舔她赤裸的全身。接着很快脱光自己的衣裤，两人合为一体。一场颠鸾倒凤。长时间的压抑，长时间的相思，此刻，就像滚滚洪流，一泻千里。

第一次高潮过去，黄蔚也已酒醒，但他仍然紧紧搂抱着Alice。他们一直缠绵到黄蔚该上班时。

4

晚上回到宿舍，李宇问黄蔚为什么彻夜不归。黄蔚说去夜总会玩回来太晚就在旅馆睡了。李宇看到黄蔚有点发黑还有点凹陷的眼眶和不大好意思的样子，他明白发生了什么。在李宇看来，这种事迟早会来。尽管黄蔚意志力强，但他毕竟是个血肉之躯。英雄难过美人关。各种刺激、各种诱惑，堡垒总会被攻破。至于后果，只能设法帮他补救。"昨晚没有睡好，快休息吧。"李宇关切地说。

黄蔚躺在床上，回忆昨夜的情境。Alice如绵的胴体，那么美、那么香，始终在他心上。由于酒精的魔力，担心的事终于发生了。不能不承认，他欢愉、幸福、满足，暂且了却长久相思债。但乐极生悲，后悔吗？苦恼吗？恨自己吗？没有用。会是什么后果？该怎么办？他不愿去想，他太累了。

一日夫妻百日恩。自从409号房之夜后，Alice对黄蔚的感情进了一大步。黄蔚不愧为理想的男子，他那勇猛中带点怜香惜玉柔情的能耐使他们一次次达到种种美好的境界，令她难以忘怀。情到深处，顾不得许多，她决定要向黄蔚摊牌，计划请好友Susan帮忙。如果顺利，陈老板，对不起，只得bye-bye了。

又一个星期六晚上，Alice像往常一样来到服务台办公室。她巡视了一下各项工作，一切正常。和黄蔚交谈过后，准备离开。临行前留下一张字条，告诉黄蔚她明天12点在Dutch's Anghter法国餐厅请Susan吃中饭，要他也去。Susan是一家首饰店的老板娘。黄蔚早就认识她，互相印象不错。由于Alice的关系，Susan对黄蔚一贯非常热情。明天是星期天，白天旅馆也没有班，黄蔚不好推辞。

5

第二天，当黄蔚按时出现在Dutch's Anghter餐厅时，Susan已经先到。在不多的客人中，黄蔚很容易就发现了她。Susan不愧为首饰店老板娘，任何时候都珠光宝气的，今天更甚。她笑盈盈地招呼黄蔚，表情有些夸张。但看得出是一种女人对所喜欢男人的表情。两人坐了一阵，谈了一阵，还不见Alice的影子。黄蔚略带歉意地说："Alice一般很守时的。"

“黄先生，Alice 不来了，我请你吃饭。我们点菜吧。”Susan 说着向 waiter 招手。

Waiter 上来，黄蔚点了一份猪排，Susan 要了金枪鱼。

黄蔚有些纳闷。Alice 请人吃饭，她自己又不来？Susan 看出黄蔚的疑虑，笑道：“今天，我有点事想和你谈，就不拐弯抹角了。我知道 Alice 你俩的感情。”见黄蔚一下子红了脸，她接着说，“一点也不奇怪。你们是天造地设的一对。人获得真情，很多时候不可能一次。以 Alice 来说，她的婚姻并不如意；而你呢，太太也办不出来。上上之策，你们都应该摆脱原有的婚姻。这样，Alice 可以得到自己的如意郎君；而你呢，黄先生，我想对你的好处会更多一些。先不讲 Alice 是个多么才貌双全、难得的好女子，只说你一旦和美国公民结婚，就可以在短期内移民，进而归化为美国公民。在经济上，Alice 有几百万，离婚后，她还可以分到陈老板的部分财产，你们今后有的是好日子。至于你太太，Alice 准备以重金相酬，少说也几十万，她与其独守空闺，不如寻求更为美好的生活。一切手续律师办理，你不用操心。”

Susan 的话一句接一句，说得很快，使黄蔚没有机会开口。只是随着 Susan 的话，他的脸由红变白，最后是苍白。好容易 Susan 告一段落，轮到黄蔚讲话：“我很感激 Alice，也很感激你。的确，我承认我很爱 Alice，但我也因此非常痛苦，我害了她。实在对不起，我不能如你所说的去做。我不能对陈老板恩将仇报，我已经很对不起他，我知道他很爱 Alice；我也不能抛下用中国话说的‘糟糠之妻’，我仍然深爱着她，不管我们面前有多少艰难困苦。我恨自己，违背了道德，我要想法来弥补自己的罪过。”黄蔚说着，由于痛苦使面部扭曲。

Susan听了黄蔚的话，先是一阵失望。她原以为，她这位说客可以不费多少力气就把事情办好而在朋友面前邀功请赏。进而是一种佩服，她见过的男人，哪一个不是见色眼开？哪一个不是见钱眼开？黄蔚啊黄蔚，你回绝了一个多么难得的机会。大陆赴美的男人，抛妻离子的也不少啊！将来你不会后悔吗？你多蠢，你又多高尚。她这样想着。见黄蔚痛苦的样子，忙说：“先吃饭，先吃饭。”

6

黄蔚的回答并没有完全出乎Alice预料。她清楚，如果黄蔚是现在顺应她的男子，那么他们之间的感情就不会拖到今天还没有结果；他们也不会只有一夜春宵还是在黄蔚酒后；她也用不着请Susan帮忙。她所以走这一步，一是迫于风月情浓，二是看看会不会有奇迹出现。她此时的情丝，正所谓剪不断，理还乱。

晚上，Alice来到柜台，黄蔚以一种极其复杂的目光看她。这目光有歉疚，有悲伤，但更多的是痛苦。他看得出，Alice眼神带几分哀怨。“我对不起你。”黄蔚先开口了。

Alice摇摇头。“只能说没有缘分。”她语调十分感伤。此刻，黄蔚痛苦到了顶点。强忍的泪水一下子掉了下来。他扑到台子上抽泣。Alice 走向前，用手搭到他肩上，“我不怪你，我们仍然是好朋友。”

黄蔚抬起头来看她，哭得更厉害。他这种矛盾痛苦的心情，Alice 完全能够理解。情不自禁，她把黄蔚的脸，紧紧贴在自己的胸前。

第十章

1

多少个漫漫长夜，黄蔚一直在考虑自己的问题。409号房之夜后，黄蔚更进一步陷入情网不能自拔。而伴随的犯罪感阴霾又始终像梦魇一样压迫着他，使他处于无限痛苦之中。李宇的劝告最终没有起作用；Tom神父的忠言完全失去效果；上帝也未能拯救他的儿子。啊！情，情何以堪!？其次，Michael也没有中断对他的情结，常常来找他。面对苦苦等他几个小时的Michael，他实在不忍心拒绝。但也不能这样下去。怎么办呢？冥思苦想的结果，他依稀得出一点头绪，长痛不如短痛，要说解决办法，只有离去。可是，一想到从此再见不到Alice，要告别李宇，内心的痛苦早就无法形容，甚至怀疑是否还有生存下去的勇气。那泪水就像无尽的涌泉浸湿了枕头。还有Thomas教授、Jennifer、秦晓波、袁进、Michael、陈老板，种种依依惜别的情绪。但这是唯一的出路，别无选择。

2

按出走计划，必须有车。黄蔚和李宇谈了买车的想法。“有辆车方便点，也免得经常麻烦你们。现在经济上已经负担得起。”

“是啊，‘美国三梦’之一的汽车梦大部分人都会经过。迟早也得买。”李宇又问，“想买新车还是 used car?”

“你说呢。”

“刚开车，新的不容易出问题，从安全考虑比较好。只是价钱贵，当然分期付款问题并不大。旧车便宜，但若毛病多，修起来就麻烦。”李宇考虑后又说，“这样吧，先看看去。”

一天早上，两人来到附近一家车行。办公室周围，密密麻麻全是各种汽车，少说也有几百辆。他们刚下车，就有一位 sales 迎上来。欢迎问好，稍稍交谈之后，sales 得知他们是来买车的，非常高兴。他热情地带他们去看车，给他们介绍了好几种车型。其中有一种 Metro 小车要价不到一万，灰色，手排挡，还有空调。黄蔚很有兴趣，他对李宇说：“只是打工开开，这种小车可能合适。”

“我想也是，但不忙。决定要也得先杀杀价。”李宇说完转向 sales：“我们考虑考虑，也许会选 Metro，但你们得降价。”

“很好，考虑完请给我电话。”sales 递给每人一张 business card 又说：“请留下姓名和电话号码，我也会给你们打。”李宇在他名片的反面写下姓名和电话号码递过去。他另给了李宇一张。

两人又去了别的几家车行。

果不出李宇所料。销售员们一个个来了好多通电话。讨价还价的结果，那辆 Metro 小车最便宜，降价幅度也最大。他们敲定了这辆车。

3

三天后，两人去办手续。那位 sales 满脸堆笑，更热情地接待他们。的确，那么多车，买的人却有限。销售员们只有多卖车，才能多拿佣金，他们的底薪并不高。买车的客人实在是他们的衣食父母。

Sales 花了很长时间，在电脑上做好各种表格，叫黄蔚签了字，又拿到里屋去。不大一会儿，他垂头丧气地走出来说：“贷款通不过。”

“为什么。”李宇问。

“这位先生没有 credit（信用）。”李宇明白了。在车行买车，几乎人人都分期付款。即使有钱也不一次付清，为的是建立好的 credit。而贷款一般两种人有困难：一是没有 credit，这种人从未贷过款，也就是从未借过钱，黄蔚正属于这一类；二是 credit 不好，这种人借钱后还款过程中有未按时付的记录。前者大部分是学生和刚到美国不久的人；后者一般是穷人，他们苦于无钱，若有钱，谁不愿意按时付？说到底，credit 就是钱，有钱就是 credit 好。车，是方便的交通工具。可养一辆车，也实在不容易，仅费用，对很多人来说就占了收入的一大部分，贷款、保险费、修车费、汽油费、罚款。像保险费，保险公司只希望所担保的人什么事也没有，公司顺利收费。如果他们稍有差错，保险公司要么不继续提供保险，要么大大增加保险费。其实，要是没有任何问题，还买什么保险？而如果没有车，很多人连工作都成问题。因此，他们不能没有车。但面对一大堆账单，有时也就难免不按时还款了。

“你们是不是再去联系一下别家银行？”sales 问。

“OK。”李宇答道。但他清楚，一家不贷，一百家也不会贷。要不，为什么说美国是富人的天堂。在回家的路上，他安慰黄蔚：“先买一辆花钱不多的旧车吧。”黄蔚点点头。

4

和所有别的事一样，黄蔚开车这一步，李宇花的时间和精力完全不比他少。一辆大约六成新的金色日本 Subaro 小车买成了。李宇带黄蔚去办汽车保险，又带他去考驾照。开车黄蔚早已会，也是李宇教的。有几次他们出去，在人少的地方李宇还冒被警察抓的危险让黄蔚开。黄蔚呢，事事做好充分准备。一一顺利通过，尽量不耽误李宇更多的时间。内心则无限感激李宇。

看着那辆认真擦洗过也还有模有样的小车，两人都很高兴。李宇过去，把抽出的天线放短一点。然而，当黄蔚想到，正是这辆车将要载着自己远离李宇时，那千丝万缕的愁绪又一次涌上心头。从踏上美国国土的第一天，李宇就像兄长般关心他，照顾他，帮助他。从李宇身上他感受到那样多哥哥给予弟弟的温暖。他喜欢他，依赖他，他实在不愿离开他。想到这里，止不住眼圈又热热的，泪水一个劲儿往下掉。

笑着的李宇一下听不到黄蔚的声音，转过脸来，见黄蔚的样子，丈二和尚摸不着头脑，忙把他扶进屋去。听了黄蔚的打算，李宇半天没有说话。他低着头，好大一阵子，才冒出一句："没有别的办法吗？"黄蔚摇摇头。"准备到哪里？"

"Boston，有个距 Harvard 不远的'湖南楼'餐馆要 waiter。现在假期，我先打工，并试试联系麻省理工学院。"

5

黄蔚将离开的决定，使李宇吃惊不小。平心而论，不能说这不是明智之举。黄蔚的一切没有什么隐瞒他，包括和 Alice 的恋情。黄蔚的痛苦，他看在眼里。他对黄蔚的担心，完全不下于黄蔚自己。目前他也正在寻求帮助黄蔚的办法，只是尚无结果。说到黄蔚要走，他的确一下子非常难于接受。相处将近两年来，他们之间建立了深厚、真挚的友情。黄蔚诚恳地把他当作哥哥，他也从心底把黄蔚当作弟弟。黄蔚善良的天性，每每使他感动。他们有欢乐一起分享，有困苦共同分担。从黄蔚来后，原先常常折磨他的孤独感一扫而光。记得那一次，李宇参加足球比赛被对方球员绊倒严重摔伤，黄蔚几乎停止了自己的一切活动精心照料他。那几天，正好有几次课对李宇非常重要，言语之间李宇对不能听这几次课特别懊恼，黄蔚知道后，就悄悄代他去听课。要说别的事情好代办，学习怎能代呢？有心的黄蔚拿了一个小录音机把教授所讲的一句不漏录了下来。他虽不大懂李宇的专业，但他是个好记录员，好绘图员，笔记做得清清楚楚。用李宇的话说，等他伤稍好听录音，看笔记时，就像亲临课堂一样。李宇能走短程路了。有一天他一定要去实验室一转，当时黄蔚没有驾照，不敢开车，别的有车同学一下子联系不上。黄蔚就扶着他去。还不到半路，黄蔚见李宇非常吃力，满头大汗。他怜惜不已，不由分说，一下子把李宇背了起来。已经走了大部分路程，一位好心的白人男子，停下车来，把他们载到学校。这类事，何止一两桩，历历在目，就像昨天一样。想到这里，李宇抬头看黄蔚。黄蔚在李宇眼里看到他从未见过的无限忧郁的目光，不觉难过地低下头去。

6

分别的一天终于来到。李宇一大早起来和黄蔚一道把要带的东西在车上放好。两人吃完早饭。临别前，李宇叮嘱："还是那句话，凡事要多长心眼，不要把人都想得太好。若不顺利还回来。"

"我会的，请多保重。"

黄蔚的车已消失了许久，李宇还一直站在外面。

7

黄蔚向 Alice 请假几日。三天后，她收到黄蔚的一封信。

Alice：

你好，请原谅我不辞而别。人贵有自知之明。如果我拿出十二万分的勇气向你言明我的打算，我相信，只需你的只言片语就足以动摇我曾付出巨大努力而下定的决心，让我的全盘计划冰消雪化。尽管这些做法使我非常痛苦，但这是我唯一能选择的出路。

Alice，此刻的我，精神几乎到了崩溃的地步。记得过去读《茶花女》时，我为玛格丽特避开阿芒而无限惆怅。想不到今天，自己也步上同样的心路历程。

是生活之船，把我载到你身边。是你的美丽贤良，使我坠入情网。在那柔情似水的黄昏，在那温馨缠绵的夜晚，我们曾有过多少美好的时光。它给我快乐、幸福和温暖。回忆起来，余味无穷。然而，面对你的一往情深，我最终以逃避来回绝。我实在对不起你。我是多么自私，我恨自己。这种歉疚和谴责之感，将作为一种惩罚，永远伴随着我，给我以心灵的折磨。

Alice，请一定珍重，不要因为我的离去而感伤，渐渐把我忘了。而我呢，将把你的倩影永远珍藏在内心深处，时时为你祝福。千言万语，就此而止吧！

吻你

永远深爱你的 David

看完信，Alice 闭上双眼，泪水簌簌落下，打湿了信纸。同一天，Michael 也收到一封黄蔚的信。

第十一章

1

黄蔚驾车行驶在90号高速公路上。他浑身疲倦，无精打采。不时有人超他的车。车窗外，乌云满天，没有阳光，眼看就快要下雨。路两旁，山野、树木、城镇，犹如处在铅灰色雾霭中，给人十分沉闷的感觉。此刻的他，就像一片落叶，任凭风吹着，漂泊，流浪，没有目的地，有的只是空虚、落寞。他想着Alice，想起有一次Alice约他去参加一个华人音乐会。会上，Alice和她的台湾朋友们演唱了一首《送别歌》。歌词是：

长亭外，古道边，芳草碧连天。晚风拂柳笛声残，夕阳山外山。

天之涯，地之角，知交半零落。一觚浊酒尽余欢，今宵别梦寒。

他很喜欢这首歌，曾多次请Alice唱。眼下没有长亭，没有笛声，更没有送别，但别离的愁情却千倍万倍，就像那江河流水，无穷无尽，令人心碎。如果有什么理由，让他停下来再往回开，不走了，他会一下子精神百倍地飞回让他那样梦绕魂牵的Greenland城。然而，倒退吗？倒退是没有出路的。别了，Alice！别了，一切的一切！他无可奈何地继续上路。

昨夜几乎没有合眼，又开了将近一整天车。虽停过几次，心情沉重也无法休息。傍晚时分，黄蔚渐渐有些支持不住。就在他朦朦胧胧之际，一辆警车追到后面。警笛鸣响，警灯猛射。黄蔚一下子清醒过来，急忙把车开到路旁停下。他打开车门，一位相貌英挺的白人警察走上来。“请出示驾照。”黄蔚把驾照掏出来。

“为什么开得弯弯扭扭的？”

“昨夜未睡好，今天一大早出发，到现在很累。”黄蔚神情抱歉而疲惫。

警察看了驾照递还他。“在车上睡觉，到时我会叫你。”说完帮他关上车门。黄蔚驯顺地照警察的话做了，很快睡去。停在后面的警车闪着警灯。大约一小时后，警察叫醒黄蔚，他们各自上路。黄蔚精神恢复了许多，他很感激那位警察。

2

天色黑定，华灯齐明，黄蔚随着长长的车流来到位于Boston

市郊的湖南楼餐厅。这是一幢灰色两层独立屋，临街的一面有块高大的霓虹灯招牌，四周是停车场。黄蔚把车开到距门厅不远的地方停好，走出车门。他先做了个扩胸动作，像要把开一整天车的疲劳抛去，接着环视了四周，然后径直向门厅走去。

他拉开第一道大门。左边墙上挂了两台公用电话，右边一排香烟、汽水、糖果零售机，还有免费报纸、杂志架子。他接着拉开第二道大门，一位漂亮的金发小姐笑着迎上来："请问，堂吃还是外卖。"

"我想见见经理。"黄蔚回答。

"John。"带位小姐叫了一声。用手指指正立在柜台后面翻看记录本，穿西装、打领带，头大大的中年男人。听见叫声，他抬起头，向朝他走来的人看去。

"您好，经理，我叫黄蔚，是联系好到这里做 waiter 的。"

"你好，你好，这里还容易找吧。"经理很客气，从柜台后走出来。"我先带你看看餐厅。"

拱形门前，一座假石山，流水潺潺。门后立着镶嵌人造翡翠的屏风。他们进了楼下餐堂。一些美国人正用餐。

"后面是酒吧，侧面另有门。主要餐堂在楼上。"经理说。

位于中间的楼梯，大理石阶面，镀金把手，看上去金碧辉煌。

他们来到楼上，更多客人在吃饭。楼厅三面是窗子，中间一架大钢琴。后面也有酒吧。右上角七排自助餐台，几十种菜在高热能灯光照射下热腾腾正冒气。“每星期有两晚楼上卖 Buffet。”经理介绍。

自助餐台后面，门外，有宽大的楼梯直通厨房。旁边是升降机。二人走进厨房。

“妈的，教过多少遍了，还是不会，笨得要死!”骂人的声音，出自一个黑瘦矮小的壮年男人之口。挨骂的年轻人约二十多岁，脸圆圆的，满是稚气。

“大师傅。”经理指着骂人的男子向黄蔚介绍，又向大厨，“新来的 waiter 黄蔚。”接着转向年轻人：“又做错事了？惹大师傅生气。黄蔚和你们住一个房间，床和被盖老板会叫人送去。”又对黄蔚说：“他是小杨。你先跟着他熟悉一下。”说完走出厨房。大师傅已离开。

小杨热情地和黄蔚握手，忘了刚才挨骂的不愉快。“一会儿我带你去宿舍。走，先见见我爸。”黄蔚随小杨走近菜台。一位个子高高、额头偏大、戴副眼镜的中年男人正忙抓菜。看得出他是个知识分子。“爸，新来的 waiter，黄蔚。”又对黄蔚说：“我爸，做抓码。”

“杨师傅，您好。”

“叫老杨就行。”老杨抬起头看看黄蔚，举了举手，示意不能握，接着说，“刚到吧，休息一下，吃点东西。”

这时，一位才炒完菜的师傅转过身来。黄蔚看他，三十岁左右年纪，个子不高，结结实实。戴一顶后开口遮阳帽。面孔轮廓分明，目光炯炯。给人以雄赳赳、精明能干的感觉。“我姓张，中文名成德，英文名 Jim。你是学生吧。”见黄蔚含笑点点头，又说，“太太来了吗？”

“宫爆鸡、青椒牛。”waiter 叫菜的声音。老杨忙抓菜码递过去。张成德转身开了炉火。见他们忙，小杨拉了黄蔚走开。

接下来的时间，黄蔚帮着小杨，小杨一面工作，一面把这里 waiter 怎么做，做些什么一一告诉他。

3

将近十一点，他们回到宿舍。这是一套三睡房 apartment，两间楼上，一间楼下，都住 waiter。小杨父子住最小一间，现在加上黄蔚，靠窗一面横放三张床，窗对面是壁柜和门。看上去还不算挤。黄蔚把不多的东西安顿好。老杨拿出几个苹果，放到小杨和黄蔚床之间的小写字台上。

“来，吃苹果。”

“谢谢。”

“还有冰激凌呢。”小杨说着端了三小碗冰激凌进来。

“楼下厨房里有冰箱，你可以放东西在里面。”小杨告诉黄蔚。

“金老板不错，这 apartment 蛮好。”黄蔚说。

“同样三睡房的还有一套，厨房人员住。我因小杨的关系，才住这里。大厨一人住一套一睡房的。”

“金老板是台湾人，很有钱。除了餐馆，还有几家珠宝店。”小杨接着说。

三人坐下，老杨削苹果。

“杨师傅什么专业的？”

“我爸是历史系副教授，研究世界史，到这里州立大学做访问学者。为我耽搁下来了。”

“我在一家国际刊物上发表的文章被那位教授看中，和他签约三个月赴美讲学。这期间我托人帮小杨做了经济担保，想等他赴美后安顿好我再回国。他一办就半年多，总算成功了。离开那位教授，别的学校联系不上。要生活啊，只得来打工。我们过去学俄语，英文全凭自修，读写还过得去，听讲都困难。只能在厨房干了。”老杨无奈地说。又问，“你呢？”

“我是电机系的，想转麻省理工学院。”

“这里离麻省理工学院很近。我也是学生，在国内念硕士。你知道经济担保是纸上的东西，学费太贵，奖学金又难找，等挣够钱，我再去念书。”小杨说。

听到了开门声，三人转过脸去。门口伸进一个头来，方脸，细细的眼睛，头发油亮。“小老板来了。”小杨笑着说，黄蔚站起来。“你就是新来的？”门口人看了黄蔚一眼。

“是，请多关照。”

“好说。”那人说完便随即离开。

“他叫 Eddy，是 waiter 领班之一。据说在餐馆有点股份。此人比较难缠，和他相处要多多注意。”老杨对黄蔚说。

“他一人住楼下，常带女人来。”小杨也说。

门外传来说话声。黄蔚估计另一个屋的 waiter 们回来了。“我们过去看看。”他对小杨说。

“好。”二人站起来，去另一房间。

4

夜深人静，黄蔚躺在床上，尽管疲倦，但翻来覆去，久久不能入眠。睡前，和小杨父子交谈，他暂时丢开沉重的思绪。现在，那强烈的失落、孤独感又笼罩了他全身心。他心里念着“Alice，我们还会相见吗?”此时，他好像看到 Alice 美丽哀愁的双眼。一种揪心的痛楚又一次向他袭来。他无力地坐起，窗外，凄凄的风声，滂沱的大雨，树枝在风雨中摇曳，落叶飘零。望着风雨，泪水涌出他的双目。

第二天，黄蔚给李宇去了电话。听到李宇熟悉的声音，黄蔚高兴得嗓音都有些呜咽。李宇也非常激动，问长问短。虽然只分开两天，他们就像久别一样。

第十二章

1

美国的中餐馆，虽然各家有其特点，但总体上相差不大。像湖南楼和太平洋酒家就有很多共同之处。黄蔚做了几天，也就逐渐熟悉起来。

这个距海滨不远的餐馆，生意十分红火。每天至少两次高峰期，周末更是非常拥挤。忙归忙，但忙而不乱。漂亮的带位小姐为客人安排好座位。busboy 给客人倒满柠檬冰水。waiter 两人一组，一人点菜、送酒，一人上菜。经理在餐厅中走来走去，对客人表示欢迎，和他们交谈，看到问题立即解决。秩序一片井然。

一个周日晚上，柜台前边站满等待用餐的客人。大家互相交谈，气氛热烈。

“几位?”带位小姐过来亲切地问。“四位。”最前边的客人答道。“请随我来。”带位小姐在楼厅一张四座位圆桌上放下菜谱。桌上，烛光柔和，餐巾、银器、玻璃杯在台布映衬下显得整洁而闪亮。

“请坐。”

“谢谢。”

客人坐下看菜谱。busboy 倒水后，黄蔚含笑上前。他穿白衬衫、黑背心、黑裤，系黑领结，看上去英俊而潇洒。“你们好，要喝点什么吗？”客人暂放下菜谱看黄蔚。黄蔚目视一位。

“Maitai。”

“Chardeney。”

“Tsingtao。”

“Vodka W. Tonic。”

“两分钟。”黄蔚说完去酒吧。酒吧柜台前高凳上，坐满饮酒的客人，有的正交谈，有的在看电视。黄蔚递上小纸条叫酒，自己去拿啤酒。调酒师迅速调好酒，黄蔚加上装饰。也就大约两分钟时间，酒和纸巾已端正地放在客人面前：“请享用，几分钟后我再回来。”

眼看客人已合上菜谱，黄蔚重又过去：“准备好了点菜吗？”

“是的，馄饨汤、陈皮牛。”一位客人首先点。

“春卷、柠檬鸡。”

“酸辣汤、四川虾。”

“叉烧、湖南干贝。”

“几分钟。”黄蔚收了菜谱。他彬彬有礼，动作熟练。小杨正准备给另一桌客人上菜，黄蔚过来帮他。“是交换时间了。我出菜去，你接下桌。”

“行啊。”小杨还气喘喘的。

餐馆的好生意，完全建立在大家的辛苦和汗水之上。就说 waiter 吧，也绝不轻松。特别是轮到出菜的那段时间。举着大 tray 大 tray 的菜上楼下楼小跑着，一干就是接连几个小时，体弱一点完全吃不消。所以湖南楼清一色 waiter，从不用 Waitress。如果不小心有什么错，还要赔偿。小杨刚做 waiter 时，陈皮牛、陈皮鸡分不清，忙起来往往弄错，就赔过不少。

黄蔚走进厨房。和餐堂琴声绕梁、卿卿我我的烛光晚餐相比，这里完全是另一个世界。叫菜声、锅碗瓢盆声、追加原料声、抽风机声、炉火声、过油声、炒菜声、洗碗机冲水声……响成一片。出菜台上，摆满做好的菜。waiter 们飞快地把自己的菜放在大托盘里，举到肩上跑向楼梯。炒菜师傅们大汗淋淋，紧张炒菜。有人不时骂上一两句粗话。老杨和另一抓码两手不停地抓菜。大厨走来走去，帮这里，指那里，又骂骂人……处处穷追猛赶，十分嘈杂。

黄蔚叫菜，放下菜单向出菜台望去。张成德正把刚做好的湖南糖醋全鱼罩上用红萝卜雕成的渔网，旁边摆花。大椭圆盘中金黄色的全鱼经装饰后更漂亮，更芳香，令人垂涎。“张师傅好手艺。”黄蔚笑着去端鱼。这是他前一桌的菜。张成德友好地看他：

“收网时小心，不要弄断了，下次还用。”黄蔚点点头，迅速举起托盘，忙向楼厅奔去。

2

星期六晚，楼厅自助餐。这些时候，黄蔚往往情绪比较好，卖自助餐，waiter们得以稍稍清闲。当然准备和收尾工作就相应增多。但令黄蔚感到愉快的主要是，每逢周末，有专业钢琴师在餐厅弹奏起动听的乐曲。琴声，总使他回忆起Greenland那些美好的日子而暂时处于幸福之中。他很感激那位年轻的钢琴师。

这天，钢琴师又弹奏起欢乐的曲子。waiter们忙着送酒，端汤，收碗盘。客人们自己取菜用餐，厅堂一片熙熙攘攘。黄蔚用小托盘端了一盘菜、一碗汤、一瓶啤酒，还有餐巾、刀叉向钢琴师走去。“先生，请用餐。”琴声暂停，钢琴师转过脸来。

“谢谢，谢谢你每次给我送食物。我今天要特地为你弹奏一曲。请点一首你喜欢的钢琴曲吧。”钢琴师感激而热情。黄蔚略加思索：“就不客气了。我很喜欢贝多芬的Fur Elise。”这是Alice常弹的一首钢琴曲。贝多芬在乐曲中抒发的情怀，常常引起黄蔚的共鸣。

优美的Fur Elise旋律响起。黄蔚看着钢琴师，钢琴师变成正弹琴的Alice。她同样迷人的弹琴姿态，同样艳丽而楚楚动人的面庞，大波浪秀发垂在肩上。Alice站起来了，她和黄蔚共舞在音乐的海洋里……

忽然，琴声中断，黄蔚从遐想中惊醒。坐在钢琴前边的仍然是年轻的钢琴师。他笑看黄蔚，端起盘子。黄蔚眼里噙满热泪。

3

工作一段时间了。对湖南楼有些方面黄蔚始终觉得很不习惯。一是“抢”菜。别看偌大一个餐馆，员工自己的饭菜常常做得不够，特别是分给 waiter 们的。稍稍慢一点，就可能没有菜吃。所以，一旦开饭，无论正做什么，都必须放下，先去“抢”自己的菜。黄蔚比较斯文，好几次就没有菜了，还是小杨分给他。后来小杨干脆帮他“抢”一份。二是厨房里随便骂 waiter。从大厨开始，稍不遂意，就破口大骂。好像厨房高人一等，而 waiter 矮三分。黄蔚刚来不久，他处处小心，各方面无所指责，很少让他们抓到把柄，并且举止也不一般，厨房里对他还算客气。小杨则常常是被骂的对象，有时被骂得手足无措。这种时候，黄蔚忙去帮他，尽量按他们的意思把事情做了。对厨房的火气，waiter 们非常不满，曾多次向经理反映。可经理怕得罪厨房，也不敢和老板讲。黄蔚看得出来。这种情况，一方面由于厨房工作辛苦，工作时间长不说，每天总有几个高峰期，这时成百的客人，师傅们马不停蹄地炒菜，喘息的机会都难有，压力很大；另一方面，看到 waiter 们小费挣得似乎比较容易。一天下来，收入常常比厨房师傅多，心里难免不平衡。所以，遇到机会，就要宣泄一番。这也难怪。

至于那位大厨，看来脾气特别不好。整天哭丧着脸，看不见一丝笑容。谈到 waiter，总称“跑堂的”，报以不屑的态度。要说他的待遇，应该算很不错。每月三四千元工资，老板还帮他报税。房子一个人住一套。晚上常在酒吧免费饮酒。从老板到下面，大家对他毕恭毕敬，谁也不敢丝毫得罪他。

一天，在楼下餐厅，有位犹太客人向 waiter 小王招手，小王忙过去。“太凉了，请加热一下，”客人指指桌上的虾龙糊。小王赶紧端起盘子进厨房去，把菜放在微波炉里。不长时间，菜已直冒热气，他急忙端出来。那客人用匙拌了一下菜，皱皱眉头，“可是太干了。能不能另做一下?”

客人就是上帝。小王不得不端起盘子重进厨房。“客人嫌菜太干，要求另做。”小王对炒菜师傅们说，把菜放到出菜台上。

大厨今天顶班。他走过来看了一眼那道菜，眼里直冒火，骂道：“本人做的，错不了。妈的，你小子动作太慢，又笨。”waiter 领班小何见大厨又骂人，过来解释：“有的客人十分挑剔，很难伺候。”

一句话火上加油，大厨猛拍一下出菜台，大骂：“你们这群猪，有什么球本事，麻烦透顶，只知道赚小费。”waiter 们闻声都跑进厨房。“随便就骂人，真不像话。”“我们是猪，你是什么。”“炒菜就高人一等，没有 waiter，餐馆也开不了。”

厨房一下子大乱，淤积在 waiter 们心中的愤懑，像火山一样喷发出来。张成德见状，忙另做了一道虾龙糊，示意小王拿出去。经理也急忙进厨房，把 waiter 们一个个推出去。

在 waiter station，waiter 们议论纷纷："厨房动不动骂人，实在难以忍受。"

"大厨常常说我们是猪，简直欺人太甚。"

"向公司反映多次，一点改进都没有。"

"现在正是吃饭时间，我们全体不吃饭。以示抗议。"

"对，对。"集体的声音。

厨房内，一位师傅说："waiter 们不吃饭。"

"哼，饿不死，这群猪。"大厨恶狠狠地说，砸下正吃饭的碗筷，把 waiter 们的菜"哗"一声倒进垃圾桶，并放出话要小王走路（解雇）。"走就走，天无绝人之路。"小王听说，提起脚就要冲出餐厅。小何忙上前，一把将他拉住，"你走，恰恰说明你承认错了。不，小王，你勤劳、踏实、认真的工作态度，大家很清楚。要走路，我们一块走。我这就给老板打电话。若真这样定，全体 waiter 明天罢工。同意吗？"小何看看别的 waiter。

"同意。"大家高喊。小何当即给金老板打电话。大约二十分钟左右，金老板赶到餐馆。他西装革履，相貌堂堂。美国人似的凸着个大肚子。他先在柜台前和经理交谈，了解情况之后，二人走进厨房。最后来到 waiter station。"大家好，辛苦了。对不起，晚来一步。"金老板笑着，走到小王面前。"怎么舍得让你走，不过大师傅一句玩笑话，你是位好 waiter，还准备提你做领班呢。”又对大家说：“各位有什么意见请直接跟我讲，公司一定改进。公司正计划从本月起增加各位的薪水。”经理也说：“大家工作辛苦，老板是知道的。老板会和厨房商量，今后一定不再随便骂人。”

说话间，张成德和老杨把饭菜给 waiter 们端了出来。“老板特地叫做的。”经理说。

“各位先吃饭吧。”金老板也说。面对金老板的诚意，waiter 们也无话好说了。大厨对此却耿耿于怀。

4

离湖南楼员工宿舍不远，有家咖啡馆，这是湖南楼员工常光顾的地方。下班后，张成德约黄蔚去喝咖啡。尽管时间已晚，咖啡馆里宾客仍然如云，非常热闹。黄蔚和张成德选了一张靠窗的小方桌坐下。一位金发碧眼、体态轻盈、十分漂亮的白人姑娘过来给他们倒咖啡。

“怎么样，这妞不赖吧。大家称她洋西施呢。”张成德知道姑娘听不懂中文，眼光像两团烈焰似的跟着她转。黄蔚笑笑，张成德又说：“餐馆里的人常到这里，多半是想看看这位洋西施。喝口清香的咖啡，尝点凉凉的冰激凌，再一睹美人的风采，不能说不是男人们的一种享受。一天的辛苦也就抛去一大半了。”

黄蔚点点头。此刻，他似乎真有点这种舒适之感。他想，人和人之间，也许的确存在“缘分”。就像他和李宇。而来到这里，小杨父子、张成德，看来都和他有缘。现正坐在对面，视线一刻不离洋西施的张成德，虽然有些好色，但为人诚恳、直爽、正派。他文化不很高，但英语流利，年纪不大却饱经沧桑。据说他很小就来美国，吃了很多苦，后来总算练就一身好厨艺。

“她要跳脱衣舞，那才棒呢。”张成德的话打断了黄蔚的沉思。

“喜欢看脱衣舞吗？有时间我们玩玩去。说点正经的，你对今天发生的事怎么看？”

“师傅们火气大点情有可原，他们工作辛苦挣钱也不算多。但大厨不同，他作为领导之一，不应该随便骂人，更不能侮辱人，要懂得自重。”

“可不是，仗着手艺好些，老板还让他三分，对他言听计从，别人就更怕他了。”

“据我看，张师傅的厨艺绝不亚于他。自我来后，大部分宴席菜和一些主要厨师拿手菜均出自张师傅之手。他无非安排安排。”

张成德叹了口气。把烟头在烟灰缸里拈熄，另取出一支。

“张师傅为人好，又和气，从不听见骂 waiter，还常给我们帮助。大家深为感激。张师傅到美国几年了吧。家人都还在台湾吗？”

“到美国十多年了。不瞒你说，平时爱喝点小酒；有机会赌一把；男人嘛，也喜欢玩玩女人。虽然薪水算可以，但到现在还是单身呢。所幸遇到我师父，教了我这点看家本领。”张成德说话时，目光有些黯淡。过去那些由于无法忍耐欲望熬煎和孤独寂寞而让辛辛苦苦挣来的钱源源流进按摩院、脱衣舞厅和不相干女人手里的岁月又浮现于眼前。

“张师傅这样好的人，不久将一定会有自己美满的家庭。张师傅为何不开一间餐馆?”

“考是考虑过，一来资金不足，二来单枪匹马，力量有限。很多人约我合伙，但找不到一个可靠的。在美国，骗人的事多。亲兄弟合作还往往闹得不欢而散，更何况外人。”谈到有自己的餐馆，这对厨技高、又有一定文化基础的张成德，的确是梦寐以求的事。但他想，不开则已，要开就一定要像模像样。厨房这一摊，他搞得定，没问题。但举足轻重的餐堂也必须有一个德才兼备的经理人选，这却是不容易物色的。长期以来，他留意着，观察着，但没有人能达到他的标准。仰慕他的厨艺，非常希望跟他合作的许多人，他一个也看不上。黄蔚的出现，一下子把他的理想人物现实化。论品格，论才干，黄蔚无不合乎他的要求。他相信，一经熟悉之后，黄蔚一定能把餐堂管理得井井有条。而最最主要的是黄蔚的诚实、善良，这非常难得。凭着多年的生活经验，他知道黄蔚是靠得住的，他要把握这一机会。但黄蔚是个学生，只能慢慢见机行事。

从此，张成德常约黄蔚到这家咖啡馆。

5

一个周末夜晚，张成德提议去看脱衣舞。黄蔚、小杨父子随他来到脱衣舞厅。厅内，大彩灯变换着不同颜色，轰响的摇滚乐震耳欲聋，中间一个圆形舞台，投影灯下，仅系一点袜带的脱衣舞娘随着音乐做出各种性感舞姿。台下的男人们，目光紧跟舞娘，不时喝彩，鼓掌，塞小费，气氛非常热烈。

他们在前面过道比较宽的一排座位上坐了。张成德为大家付了费，女侍给每人一杯饮料。他们也自然地溶入了亢奋的男人群之中。

这家舞厅还有一个特点，只要付费，指定的脱衣舞娘可以为你专门表演。约摸半小时后，张成德上前去和一个经理模样的人耳语了两句，有位面孔秀美、身材窈窕、年轻的黑发女郎走到黄蔚面前。她向黄蔚行了礼，微笑着展开她柔媚的舞姿，时而把脸紧靠黄蔚的脸；时而酥胸眼看就要触到黄蔚的鼻尖；时而把丰满的臀部朝向黄蔚；时而轻轻跳起双腿分开；时而把手搭到黄蔚肩上……黄蔚从未有过这样的经历，也想不到，他脸色发红，心跳得很厉害。几分钟以后，舞蹈结束，张成德过去，把一沓钞票塞给她，女郎又行了礼，飘然而去。黄蔚怔怔地，似乎还未醒过来。张成德说："妞儿不错，这种时候，要注意一点，不管她怎样对你，那是她的事，可你绝不可碰她一下，否则或是罚款，或是坐牢，那就麻烦了。这样的例子不是没有。在美国，最好的一点就是性自由。几块钱，就可以从橱窗里看到你需要看的女人的任何部位。”说完笑笑。

“你很有经验了。”老杨也朝他笑。

小杨在父亲面前比较老实，话也不多。他只是寻思，看来张成德和黄蔚关系不一般。他们经常晚上一起出去。大家私下议论是不是搞同性恋，但从张成德的过去看，他绝不是同性恋者。今晚的情形也证明了这一点。那他们有什么秘密呢？

看着舞台上的表演，黄蔚回忆起在 Greenland，Michael 带他去看的男脱衣舞。那晚，他有一种别扭的感觉，也提不起什么兴趣。但今晚，似乎完全不一样。如果说实话，不能不承认，他感到愉快。特别是那位姑娘单独为他表演的时候，虽然紧张，而正是从这紧张中，他体会到一种快乐。他暗想，如果以后张成德约他，也许他还会再来。事实上，对于抛妻离子孤身一人在美国的他来说，离开了能给他安慰的 Alice 和李宇，在他的内心深处有的只是落寞和苦闷。这种情绪，就像一条无形的绳子，有时勒得他喘不过气来。waiter 工作失去了以往的吸引力，身边真正有共同语言的几乎没有。在这样的情况下，他需要一种能够稍微解脱一下的东西。他意识不到，今晚的脱衣舞恰恰发挥了这种作用。使他放松，同时也给他带来了短暂的愉快。

第十三章

1

每星期休息那天，晚上黄蔚总会和李宇通电话。

“昨天有位叫叶贞的女士找你。她是Iowa大学的。过去我怎么没听你说过这朋友？”李宇打趣地问，声音亲切。

“叶贞——”迟疑了一下，黄蔚答道，“我想起来了，我们曾在西雅图机场相遇。她怎么知道我在Greenland？”

“她让你给她打电话呢。电话号码是515－673－2084。”黄蔚记下叶贞的电话号码。他俩又无所不谈地聊起来。

和李宇通完电话，黄蔚看着叶贞的电话号码出神。西雅图机场大厅那位少女的倩影重新浮现在他脑际，就像刚刚见过。黄蔚自己也不甚明白，为什么这姑娘的形象会常常出现在他心头。有时，他想打电话问问Jason关于她的情况。他一直保存着叶贞留给他的 Jason 的电话号码，但他始终没有打。现在，她的电话号码就在面前，情不自禁，黄蔚拨了一和那十位数字。

“Hello.” 电话里一位女性的声音。

“May I speak to Miss Ye Zheng please?”

“Speaking please.”

“叶小姐，您好，我是黄蔚。”语气热烈，还有点兴奋。

“哦，黄先生，您好。”叶贞动听的声音中不无惊喜。通过光纤，黄蔚强烈地感觉到这点。

“首先，我要感谢您那天帮我打通电话，让我顺利到达学校。其次，对您为我误了班机又丢失行李深表歉意。”叶贞讲话有如播音员。

“请不要介意。打电话是应该的。丢失的行李他们已经赔我。我行动慢，就算不打电话同样会误机。”

两人谈了很久，时间飞快过去，小杨父子也已回来，他们才结束了通话。放下话筒，黄蔚激动的心久久不能平静。可他们谈了那么长时间，他竟然没有问她怎么知道自己在 Greenland，甚至还知道电话号码。他记得那天在机场，匆匆忙忙，就连自己的姓名都未告诉过她。但黄蔚忘了，虽然他并没有告诉叶贞自己的姓名，但在给 Jason 打电话时自称是叶贞的朋友，曾把姓名告诉他。Jason 还问姓名的英文拼法并记了下来。

那天叶贞匆匆登机。当她把背包放在行李架上，在座位上坐定，连气都还来不及喘一口的时候，飞机已经开始启动。好惊险，她心里想，同时感到非常放心。直觉告诉她，黄蔚是靠得住的。此时，她满脑子只有黄蔚的形象。从外表看，黄蔚似乎比所有她交往过的男子强。从内心来说，仅凭帮她忙这点，就证明他心眼好。她为自己连他姓名都没有问感到万分懊恼。当晚，接机人在出口处很容易地找到叶贞，一切非常顺利。叶贞打心里感激黄蔚。更令她万分高兴的是，从 Jason 那里，她知道了黄蔚的姓名。

2

和所有刚到美国的学生一样，叶贞一开始的求学生活也不容易。虽然她奖学金比较高，基本上没有经济负担，但其他方面的困难还是不少。紧张繁忙的日子，使她没有时间和精力考虑很多事情，但她始终没有忘记黄蔚。时间一天天过去，同学、同事们知道她还没有男朋友，很多倾慕她的人跃跃欲试。东方人、西方人，一颗颗火热的心都在期盼。可她总是冷冷淡淡。有时，她会问自己为什么这样，但找不到答案。

两学期以后，叶贞已经从适应到习惯自己的学生生活。有时能喘口气，也有点闲暇时间。为了寻找黄蔚的去向，暑假她专程跑了西雅图一趟。在西雅图机场，一位工作人员为她的诚意所感动，帮了她忙。根据时间和姓名，最后总算查到黄蔚的资料。更由于航空公司的赔偿记录，使她知道了黄蔚所在的学校。又通过学校、学生以及学者联谊会，她终于得到黄蔚的个人电话号码。

叶贞原本是外语学院英语专业的高才生。赴美后改修商业管理和国际贸易。她的理想是做一名有影响的商业财团的高级管理人员。这点也许是遗传吧。叶贞的祖父是位资本家，新中国成立前在上海发展，既做房地产又做中间商，四十年代已经积累起相当的资产。但新中国成立后经“三反五反”，后来公私合营，一切财产通通交给国家，就连宽敞的花园洋房也让出来，全家搬到中山公园附近一幢自己的二层楼房里。祖父在进出口公司任职。“文化大革命”初期，祖父成了反动资本家。那时，叶贞才四五岁。叶贞的父亲商学院毕业，在银行工作。母亲是进出口公司的翻译，因为公公的关系，常常失去一些好的工作机会。当叶贞渐渐懂事时，她立志要改变家庭的面貌。直到“文化大革命”结束，房子和一些财物归还，叶贞也有了自己的小房间。任何事物无不具两重性，所谓祸福相依。“文化大革命”中，公司不大用母亲，所以她有很多精力花在女儿身上。还在叶贞很小的时候，她就 A、B、C、D 教叶贞念英语，以致叶贞长大后有非常好的英文基础。叶贞虽是女孩子，但全家寄厚望于她。叶贞进大学后，有一次爷爷对她说，美国有一所非常好的大学，名叫哈佛，是培养和造就高级研究、管理、教学人才最好的地方。几位美国总统，有的诺贝尔奖奖金获得者，一些大财团的总裁都出自这里。叫叶贞要树雄心，立壮志，争取进入那所大学。听了爷爷的话，叶贞去图书馆里阅读了有关哈佛的几乎全部资料。这令她很兴奋，学校的培养目标，有些专业、教育思想体系，正符合自己的愿望。但一看要求，多少有些望而生畏。她决定先联系其他学校，到美国后再设法转校。

从此，哈佛大学成了叶贞心中的一块圣地，她像虔诚弟子般梦想着要去朝圣。当听黄蔚说住得距哈佛不远时，立即表示想到哈佛看看，并希望黄蔚陪她。黄蔚当然爽快答应。

3

叶贞将到那天，黄蔚一大早先去为她订好旅馆房间。飞机到达前半小时，黄蔚已经出现在叶贞所乘航班的出口门前。旅客出来了，黄蔚不免有点紧张，一年多时间，会不会认不清楚。这种担心是多余的，当身穿雪白稍厚T恤、牛仔裤的叶贞随人流走出时，黄蔚一眼就认出了她。还是那么秀丽，还是那么苗条，不过头发变长了，眼睛好像更大。他忙迎上去。叶贞也很快发现了黄蔚，急步走过来。

“你好，一路辛苦了。”黄蔚笑着接过叶贞手拖的小箱子。

“你好，行李不多，我就随身带了。我们不必去行李厅。”

叶贞脸色白里透红，看得出有些激动，黄蔚也一样。他们就像久别的老友，友爱、愉快、兴奋。坐在黄蔚仔细收拾过的车内，叶贞手拿黄蔚给她的橘汁，但没有喝。“你的车真干净。”

“平时也很脏乱，早晨清理了一下。”

“我们什么时候去哈佛。”

“明天怎么样？今晚你早些休息。”

“会影响你吗?”

“哪里，我也早就想去哈佛参观参观。那里虽然没有我所学的专业，但毕竟是那么有名的学校。”黄蔚一面稳健地驾车，一面神情愉快地与叶贞交谈着。车外，两条公路之间的绿草地干净、平整。旁边，时而是茂密的树林，浓荫蔽日；时而是建筑群体，别致、新颖。阳光灿烂，万物生辉，多么美好的下午。

来到旅馆，黄蔚把准备好的点心放在茶几上，又做咖啡。叶贞去洗手间，不多一会儿出来。她重新梳洗过，换上一条黑底红花半腰裙，一件丝质大领短袖白衬衫，容光焕发，靓丽，娴雅。

“我给你带了件礼物，你猜是什么。”叶贞打开手提箱。见黄蔚只是笑，半天答不上来，她就从箱底抽出一件浅灰色织物，递给黄蔚。黄蔚打开，是一条精制的大围巾。

“呵，真不错，买的?”

“自己织的。”

谈到织毛线，这可是叶贞的拿手活。叶贞的母亲是位五十年代典型的上海姑娘。她不仅善剪裁，会缝纫，还能织一手好毛线。丈夫、女儿、公婆的衣物，基本上都是她做。一段时间，她就会翻新全家的毛衣、毛裤、毛背心。她过门后公婆送她的第一件生日礼物就是一台蜜蜂牌缝纫机。叶贞小时候，只是觉得织毛线好玩，就跟着妈妈织。想不到她心灵手巧，不仅学会了妈妈的手艺，后来还超过她了。考虑送黄蔚礼物时，叶贞很自然地想到织一条围巾。她联想，如果黄蔚像三十年代青年一样，穿上一件长衫或中山装，再系上她织的围巾，那一定分外气宇轩昂、英俊、潇洒。在几部电影里，男演员这样的打扮，曾给她留下了好印象。

“谢谢。”黄蔚随手把围巾围上。尽管身穿衬衫，却没有一点不协调，反而把他衬托得英姿勃勃。叶贞惬意地微笑看他。接着黄蔚取下围巾仔细叠好放进自己包里。两人坐下。

“你先休息一会儿，然后我们去吃饭”

“其实不累，要不就到外面走走。”

“真不要紧?”

见叶贞从沙发上站起，拿了手提包，黄蔚也站起来。

街上行人并不多，像他们这样悠闲地散步的几乎没有。汽车一辆接一辆驶过，掀起阵阵轻微的风，似乎减少了空气的炎热。路两旁，各式各样店面、公司、超市、餐馆林立。有的四周环绕停车场。人行道上，有些棕榈树、榆树、法国梧桐和其他的花草。街道既不拥挤，也很整洁。

说起购物，两人一致认为美国堪称天堂。不仅琳琅满目的东西随你挑，服务员态度之好据说是别国少见的。并且，购买的物品若不合意，哪怕稍稍用过，也可以原价退还。开封的东西，商店会折价出售。当然，这也给个别品质不好的人有可乘之机。叶贞告诉黄蔚，有个女人每天换一套衣服，但都是买来穿一天就退货。黄蔚也知道，有人买一台高级相机，用几天后退了。黄蔚想给叶贞买一件礼物，作为她这一次哈佛之行的纪念。但叶贞说什么也不要。她表示来日方长。黄蔚只得罢了。

穿行于清爽的街道上，在五光十色的店铺中进进出出，他们都有一种舒心的感觉，好比鱼儿在水中自由自在地游。紧张、繁忙、劳累、失落、孤独通通被抛到九霄云外。尽管面对周围的繁华世界，但在他们心里，却好像只是两人天地，一切不过是他们的搭配，点缀而已。长行之后，黄蔚问："喜欢中餐还是美国餐呢？"

"都可以。"

"Denny's的菜还不错，怎么样？"

叶贞点点头。他们进了Denny's，被安排在一张靠窗的卡座上。Waitress走过来给他们倒了冰水。叶贞的饮料选Ice Tea，黄蔚要的是Bud Light，他现在很喜欢喝啤酒。黄蔚首先举杯，笑着欢迎叶贞到来，叶贞也以茶代酒，含笑跟他碰杯。叶贞主菜点鸡、黄蔚点牛，附带的还有沙拉，土豆泥、土豆条之类。他们也要了汤。一顿满意的晚餐。他们给了waitress小费。等回到旅馆，天已经黑了。

考虑到叶贞今天旅途辛苦。明天还要去哈佛，黄蔚没有待得太晚。叶贞虽希望黄蔚多留一会儿，但对黄蔚的关心也不能不领情，只好告别。其实，两人真正睡去，都已经很晚了。

4

Charles 河流过 Cambridge 镇。哈佛大学，就坐落在查尔斯河畔。静静地流淌的河水清澈明净，犹如一条玉带。春日，河面上不时有柳絮飘浮，还有春花的倒影，一片万物更新的景象；盛夏，游艇、划船比赛激起阵阵浪花，欢乐而喧闹的喊声，音乐、歌声响彻两岸，一反她平素的安详；秋季，枫叶映红河面，蓝天使河水更显幽深，黄花点点，水波粼粼；冬天，银雪飘过，河流像一位淡妆的少女，无比素雅、端庄。

离河不远，在那苍翠欲滴的树荫之间，耸立着一幢幢红砖建筑物。有的是乔治时代的风貌，使人联想到学校久远的历史。如果近看，便会发现，很多建筑物上长满茂密的常春藤。此时，你会猛然领悟到哈佛作为“常春藤联盟大学”首脑的由来。是的，常春藤联盟大学的其他成员学校——耶鲁、普林斯顿、哥伦比亚、布朗、达特默思、宾夕法尼亚、康乃尔也一样常春藤繁盛。这八所世界著名的高等学府，像美东一条艳丽的花环，又像一串晶莹的明珠，永葆青春。

查尔斯河与建筑群体之间，有大片碧草如茵的园地。坐在园地的绿椅上，令人感到天穹是那样开朗，空气格外清新，正所谓心旷神怡，不禁想要深深呼吸。稍远处，哈佛桥边有片片离去的白帆，看似远飞的大雁。

整个校园，马路纵横交错，一辆紧接一辆的汽车驶过，形形色色的店面、商场、餐馆一片繁忙。学校深入社会，社会就是学校最大的课堂。

按照叶贞手边的资料和地图，他们先往花园街八号 Byerly 大厅哈佛大学接纳办公室而来。这是一幢白色楼房，研究生接纳办公室在二楼。叶贞在这里拿到了一些资料和入学申请表。经一位年轻工作人员介绍，他们又到了查尔斯河南岸的商学院。商学院自成一体，前面是一大片停车场，汽车成百上千。后面整齐宽敞的建筑物之间树木参天，清洁的小径很少人影。从这儿还可以看到络威尔尖塔。学院显得整洁而幽静。在接纳办公室，叶贞又得到大量资料和表格。

其实，如果只要资料和申请表，叶贞满可以打通电话，办公室工作人员一定会把全部东西完完整整给她寄去。美国所有大学，不管名校还是普通的大学，都希望能有更多申请者，这一方面由于学校也存在竞争，另一方面申请人多便于择优录取。你只要提出要求，接纳办公室保证把你需要的东西给你寄到，不管你在世界的哪一个角落。

叶贞这次到哈佛，还想看看校园。同时也是为黄蔚而来。她试图给自己一个交代。将近两年了，很多时候，叶贞在迷惘之中往往会想起黄蔚。他的音容笑貌是那样的清晰。她实在不甚明白，和他仅仅一面之交，竟会留下如此深刻的印象，这不只出于感激吧？心里难免常常掠过无限愁思。这种心绪，依稀和《牡丹亭》中杜丽娘的愁情有几分相似。叶贞的祖母喜欢看戏。叶贞小时候，祖母常常带她去。所以，叶贞和大部分同龄人不一样。她喜欢看戏，也懂戏。什么京戏、昆曲、越剧、黄梅戏，她都喜欢，有些还会唱上几段。就是“文化大革命”期间的“样板戏”，她也认为不错，她欣赏剧中的唱腔。过去，对于情意缠绵的少女杜丽娘的愁思，她完全无从理解。但此时，她奇怪仿佛有些共鸣。哼起几个唱段，入情入景，很是投入。伟大的作品就是不朽。谁能想到，二十世纪的青年有时也会出现古人的情怀。然而，二十世纪毕竟是二十世纪。它不像古人无法追寻自己的理想。既然想到，一定要探索。正像求学到美国。

两人仔细看了校园介绍后，决定先参观中心地区。他们到了 Harvard Yard。这里，高大的老榆树挺拔、苍劲。它们葳蕤的枝叶似乎使天空也变得郁郁葱葱。草地就像绿色的地毯，整洁而柔软。庄严的纪念教堂，巍峨的总图书馆，宏伟的大学厅，亮丽的社教馆都设置在这一带。尽管建筑物、树木林立，但地面辽阔，仍然给人以宽敞、空旷的感觉。两人在这部分停留了较长的时间。从社教馆出来，他们选了个地方坐下休息。黄蔚从背包里拿出饮料、三明治和土豆片。可能是暑假的缘故，校园里学生不太多，显得美丽而恬静。

“好一所哈佛大学。”黄蔚衷心赞叹。

“她像磁石，吸引着四方铁质般的学子。”

“我想你的目标是商学院吧。”

“对，我会很快把申请表准备好寄来，需要的考核和 Interview 我都有把握。至于资助，我想试试争取奖学金。也许找一家公司，甚至申请学生贷款。”叶贞充满信心。

“总会有办法。你这样聪明，仅凭在 Iowa 大学优异的成绩，进哈佛不成问题。将来成为某大公司的主管也是一定的。我预先祝贺你。”黄蔚举起汽水，目光真诚。

“但愿如此，你什么时候联系理工学院呢?”

“刚到不久，工作比较忙，过几天我就着手准备，争取春季入学。”

“今天来不及了。要不理工学院应该不远。据说哈佛很希望理工学院并过来。但理工学院那么有名，不可能成为分校的。”停了停，叶贞继续说：“想到明年我在哈佛，你在理工学院，我们将有很多机会在一起，我好开心。”

“我也一样。”

“从那天你帮我打电话，我就常想在我的美国生活中，你会帮我很多忙。事实正如此。”

“一切都是相互的，你给了我很多，我也学到很多。你是一位有理想、有毅力、涵养高又深情的好姑娘。”

的确，从叶贞身上，黄蔚看到了另一种女性的形象。她们勇于追求，也不怕面对困难。顺利的时候，她们得心应手，在逆境中，充分表现出女性的坚韧。她们又有远见卓识，头脑聪明。对于感情，既不失女性细腻、温柔、体贴的一面，又像对待事业一样，拿得起，放得下，敢恨、敢爱。看着叶贞，常使黄蔚联想到历代才女。

两人一交谈起来，就没完没了。

时间不早，他们又去行政大楼前瞻仰了令人尊敬的约翰·哈佛先生的铜像。约翰·哈佛先生是学校七十名建校委员之一，为学校贡献了毕生精力。他还把自己财产的一半和一个私人图书馆捐赠给学校。学校也为纪念他而改名为哈佛。面对哈佛大学今天的光辉成就，谁能不为约翰·哈佛先生的义举而肃然起敬呢，黄蔚和叶贞也一样。

在博物馆里，叶贞最喜爱那像海底世界般的水族馆。黄蔚则对那艘“宪法号”军舰更感兴趣。他们还去了商业区哈佛广场。

哈佛之行给他们的共同印象是：如果说哈佛像一座小城，那一点没有夸张。但它比任何小城更美、更丰富、更壮观，拥有更多的精神财富和美国历史的遗迹。

5

明天叶贞就要返回，她选修的 summer 课程也不能耽误太多。早晨，黄蔚问叶贞要不要去看看海。Iowa 位于美中，没有看海的机会。叶贞早就希望什么时候能到海边漫步。以前在上海，叶贞就很喜欢去海边。然而市区距宝山不近，时间和交通都有限制，也不便常往。叶贞有一张侧照的上半身相片，以大海为背景，肩披一条丝巾，把她秀丽的面容，柔美的轮廓刻画得清楚、逼真、诱人，实在是美极了。无人见了不夸。她也自认为是照片中比较好的一张，一直保存在身边。现在要去看海，她当然很高兴。

在那些游艇穿梭、汽艇疾驰、滑水橇滑翔的游人热闹之处，他们没有待多久，他们更喜欢人迹较少、寂静、幽邃的地方。这是晴朗的夏日，湛蓝的天空没有一丝云彩，碧蓝的海面微波荡漾，海天相映，完全是一个蓝色世界。艳阳把金光洒满海上，海面波光粼粼，海风微微地吹拂，带着宜人的湿润和清凉，靠岸的海水不时轻轻地起落，好像在亲吻海岸。

叶贞在一块礁石上坐下，黄蔚在给她拍照。在黄蔚镜头里，身穿粉红色衣裙的叶贞，在大海的映衬下，宛如水上一朵刚开的芙蓉。她那白玉一样圆润的蛋形脸，顾盼生辉的双眸，俊秀的鼻梁，纤巧的嘴唇和披在肩上黑亮的头发，真是楚楚动人。黄蔚看着，他被这幅美丽的图画吸引，手举相机，怔怔地半天没有动静。这是他遇到的又一位美女，使他那被压抑的男性的激情再次油然而生。一种渴求，一种期望，重新在他枯焦的心田升起，此时，对于眼前的叶贞，黄蔚一再告诫自己只能把她当成朋友和妹妹，但是他的情绪已经开始不能自已。

“行了吗?”等待了一会的叶贞问。

“马上。”黄蔚猛醒过来。随着轻微的电光闪过，照片总算拍完。黄蔚走过来，他脸色发红，还有点气喘。“我给你也拍一张，莫辜负这如画的景色。”叶贞接过相机。

和黄蔚几天相处，叶贞惊奇地发现，她想象中的黄蔚，性格、举止和实际的黄蔚有多么相像。他耐心细微，对人非常关心，但又不失男性阳刚的一面。这好像矛盾，但却统一得那么完美。自己紧锁的感情之门渐渐被打开。她没有想过这感情的各方面，而只知他是第一个激起自己心潮起伏的男子。

照片拍好，黄蔚走向叶贞。他多想把手搭到她肩上，但他没有那样做。“面对大海，使人感到心胸开阔。世界是那么美。”黄蔚说。

“一切烦恼和愁绪都荡然无存。”

“你也会有烦愁吗？我总想象你这样十全十美的姑娘，有的只是快乐。”

“其实不然，比方说，在我为理想而奋斗的道路上，会遇到各种困难。有时候，在困难面前，我也有怯弱的一面。这不就带来很多烦愁。”

“我理解。什么是生活呢？生活主要是和一个个困难做斗争。这种困难有客观的，也有自己内心的。在克服困难的当中，有时令人非常痛苦，但也给人前进的动力。”

“那你目前的困难主要是什么呢？”叶贞的问题使黄蔚不好回答，顿时语塞。

“我猜想不是学业或工作上的。你一定盼望家人团聚吧。”

“妻子、儿女。我想你的夫人一定很漂亮。”

黄蔚没立即回答，他眼望大海，神情有些茫然。

叶贞也没有追问，她不无淡淡的郁悒。说：“来，唱一支大海的歌。”

“小时候，妈妈对我讲，大海就是我故乡……”叶贞歌声甜美，感人。唱到“大海呀大海”，黄蔚也跟着高歌。男声激昂，嘹亮，女声婉转、深情，但都有一丝忧伤。

“海风吹，海浪涌，随我漂流四方。”

歌声在海空荡漾……

第十四章

1

湖南楼厨房员工宿舍里，正放成人录像带。先回来的人已在看，有几个手拿啤酒，他们大部分是墨西哥人。老杨走进去，连连和 amigo（朋友）们打招呼。张成德闻声从房间出来。

“黄蔚和小杨呢?”

“小黄还没有回来，我儿子在等他。我先过来。”老杨说着在沙发上坐下。张成德从冰箱里拿瓶啤酒递给他，也坐下。“今晚够他辛苦，一直在上菜。”张成德说。

“按理两人一组，应该一半时间点菜。”

“跟小老板搭档，有时就没有这种规矩了。”

“小费也常常短少。难怪 waiter 们都不愿和他一组。黄蔚太老实，事事都不计较。我常劝他‘人善被人欺，马善被人骑’，叫他要多长心眼。看来本性难移。只怕在社会上要吃亏。”老杨说。

“小黄心胸宽广，为人善良，对小事自然不斤斤计较。要说做餐馆，我看他是个很好的经理人才，英语又好，诚实、厚道、正派，这些更是难得。”张成德正说，黄蔚和小杨进了门。

“对不起，让你们久等。Eddy 先走一步，一些收尾工作把时间耽误了。”黄蔚歉意地说。

张成德给他们两罐啤酒。问：“今晚那么忙，小费还可以吧。”

“比平时差。”

“怎么可能，估计是 Eddy 偷了。最好我不 off。你 off 时，我宁肯跟小余搭档。”小杨愤愤地说。

小杨从不喜欢和 Eddy 一组工作。其实，何止他，所有的 waiter 都如此。谁愿意辛苦地一直上菜，小费还短少呢。新来时没有法子，久而久之，Eddy 只能以小老板、领班的身份来压人。当然，有些 waiter 也不敢得罪他，怕丢掉饭碗啊。其他餐馆小费很少能有这里好。当然黄蔚并不这样想。

“总得有人跟他。不拿我的，他也要拿别人的。”黄蔚说，同时看了一眼正放的录像，笑问：“每天都放这种带子?”

“大家都喜欢，一天辛辛苦苦下来，没有什么消遣。出去吧，都要花钱，工资没那么多，也不能常去。都是血性单身男人，过过瘾了。并且，国语节目老墨听不懂，西班牙语我们又是聋子，英语片大部分人不行。只有成人带最合适了。”张成德笑笑，又说：“商量我们去大西洋城的事吧。”

2

拂晓，黄蔚、张成德、小杨父子已经驾车奔驰在通往大西洋城的95号高速公路上。经私下调换，四个人总算有了共同off（休息）的两天假。实现了一起去大西洋城的愿望。正午，他们抵达这座美国第二大赌城。把车停好，四人来到海边。赌场大街就在海岸上。首先迎接他们的，是一群飞过来的海鸥和鸽子。它们飞飞停停，友好地穿梭在行人之间。有人不时撒些面包屑喂它们。

面对一望无际、海浪起伏、澎湃的大西洋，黄蔚想起了他和Alice多次并肩漫步的明镜般的依利亚湖；也想起了前两天刚和叶贞一起去过的Boston景色如画的海滨。这两位性格不同但同样美貌，并珍藏在他心底的女子，对他来说，就像蓝天、大海一样，永远让他为之痴迷、倾倒。她们的存在，使世界变得分外美好。尽管她们是那样的高不可攀，但却无法阻止他对她们由衷的爱。

“先去这家吧。”张成德的声音使黄蔚回到现实。他抬头看看，有着古代阿拉伯宫殿式屋顶的那家赌场高高地写着两行大字：“TRUMP TAJMAHAL”。

他们进了门。一楼大厅没有窗子，没有钟，叫人忘却时间。璀璨而富丽堂皇的水晶吊灯，万紫千红的彩灯，形形色色的霓虹灯交相映照，看上去一片灯火辉煌。一行行投币机，一张张牌桌，聚精会神的赌者，跃跃欲试的围观者，各处走走看看，考虑玩哪一种的初到者，神情自若地在应作的各庄家，身穿袒胸露背上装、超短裙，手抬饮料的女侍，现金兑换窗口前排队的人流，不时走过的巡警……整个大厅热闹而有秩序。

他们来到投币机前，张成德对黄蔚说："最简单的游戏。放进钱币，按开关或摇手柄，遇到运气好时，很多钱币会掉下来。"正说着，"哗啦啦"响，旁边一位白人老太太在玩的机器掉下一大堆硬币。头发灰白的老太太喜不自胜，笑着对他们说："试试，试试。"

"我先玩玩这个。"老杨在一台投币机前坐下。

"我去 Big Six Wheel 那儿。"小杨说。

黄蔚随张成德来到 BLACK JACK 扑克牌桌前。"这种赌法称为廿一点，很普通也很有意思。我玩一次，你看看。"张成德说着，拿出钱匣子。

黄蔚看他们玩了一会儿，又在场内兜了两圈，毕竟兴趣不在上面，对他们说先去找旅馆，然后走出赌场。

3

订好两个旅馆房间，黄蔚独自在街上溜达。大部分马路行人稀少，只有赌场大街热闹非凡，各式各样门面的赌场一家比一家规模宏大。黄蔚去了几家，情况大同小异，但客人都很多。看来，希望轻易地发财的人不少。不过，黄蔚所到之处，真正赢钱的没有几个。毕竟赌场老板养着一大帮人马，他们不是吃闲饭的。反过来，赌钱的客人，富有的很少，而平民百姓居多。正如买六合彩券一样，去买的大部分是穷人。那偶尔的赢家，永远成为这些人的偶像。他们梦想有一天也像他一样步入天堂。尽管这往往属于海市蜃楼，但它就是那样地吸引着芸芸众生。同样，在赌场，很少的赢钱机率使赌徒们还想再赢，殊不知接下来的是一次次的输。此时，越输越赌，越赌越输，形成恶性循环，直到输掉了口袋里的最后一粒子。美国，什么赌狗、赌马、赌球……形形色色，充斥市场，而赌市也像股市一样，使少数人发财而使成千上万人倾家荡产，加剧着贫富的悬殊。

各赌场之间，有许多商店、餐馆、快餐店。商店多半销售服装、工艺美术品。餐馆有美式、意大利式、日式和中餐馆。令黄蔚惊奇的是，街上有不少人力车，只要付钱，车夫会拉着你游览。看看悠然自得地坐在车上的游客，一种历史的回顾，让黄蔚忽然想到盛行于三四十年代中国各大城市的黄包车。所不同的，这里的车夫都在轻轻松松地工作，并且都是青壮年。不像中国的黄包车夫那样辛苦，被生活的重担压得抬不起头来。这里，无非是游乐而已。

黄蔚买了一堆热狗（面包夹粉肠）和饮料给朋友们送去。回旅馆前，他又去了海边。

4

晚上，黄蔚一直在旅馆房间内看电视。大约午夜，电视转到广告，他抬手看表。“哦，是接他们的时候了。”他自言自语。

大西洋城的夜，气氛依然活跃。各赌场的灯光把街道和海滨照得通明透亮。大海看上去苍苍茫茫。赌场里，许多人赌得很晚，一个名副其实的不夜城。

黄蔚找到张成德和小杨父子时，老杨小杨已没有再赌，他们在张成德旁边观战。看到张成德仍然着迷的样子，黄蔚对他俩说：“先送你们回旅馆休息，一会儿我再来。”三人离开。

黄蔚第二次来到，刚好张成德赢了一大把，结束了这场赌博。“今天手气真好。”张成德兴奋地说。

“是不错!”黄蔚也为他高兴。二人走出赌场。

他们的车转过昏黄的小街，不时有流莺在路边招徕。

“怎么样，玩一玩，赢了钱，我请客。”

“我……”黄蔚一阵紧张，话还没有说完，张成德已在一位年轻的美国姑娘旁边停下，姑娘自己打开后门上了车。汽车继续前行，坐在后坐的姑娘向黄蔚伸出手。

“对不起，小姐，不是我。”

“你挑吧，中意的，叫我停车。”

“谢谢你，张师傅，我们回去吧，我在车上等你。”

黄蔚一个人静静地躺在放下靠背的车座上。他想到了Alice、叶贞，也想到了吴菁，内心不觉凄然。

5

第二天上午，张成德醒来时黄蔚在看书。“这么早就起了。”

“已经睡够。小杨曾过来说他们出去遛遛，顺便买点东西。”

“我们先吃早饭去吧。”张成德坐起来。黄蔚和张成德去一家美国餐馆用餐。吃饭时黄蔚问：“今天还去赌场吗？”

“想去一下，回到宿舍晚点问题不大吧。你不赌也好。别看昨天赢，但十次有八九次都是输。算不过庄家。在美国，挣钱不容易。”黄蔚点点头。

“想不想开餐馆，餐馆赚钱多，哪像打工那么辛苦。”

“我是个学生，各方面都没有条件。”

“上学为什么，不也为将来能挣钱。做上班族，就说一个教授吧，年薪十万不算低了。但餐馆要做得好的话，十几万也不难。想致富，还是走实业的路快。你不见很多餐馆老板，同样是学士、硕士的。先考虑考虑，做些准备。至于条件可以创造嘛，比方说，由小到大。俗话说，时势造英雄。一个人的发展，完全说不定。我建议你，平时除了做好waiter，还要多留心餐馆各方面的事。例如经理做些什么，怎样做，你认为如何做会更好，难说将来用得上。”

张成德这番带点启发性的话，一反他平时嘻嘻哈哈、听起来不大正经的言语。黄蔚想，这才是他本性。

“我会。”黄蔚感激而敬重地看他。

第十五章

1

美国，是个生活条件好，物质丰富的国度。但高消费的生活，全靠金钱维持，住房要付不低的房费，方便交通的汽车费用也不少。而钱呢，对多数人而言，又建立在职业的基础上。有职业才意味着可能拥有金钱，失去职业就将失去金钱所带来的一切。失业救济毕竟不是长期的，金额也很有限。特别对于连身份都没有的非法居留者，如果没有活干，就等于没有活路。所以，大家诚惶诚恐、小心翼翼、兢兢业业地工作，生怕保不住自己的饭碗。尽管如此，出于种种原因，还是常常有人面临被解雇的尴尬。只要看看官方公布的失业率总是居高不下，就可见一斑。当然，中餐馆里也不例外。

老杨为人正直，对大厨的很多做法常常不以为然。又跟 waiter 们处得好，总是帮他们的忙，大厨早就不满意了。加之大厨的一个亲戚来找他求职，就决定炒掉老杨。消息传出，好几个厨房工友和 waiter 来看老杨。

“他们说老杨动作慢，实际是借口。”一位工友说。

“我看主要因为杨师博同情 waiter。”小王也说。

“此地不留人，自有留人处。湖南楼不是什么天堂。”张成德很有些气愤。

“杨师博，我们各家餐馆问问，看看报上广告，新工作一定不难找到。平时辛苦，借此稍稍休整一下，不必担心。”黄蔚安慰道。

面对大家的关心、同情，老杨不仅觉得温暖，也深为感动。连连说：“谢谢，谢谢。”

2

几天过去了，尽管老杨、黄蔚、小杨都费了不少心，老杨的工作依然没有着落。

星期六他们又为老杨去找工作。回到餐馆，小杨在 buffet 台旁边擦盘子，他闷闷不乐。Eddy 走过来：“你爸什么时候搬走，都几天了，你们这些人给脸不要。”

“你这是什么话，我爸辛辛苦苦干了一年多还炒他鱿鱼。他就住那么几天，我相信金老板也不会怎么样。”

“你说什么?”Eddy上前，一把抓住小杨的领口：“搬不搬?”

小杨想不到Eddy动手，非常气愤：“不搬你要怎样!”

Eddy一拳挥过去，接着又是脚踢。气极的小杨搬起一摞盘子向Eddy砸去，大家闻声围过来。Eddy正想扑向小杨，黄蔚一个箭步挡住了他。“关你屁事，还不给我滚开!”Eddy恶狠狠地说。

“大路不平行人踩，你不应该动手打人。”黄蔚毫不示弱。

“你小子想找死呀。”Eddy根本不把文质彬彬的黄蔚放在眼里。

“那就随你便了。”Eddy听说，立即挥动手脚。黄蔚先敏捷地招架，左拳右闪，低头让过掌击，跳开脚踢，不到几个回合，看看对方没有新的招数，立马转守为攻。Eddy前胸、后背肩膀、臀部连连被打。接着黄蔚单腿一扫，把气焰嚣张的Eddy掀翻在地，还踏上一只脚。有人拍起手来。

“向小杨道歉。”黄蔚命令。

“对不起，小杨。”Eddy无可奈何地说。

“今后还拿不拿别人的小费。”

“一定改。”

“听着，出菜，点菜，一人一半时间，不准再横行。”

“是，是。”

Eddy平时作恶多端，所以没有人会护他。要是情况对黄蔚不利，早就有人出面劝架了。打架对Eddy是常事，他人高马大，又练过点功夫，在小兄弟们面前，总是耀武扬威，小兄弟们也推崇他，养成他霸道的习气。在餐馆里，他更是无所顾忌。黄蔚敢和他打，是他万万想不到的。而黄蔚的拳脚，让在场的人惊叹不已。大家与其说在观战，不如说在欣赏。他刚健的英姿，在交锋中得到最充分的体现。

3

黄蔚知道，Eddy 虽然输了，但他一定怀恨在心，还会生出许多事来。这他并不害怕。表面看来文文静静的黄蔚，少年时就进过业余少体校。他喜欢体操，也爱游泳。单双杠、木马、吊环玩得非常好，游泳能横渡长江。中学时，因为体育老师说他适合搞武术，他就拜师练过武艺。要说打打架，他完全不在话下。不过他生性和善，很少跟人结怨。所学的东西只当强身健体，因此也无人知道他的功底。和 Eddy 斗，他认为不值得。把宝贵的时间和精力花在这个无赖身上，不是浪费自己的生命吗？他决定离开湖南楼，并劝小杨也别干了，大家一块另找工作。

三人商量好，找了一家汽车旅馆暂住。告别张成德等人，搬出湖南楼员工宿舍。在旅馆房间内，他们安顿好自己的行李。

“小黄，让你跟着受累。”老杨十分歉意。

“杨师傅，我们相逢即是有缘。俗话说，在家靠父母，出门靠朋友，请不要介意。”

“完全想不到你身手那么好，非常感激那天帮忙。”小杨说。

“谈不上身手。过去喜欢体操运动，也练过点拳术。Eddy不讲理，太霸道，应该给他点教训。”黄蔚笑笑。三人正谈着，有人敲门。小杨开门，来者是张成德。

“我也辞工了。”

“为什么？”老杨问。

“免得受闲气。另一方面，我有个计划。咱们慢慢说吧。”四人在床边坐下。

“西边有家中型餐馆出售。我去看过几次，各方面打听了一下。餐馆不错，位置也很好。要我经营，一定有生意。但总是下不了决心。因为没有合适的合伙人。老杨你知道，约我的不计其数，然而没有一个可靠的。现在，我想和小黄……”

“好主意。”小杨脱口而出。

“不知餐馆要价多少？”老杨问。

“九万，但讨价还价，估计六万多能拿下来。”

三人不约而同地看黄蔚。

“很感激张师傅的信任，二三万块钱我也还拿得出来。只是要丢掉多年的专业，总感觉舍不得。另外，像我这样的情况，要开业法律上是否允许。”

“我问过律师，你可以暂时申请工卡，做任何工作都没有问题。至于学校，等餐馆走上正轨，你还可以回去。身兼多职的大有人在，对你更不困难。眼下也解决了老杨父子的就业问题。”

后一句话使黄蔚感到义不容辞。他果断地说：“就这样定了，明天看看餐馆去。”

“财务上，我们也有二万多元，需要时可以借出来。”老杨说。

“装修翻新和添置设备估计两万左右，还有酒牌费，可能需要帮忙一下。”张成德说。

是什么使张成德毅然决定和黄蔚共同开餐馆呢？是他对黄蔚更进一步的了解。如果说在一起工作使张成德对黄蔚有了很好的印象，那么，大西洋城之行把这种好印象大大地加强了。而黄蔚和 Eddy 打架，更使他对黄蔚产生出另一种尊敬和佩服。那天，张成德上楼去找小杨，想问一下老杨找工作的情况。正值 Eddy 和小杨争吵，因此目睹了整件事。对黄蔚教训 Eddy，他心里暗暗高兴。说实话，他对 Eddy 的所作所为，一向看不惯。反过来，Eddy 对他倒是很尊敬。Eddy 看中了他的厨艺，打算自己开餐馆时请他做大厨。当黄蔚出面帮小杨时，张成德估计黄蔚要吃亏，正准备上前劝架，Eddy 不会不听他的。谁料到事情会是这样。他高兴，自己没有看错黄蔚。黄蔚称得上侠骨柔肠，讲义气。黄蔚离开湖南楼了，还不知他将会到什么地方。张成德在依依惜别的同时，更有一种机不可失的念头，最后断然下定决心。

4

出售的餐馆名叫“Asian House”，就在 Vilsion 路的 Active Plaza。下午三点左右，四个人来到这里，和一般购物中心差不多，四面房屋之间是一大块停车场。但临街一边只有一家银行，其他是出入口和花圃。

餐馆店主姓林。夫妇俩看上去六十多岁，和和气气的。餐馆大约六七成新。从餐堂到厨房，设备还算齐全。仔细看过之后，大家在一张桌子旁坐下。女主人端上茶水。现在是餐馆不忙的时间，吃饭的客人很少，外卖也不多。

“请问林先生，你们为什么卖餐馆?”黄蔚问。

“年纪大了，精力不够，我们身体都不好，子女又不帮忙。”

“餐馆每月生意量大约多少?”张成德接着问。

“四万五到五万。”

“那房租水电呢?”老杨问。

“房租每月四千五，水电我们付六到七百元。”

“几个 waiter 和 waitress?”小杨也问。

“平时两个，周末三到四个。”

“能不能把上月的进货单子借我们看看?”张成德望望林老板。

“可以可以，正好前两天已整理出来。”林老先生说时站起身。两分钟后从一个小房间走出来，把一沓钉好的进货单递给张成德。这时有人进门。他过去招呼。

黄蔚一张张看过进货单，用计算器打了一下，递给张成德：“$16，397. 42。”

“照这个数字，他说的生意量基本属实。”张成德心中有数。

“餐馆里里外外各方面还不错。我想明天我来一整天，看看实际的生意情况。”黄蔚说。张成德点点头。

“附近办公室很多，后面是大片住宅区，也有些工厂、学校。客源应该不少。现在的关键在于讨价还价。”说着，林先生转回来。

“按广告，餐馆要价九万。对吧?”张成德问。

“各位若有诚意，价钱方面还可以商量。”

“我们初步出价六万，请你考虑。”

“这个……”

“今天就这样，我们还会来。”

林先生夫妇送他们到门外。

5

出于感情和道义，黄蔚毅然决定和张成德一起做餐馆。但是，当冷静下来仔细考虑时，心中的矛盾便不断冒升。首先，取得博士学位，在学术上有所建树的计划实在不愿放弃；其次，周围的人会怎样看，书香世代的家庭、吴菁能不能同意…… 凡此种种，使他思绪完全难于平静。

入夜，老杨父子早已睡去。黄蔚信步走出房间，来到阳台的围栏前。他眺望着远方朦朦胧胧的天际和混混沌沌的城市，思绪是那么迷惘。这时，他好像感到自己正向一座金光闪闪的殿宇攀登，虽然好累好累但目标近在眼前。那是一座知识、智慧之宫。到了那里，就可以成为智者、圣者、上等人，脱离一切愚昧。然而，他停下来了。不是因为累垮了，也不是因为不想继续攀登，而是因为眼前突然出现了另一条路。他正考虑该怎样走，但迷迷糊糊地被拉上去了。他看到知识之宫的人有的在为他叹惜，有的给予他嘲笑，也有的表示赞赏…… 顿觉得心里是那么乱，他想往回走，但又看到同路人的一张张笑脸，一双双欢迎、期待、闪烁着热情的眼睛。路前方同样有一座银光闪闪的殿宇，只不知那里蕴藏了什么宝藏。这路上的人，有的衣冠楚楚、踌躇满志；有的却穿得破破烂烂，一副可怜的样子。他犹豫不决，却身不由已地被人们簇拥着往前走去……

“晚上好。”静夜中和蔼的声音使黄蔚回到现实，他转过身来。那是一位阿拉伯地方来的老人，他身穿长袍，头上高高地裹着白布，面容清瘦，但眉目慈祥。他也是住旅馆的客人，白天就见过。

“晚上好。”黄蔚答道。

“这么晚了还不睡觉想必是有些心事了。”老人说。

“是啊，前程的困扰，令人举棋不定。”

“我看你属善良之辈。奉劝对事物随缘随份。所谓条条道路通罗马。只要努力，坚持不懈，事业总会成功。”又说：“我略懂些相面之术，观你面相，为人忠厚诚恳，与人为善，助人为乐，积极进取，当然略欠果断，情意缠绵，是为性情中人。中年以前诸事顺利，中年时则有些波折。不过如你们中国人所说的祸福相依，即祸兮福所倚，福兮祸所伏，中年以后则能大富大贵。”

“谢谢，老人家对中国还有不少研究啊！”

“我们伊斯兰教人有很多在中国，我也到过中国，那是块好地方。”

黄蔚和老人谈了很久，老人的话给了他启发。他想：既然已经答应了大家，就不应该再反悔，勇敢地走下去吧，为了自己，也为了别人。

第二天，趁张成德和小杨他们都出去了，黄蔚分别跟李宇和叶贞通了电话。知道他要开餐馆，两人都很高兴。李宇说，闯荡一下很好。起码以后回学校学费不用愁了。又叫他不要忘了功课，要抽时间读书。叶贞说，将来她到了哈佛会来帮他。兴许她的专业在餐馆里能使得上劲，那就学以致用了。得到两位好朋友的支持，黄蔚终于定下心来。的确，对于停学经商这一步，他还真不知道是对还是错。诚然，到美国来，就是要发展事业的。即使将来学成，若不回去，同样要走实业之路。而做结合自己所学的实业，例如开一家电脑公司吧，一来竞争不过已有基础的，二来哪有那么雄厚的资金。别的事业对目前的自己也不现实。餐饮业是一种久盛不衰的行业，并且投资少，风险小，用于起步，锻炼，积累经验，应该是合适的。但在感情上，要完全放弃取得博士学位的理想总是困难的。对学生生活也有些恋恋不舍。这只能用推迟一步来安慰自己。现在，他决定先全力做好餐馆，尝试走一条另外的路来实现自己的理想。

讨价还价的结果，餐馆终于以六万五千的价钱成交，酒牌两万。他们请律师做了买卖协议，并办理了一切手续。为了尽快产生经济效益，两人决定只用最短的时间来装修和做准备。这些天，两个人忙得睡觉的时间都很少。忙虽忙，心里却特别兴奋。对张成德来说，他终于有了自己的餐馆，实现了多年的理想。对黄蔚而言，这是生命进程中又一个高度，又一次较量，他怀着一种探索的心情，要看一下商场上的自己是什么样子。但他充满信心，相信一定能闯出一片天来。

6

短短几天，装修和准备工作基本就绪。

一个下午，黄蔚正指挥两名工人在粉刷一新的墙上挂几幅画。小杨帮忙一位师傅翻新座位和桌面上的人造革。张成德和老杨把买回的东西从后门拿进来，又商量移动出菜台位置。

“这样放，waitress 会方便些。”张成德说。黄蔚走进厨房。

“我把广告稿送到报社去。顺便取回 menu。”见他俩移动出菜台很吃力，忙上去帮手。

辛勤工作的结果，餐馆焕然一新。矩形餐堂前面是柜台。后面除一个小酒吧外，侧边近厨房设 waitress station。靠墙两排卡位，中间两行方桌。一头一尾两张有转台的大圆桌。看上去明净、整齐。鲜艳的大红宫灯，壁上的中国字画和显眼的大鱼缸很富中国风味。临窗一排繁花似锦的吊篮更增添了喜庆的气氛。看着明丽的新餐馆，四人惬意地微笑。他们正等待 waitresses 前来应征。

门铃响了。金发、碧眼、白皙的 Linda 首先走进来，然后是年轻、漂亮的 Cecilia，再就是品貌端正的菲律宾姑娘 Anna。

Lisa 来得稍晚。她圆圆的脸，水汪汪的大眼睛，俊秀的鼻梁。微笑时笑靥如花，说话时露出整齐、洁白的牙齿。修长、丰满、线条优美的身段，焕发着青春的光彩。使人联想到一枝刚开放的郁金香。四个男子见了，无不露出赞叹的神态。

商谈的结果，Lisa、Linda、Anna 做 full time，Cecilia 做 part time。

新张前夜，干净的厨房里，张成德做酱肉，老杨包春卷，黄蔚切菜，小杨剥虾，刚来的炒锅小李开鸡，一片繁忙。张成德和黄蔚的心情就像录音机里的音乐一样，紧张而欢乐。张成德忽然想起什么，走到配电板前，合上一个开关，然后回来拉了黄蔚："出去看一下。"黄蔚不知张成德要他看什么，跟了来到餐堂。透过洁净的窗玻璃，黄蔚一下了发现那块明亮的霓虹灯 sigh，白底红字，闪烁着大大的 China Garden 和"华苑"中英文字样。

"太好了，光彩夺目，与众不同！"黄蔚兴奋地笑看张成德。

7

新张的日子终于来到了，鞭炮声响，彩灯亮闪，客人们鱼贯而入。

中国乐曲飘荡的厅内，黄蔚带位，接电话，Lisa、Linda、Anna 招待。小杨则忙着送外卖。黄蔚还抽空和客人交谈，问长问短，需要时调调酒。

Lisa 走进厨房，炒菜兼抓码，大汗淋漓的张成德对她微微一笑。紧张工作的炒锅小李，油锅老杨和洗碗打杂的墨西哥青年 Zoe 都看了她一眼。

“太多的客人，你们辛苦了。”Lisa 一面拿菜一面对大家说，这位西班牙姑娘声音亲切，英语流利。正说着，小杨拿了外卖单进来叫菜。黄蔚推满满一车碗盘到洗碗机前。

一天夜晚，餐馆已经打烊，只有柜台灯光依然明亮。黄蔚还在做账，张成德走过来，关切地问：“还没有完吗？”

“快了，你很辛苦，先回去休息吧。”黄蔚抬头，友善地看他。

“你也一样，客人反映还可以吗？”

“非常不错，特别对饭菜，临走都说要回来。实际上，大部分人来过好几次。生意量增加至每天两千多，超过我们的估计。我想，还是再请一位抓码师傅。现在你太紧张，并且有时炒锅，油锅他都可以帮帮忙。我了解过几处建筑工地，他们每天九点休息，十二点午餐。我们可以给他们送点早午餐，以后随他们转移，也是一种长期生意。另外，我印了两千份外卖 Menu，准备给附近的 house 和 apartment 寄去。Office 方面，我叫小杨每送一次外卖就顺便散发。相信生意量还会进一步扩大。”

“很好，但你不能每天搞得太晚。我想，晚餐的台布、餐巾你不要自己洗了，还是租用吧。自己做的留下备用。”

两人一商量起事业，早就忘了时间，不知不觉已过午夜。共同的事业，把他们紧紧地联系在一起。互相关心，互相配合，犹如亲兄弟。都不怕吃苦，都任劳任怨，都体谅对方，都处处为对方着想。深厚、纯真的友谊将使他们的事业蒸蒸日上。

8

感恩节餐馆关店一天。小杨父子去看友人，别的员工都回去了。黄蔚和张成德称心地睡了个懒觉，起来后又往餐馆而来。今天张成德不仅做了一只色、香、味俱全的烤火鸡，还做了几样精致的菜肴。黄蔚一面帮他，一面学习。自开餐馆以来，黄蔚已学会不少厨技。两人饮酒，看录像带，共庆感恩节。

黄昏时分，张成德对黄蔚说：“好不容易今晚不开店，该出去玩玩了。你不感到闷得慌吗？老婆又不在。”黄蔚明白张成德要去玩的地方。他不是不愿去而是不能去。于是和悦地说：“这几天经济正吃紧呢。”

“钱吗?”张成德掏出钱包，拿了一沓二十元美钞“啪”一声放到桌上。黄蔚不好再推辞。而说实话，他也不愿意太扫张成德的兴。张成德每天辛辛苦苦在餐馆里干。他是人，一个血性男子，不是机器。工作之余，没有温暖，很少娱乐。自己虽尽量关心他，可毕竟不一样。在这一点上，黄蔚实在是爱莫能助。这种日子，应该让他放松放松。黄蔚决定陪他尽尽兴。

“好吧。钱我多少还有点。”黄蔚把桌上的钱放回张成德手里。二人出了门。

在一家霓虹灯、彩灯耀眼的按摩院前，张成德停下车。黄蔚刚想下去，张成德说:“等等。”说着打开车里的抽屉，拿出几个小纸袋递给黄蔚:“到时不要忘了戴上。”黄蔚看看，原来是几个保险套。

按摩院内，彩灯忽闪忽闪，微微的光线昏暗而柔和，一股浓艳的花露水气味迎面袭来，让人有一种飘飘然的感觉。他们刚进门。“Hi, Jim.”随着娇媚的声音，一个浓妆艳抹胖胖的日本女人迎了上来。一看就知 Jim 是老主顾：“Kim 正有空呢，这位是?”她指指黄蔚。

“我的朋友，看，他多帅，给一个漂亮妞哦。”张成德说。老板娘打量着黄蔚，流露出赞赏的目光:“很高兴和你见面。”她向黄蔚伸出丰腴的手，说：“我们正有新来的韩国妹，年轻貌美，服务又周到，请坐，请坐。”

老板娘话音刚落，一个墨西哥女子笑盈盈地走了出来。她就是Kim，张成德向他介绍了黄蔚。三人交谈。不多时，老板娘带出一位十七八岁的东方女郎。黄蔚想，大概就是她所说的韩国妹了。老板娘对黄蔚和张成德说："Tina，新来的韩国姑娘Tina。"Tina向他俩弯弯腰，同时问好，二人答礼，张成德说："你们玩吧。"说完搂了Kim往里去。这时Tina含情脉脉地向黄蔚说："先生，请随我来。"黄蔚跟随Tina进了一个房间，里面窗帘长长地垂在地上，空气中散发着更强的香水气味。杏黄色的灯光，让人看上去舒适的家具，黄蔚进去后就坐在沙发上。

"先喝点什么?"Tina打开小冰箱，指着里边各色各样的酒问黄蔚。

"我不会喝酒。"黄蔚眼睛没有看Tina。

沉默了几分钟，Tina见黄蔚尚无动静，就坐到他身旁，柔情地说："先洗个澡吧?"说着，用手轻轻地来解黄蔚的衣扣。此时，黄蔚心跳得很厉害。看看身边的少女，秀美，清纯，温柔。那大大的双眼，浓黑的长发，高高的酥胸，丰满的身躯，的确很吸引人。已经多少次了，又是两个男子在脑海里打架…… 终于，还是那个理智的男人战胜了那个动物性的男人。黄蔚慢慢拿开Tina的手，把身体移远了点："对不起，小姐，我是性无能。"

"没有关系，我会帮你的。"Tina说着，又往黄蔚身边靠。

"不用了，小姐。"黄蔚说，拿出数张美钞放在茶几上。

"谢谢你，小姐，你可以做你的事，我借这里坐一下，等Jim

他们出来，请告诉我一声。”说时看了Tina一眼。Tina露出失望的神情，出道以来，她第一次遇到自己中意的人儿。但为什么？真是性无能？是gay？她不得而知，但从黄蔚微微发红的面孔，有点急促的呼吸，她下意识地碰触到的他兴奋状态的下身。凭她不算长的职业经验，Tina断定，黄蔚是个很正常的男子。一定有什么隐情。想到此Tina又向黄蔚靠近。

“是我不好吗？”更性感，更柔媚的声音。

“不，小姐，请不要误会。你很漂亮。”说完他靠在沙发上，闭起了眼睛。

两个多小时，对黄蔚来说，就像两年一样难熬。他必须用最强的意志力，来扑灭那一阵又一阵猛烈燃烧的火。啊！欲火，有时候，征服你是何等艰难，的确不亚于一场出生入死的战斗。

回家的路上，张成德问黄蔚：“玩得好吧？”

“嗯，谢谢你带给我一个美好的夜晚。”黄蔚想哭，但他又想笑。毕竟，他胜利了，灵魂和心灵的胜利。

第十六章

1

华苑明净的窗玻璃后面，一张大而显眼的 Valentine's Day Special, 10% off（情人节特餐，九折优惠）广告。门口长长的排队人流，餐厅已经坐满。一对对情侣在烛光下用两根长吸管正吮一个心形酒碗里的混合酒饮料。他们四目相视，甜蜜，幸福。

Waitresses 不停地来回奔走。厨房一派紧张忙碌，抓码很快地抓，炒锅很快地炒，油锅很快地炸，洗碗机一筐又一筐进进出出的碗盘。

打仗般的三四个小时终于过去。餐堂逐渐安静下来。最后走的 waitress Lisa 喘了口气，拿起外衣和手提包。忙过之后，她脸色红润，更显得光彩照人。张成德走过来，手里捧着一束鲜艳的玫瑰："送给你。"

“谢谢。”Lisa 大方地接过花。

“小费很好吧?”

“是的。”

“生意忙，够辛苦。”

“厨房也一样，外面还好有 David 帮着收碗盘铺台子。”

“准备要配 busboy。”

“那太好了。你们真是两位 nice 的老板。Good night。”Lisa 说着，走出 waitress station。她举着玫瑰，来到柜台前，对黄蔚嫣然一笑:“Jim 给我的。David，你为什么不送我哪怕一枝呢?”

“我……”黄蔚一窘，有些不好意思。Lisa 停了一分钟。黄蔚痴痴地看着她手中的花。它像一团火，又在黄蔚心头燃烧……他跑啊，跑啊，手里拿着一束玫瑰，跑到 Alice 跟前，那天是她的生日，兴奋地说:“给你。”

“为什么选了玫瑰?”

“第一次见到你，就闻到甜蜜的玫瑰香味，我看停车场那严寒雪夜，你的温暖的奔驰车里，同样充满玫瑰的芳香，还有你客厅里钢琴上的玫瑰。”

Alice 幸福地靠到黄蔚胸前。

黄蔚怔怔地回忆着。

2

Lisa 姐姐家客厅像一般美国中等家庭一样，有大小沙发、茶几、电视、音响、古玩和工艺美术品玻璃柜等。

“姐——”Lisa叫了一声，一位西班牙中年妇女走出来。她挽个发髻，身穿茶色黑花衣裙，面带微笑，一眼发现了Lisa手中的花，惊喜地问：“有男朋友了？我早就劝你忘了那臭小子。”说时帮Lisa把外衣挂起来。Lisa放下手提包，拿出了花瓶插上玫瑰。姐姐浇上点水。

“老板给的。”Lisa说。

“中国男人，很好。他们勤劳节俭，不怕吃苦，脚踏实地，责任心强。开餐馆的，经济上也有基础。什么时候请他到家里来。”

“两位老板。”

“都爱上你吗？”姐姐拉Lisa在沙发上坐下，关心地问。

“一位是经理David，一位是大厨Jim。他们互相关心，互相帮助，虽不是一家人，但比亲兄弟还强。大半年来，两人对我都很好。David亲切，Jim直爽，花是Jim给的。”Lisa说完，轻轻叹了口气。

“我猜你对做经理的老板更有兴趣。勇敢点Lisa，如果爱上了，姐姐支持你。我不是告诉过你，妈妈的曾祖父也是中国人，我们还有中国血统呢。”

Lisa没有说话，她在静静地思考。

Lisa是位深情的姑娘，正因为深情，所以感情上走过弯路。自到华苑后，她好像感觉自己获得了新生。那些郁郁寡欢的情绪，渐渐离她而去。有时，她也能找到更多快乐。餐馆虽是一个很小的天地，可充满友谊的气氛。Lisa 也曾在别的地方工作过，但没有一处像这里温暖、和谐。员工们都友爱，就如一个大家庭。这自然和两位老板有很大关系。老板没有架子，对待员工就如朋友。谁要有什么困难，他们一定全力帮忙，就像自己的事一样。他们也绝不会因为员工做错什么而责骂员工，哪怕错几次。大家都反映，在这里干得带劲。自开店以来，员工一个也没有换过。Lisa 爱戴两位老板。随着时间的推移，共同相处，这种爱戴逐渐产生了微妙的变化，特别对 David。Lisa 发现，Jim 的性格和一般西班牙男人有些相似，而 David 的特点在西班牙男子中却很少见。这使他在她内心增添了几分神秘，让她有一种想了解他的愿望。而 David 的相貌、品格，早就给了她深深的印象，一种以男性魅力给予女人的印象。她期盼着，有一天 David 能对她有所表示。今晚，Jim 给她送花，要是花出自 David 之手，她将会多么兴奋。上帝啊！为什么不是这样！

3

早晨开工前，餐馆厨房里，Lisa 把切好的大蛋糕放到出菜台上：“请大家吃蛋糕。”张成德闻声忙过来。Lisa 用小盘子拿了一块往外走。正好黄蔚进来。

“我昨天休息做的，尝尝。”她把盘子递给黄蔚。

“谢谢。”黄蔚随即吃了一口。

“Very delicious!”Lisa笑着。张成德在一旁把手中的蛋糕极慢地送进嘴里。

张成德见过、玩过的女人可以说不计其数。他清楚，他和女人之间的关系天生是一种互相需要的关系。他需要发泄，女人需要钱。长此以往，完事后难免空虚。他意识不到，其实，他作为一个男人，也需要女人的真情和温暖。自从遇见Lisa，他那男人对女人除了情欲更有情爱的情感第一次滋生出来。他常常很想见到她，一反平时的只要占有，他更愿意呵护她，为她做更多的事，给她带来快乐和幸福。他对Lisa处处表现出关切、爱护。希望什么时候Lisa能把自己的芳心给他。为了这一天到来。他愿意付出一切。然而，当仔细注意Lisa的同时，他不能不看到，Lisa更倾心于黄蔚。这使他非常痛苦。黄蔚是自己情同手足的好朋友，Lisa爱他没有错。但要叫自己斩断对Lisa的情思，却是多么困难。另一方面，黄蔚已经成家，如果他和Lisa好，对Lisa是不公平的。怎么办呢？他问自己，但找不到答案。

一天晚上，黄蔚推着满满一车碗盘进厨房，张成德见了问：“Busboy下班了吗，谁当班?”

“Lisa。”

“噢，她应该自己做。”

“现在我没有太多事。”

“你也要休息一下。”张成德的话冷冷的，没有以往热情。

又一个夜晚，打烊后的餐馆静悄悄的。黄蔚正在结账。张成德走近柜台问：“今天相当忙，外面难应付吗？”

“还行，waitresses 都比较熟练了，特别是 Lisa，又勤快，又仔细，service 蛮不错。”

“你对她印象很好吧？”张成德有意地问。

“的确是位难得的好姑娘。漂亮、热情、工作认真负责。我想做家务也一定能干。你说对吗？”黄蔚说话没有停手。

“我可没有你了解。好了，我先回去。”说完离开。他今天没有等黄蔚。

黄蔚的话说得一点也不夸张，但他更是说给张成德听的。长时间在一起，黄蔚很了解张成德。他有他的苦闷，三十多岁的人还没有个家，的确不容易。虽然他并不缺女人，但毕竟和妻子不一样。何况经济上耗费不要紧，要染上疾病那可就麻烦了，这一点黄蔚也很为他担心。作为好朋友，黄蔚早就打算要帮他。对 Lisa 的好感使他把 Lisa 和张成德联系在一起。他们应该是很好的一对，不是吗？男的阳刚，能干，女的美貌，温柔，品质好，他们都是心地善良的人。他们应该组成一个美满、幸福的家庭。黄蔚决定撮合他们。

4

快下班了，餐堂已经没有客人。Lisa 做完各种收班工作，到柜台交信用卡账单。黄蔚正清点外卖单子。

“$574.86。”Lisa说。

“今晚你的信用卡少些。”黄蔚接过单子。

“现金多，那个大party付的就是现金。”

“小费还好吧？”

“蛮不错，客人直夸菜做得好，特别是那道龙凤配。”

“可不，我们张师傅的厨艺首屈一指。Lisa，像Jim这样的好厨师，中国人里难找几个。凭他这身本领，家人一辈子不愁吃穿，还享尽口福。更何况他为人好，讲义气，心地善良。”黄蔚滔滔不绝，似乎要把张成德的所有优点通通灌输给Lisa。

远远的，张成德看着两人热烈交谈，一种雄鸡似的情绪出现在心头。我也是男人，凭什么总是自己苦自己。他有点不顾一切。“不能再等了。”他喃喃自语。

5

餐馆前公共停车场上，Lisa刚刚打开车门。“请等一下。”张成德的声音。

“Jim，你——？”Lisa热情而不解地问。

“能一起去喝杯coffee吗？”

“太晚了，改天吧。”

“那么耽搁几分钟散散步，怎么样？”

"家里在等我，不按时回去他们会担心的。"张成德听了，突然走上前，抓住Lisa的手："Lisa，我爱你，从见到你第一天开始。"

"不要这样，Jim。"Lisa挣脱开手。

"我知道你喜欢David，但他已有家室，Lisa。"一句话对Lisa如晴天霹雳。

"我不管。"Lisa痛苦地说，她跳上汽车，猛踩油门。汽车摇晃着很快地向路上奔去。张成德迅速驾车追她。"不要出事了。"他自言自语。

Lisa的车快而不稳地行驶在马路上。张成德紧跟着。在一处较窄的转弯道，Lisa的车撞在路边一棵大树上。

警笛声响，警车、救护车闪着警灯飞奔。张成德好不容易打开已被撞坏的车门，从车内抱出不省人事的Lisa。救护人员迅速地把Lisa放在担架上，抬到救护车里。

医院急诊手术室，张成德痛苦而焦急地坐在门口。大约半个小时后，一位护士走出来，张成德急忙上前："病人怎么样？"护士看了他一眼，同情地说："没有生命危险性，可是脑震荡，医生正处理，一下子醒不过来。"听了护士的话，张成德站在那里呆若木鸡。

6

凌晨，医院加护病房内，缠绕绷带的Lisa微微睁开双眼。她看到床边的张成德和黄蔚正注视着她。见她醒来，担忧的神情一下子变为欣慰。“对不起，Lisa。”张成德无限忧伤。

“你总算醒过来了，Lisa，Jim 看了你一整夜。”黄蔚松了口气，接着对张成德说：“我先去给 Lisa 家里打电话。”

黄蔚打完电话回来二十多分钟，Lisa 姐姐夫妇赶到。看见妹妹的模样，姐姐一下子哭了起来：“怎么会这样，怎么会这样？一夜未归，担心的事终于发生了。”她扑到 Lisa 身上。丈夫手挽她也非常悲伤。“Madam，请不要太难过，医院一定会治好 Lisa。”黄蔚安慰道。张成德一言不发。

姐姐抬起头，用泪眼看黄蔚和张成德。见到他们疲惫而忧伤的样子。她明白他们是为了 Lisa。“谢谢，你们真是两位好老板。”这时，护士来查房。看到床边好几个人，就说：“病人刚醒，正需要安静和休息。身边最好不要太多人。”

“这样吧，Jim，你先回去，我留下照看她。”黄蔚说。

“不，你回去。”

“二位都请回吧，我会照看妹妹。”

“女人方便些。”姐夫也说了一句。

“那我们晚点再来，让你们辛苦了。”黄蔚说道，拉了张成德朝门口走去。张成德又回头望了 Lisa。

昨夜，当护士们把 Lisa 推出急诊手术室，在加护病房安置好时，已经是半夜。看着昏睡的 Lisa，张成德在悲痛之余忽然想起应该给黄蔚打个电话。太晚不回黄蔚会很担心的。他急忙打了电话。果然黄蔚还在等他。知道 Lisa 车祸后，他立即赶到医院。

7

Lisa 住院的日子，张成德、黄蔚、姐姐夫妇非常精心地照料她，使她恢复很快。几个星期后的一天，张成德像以往一样来到病房。Lisa 已经拆去绷带，见张成德进来，苍白的脸显出喜色，慢慢坐起来。

“不要动，等我扶你。”张成德说着把食品袋放到床头柜上，又在花瓶中换上新带来的康乃馨。

“谢谢你，请坐。”Lisa 指指床边的椅子。张成德从袋中取出食物。

“你喜欢的汆肉汤、豆腐丸子，糖醋里脊和夫妻肺片。”汆肉汤鲜美，豆腐丸子清淡，糖醋里脊甜香，夫妻肺片浓郁。看着搭配得如此之好的菜，Lisa 又一次深为感动。“非常感激几个星期的照料，并给我做那么多好吃又有营养的东西。”

“只要你喜欢，我愿意一辈子为你做。”

Lisa 若有所思。“Jim，这几天我反复考虑，你是一个那么出色的男子，我实在找不出拒绝你的理由。不过请原谅，的确我更爱你的朋友。已婚算不得什么，既然对方进不了美国，分居这么些年，婚姻关系早已自行瓦解。我相信他爱我，这些日子他不也像你一样关心、照顾我吗？他一定会放弃原来的婚姻。”

听了 Lisa 的话，张成德目光惨淡，脸因痛苦而扭曲。

8

距华苑不远有家酒吧，名字叫 Brothers' Place，张成德有时到这里喝酒。要说酒，好些自家餐馆也有，但张成德很少喝自己餐馆的酒。他认为这样账不好算。另外，喝酒也得讲究气氛。在自家小餐馆里，哪有什么气氛。Lisa 向他表明自己感情的当晚，张成德又来到这酒吧。入夜，客人已经不多，张成德仍然一个人喝着闷酒，早已醉了，还一个劲儿地要。

“我他妈多倒霉，多无用。看上一个娘们，却是别人的。”他嘟囔着，举起酒又往肚里灌。得不到 Lisa 的感情，对张成德的确是一个沉重的打击。一贯对女性抱着玩世不恭态度的他，当动了真情时，这种情却异常强烈。想而得不到，他也许会去死。当然，他不能不嫉妒和怨恨一向被他当作兄弟的好友。感情，往往超越一切，哪怕是最深厚的友谊。

9

在宿舍客厅里，黄蔚焦急地来回踱步，不时看看表。该不会又发生什么吧？他心里想。后来索性换鞋出门，驾车去餐馆，只有安全灯在亮；来到医院，Lisa 一个人正安静的睡眠；在按摩院询问，老板娘摇摇头，最后到了酒吧。张成德已烂醉如泥，扑在长台上。

“我们回去。”黄蔚架起张成德。

“我不走，我没有家，光棍一条。没有人爱我，要我。酒，酒……”

黄蔚把张成德扶到自己车上，为他系好安全带。又去检查了他的车，准备明天再来开走，然后驱车返回。到家后，黄蔚把张成德扶进客厅，让他靠在沙发上，又从厨房取出醒酒的茶水喂他。张成德睁开眼睛，慢慢地说：“小黄，我们还算不算好兄弟？”

“这还用说。”

“那么你告诉我，你爱 Lisa 吗？”

“应该说喜欢才对。”

“不，你说谎。你爱她，你在追求她。文质彬彬地追求。这种追求最厉害，很容易取得女人的心。”

“成德，你误解了。”

“我没有误解。要不，Lisa 爱你爱得那么深。你知道她那晚车撞在树上，完全是为了你。”

“我——”黄蔚大吃一惊。

“我告诉她你已有家室。现在好了，她很开心。因为你会解除原来的婚姻。”张成德非常痛苦。黄蔚清楚发生了什么。“不，成德，Lisa 跟你最合适……”还不等黄蔚说完，张成德抢着说：

“这不是你的真心话。我是爱她！几年来，我遇到过多少女人，但从未动过真情，玩玩而已。只有Lisa，她是我第一个真心爱的女人。三十好几了，我需要一个家。做餐馆多辛苦，没有人关心，哪里会有温暖。自从遇见你，我把你当成兄弟，你对我好，但毕竟只是友情。我——”一阵作呕，张成德吐出一大摊酒来。把沙发上、黄蔚身上弄得一塌糊涂。一下子酒也醒了一大半。他闭上眼睛，靠在沙发上。

含泪的黄蔚拿来抹布，擦了擦沙发和身上的酒渍。他激动地说：“成德，我很感谢这酒，它让我知道了你的心事。这些日子，我总觉得你对我有所疏远。反省起来，又不知道做错了什么。说心里话，我多希望你和Lisa好。至于我，你说得对，我已经有家室。尽管我们现在远隔天涯，但我深信终有团圆的一天。我绝不会背叛自己的婚姻。你知道我为什么来Boston吗。我是男人，也有情欲和冲动。当我在Greenland读书，去一家餐馆打工的时候，认识了年轻貌美的老板娘……”黄蔚详尽讲述了他和Alice的恋情。“这是一段违心的恋爱。终于，我战胜了自我，抛开美女、金钱、地位、移民、入籍等等诱惑。放弃学校，丢下旅馆工作，逃离了Greenland。我能这样，主要原因之一，就在于我和发妻之间尚存真情。但我多对不起Alice。我亏欠她太多。现在，没有任何别的女人，能取代她在我心中的地位。成德，如果婚变在我身上能够发生，那绝不会等到今天。”黄蔚讲话时，两行热泪一直挂在脸上。

张成德完全酒醒，黄蔚真挚的话语和诚恳的目光使他深为感动，他没有再说什么。

此刻，东方露出鱼肚白，天已亮了。

10

医院病房内，Lisa 刚吃完黄蔚送来的饭菜，黄蔚又打开一小盒洗净切好的水果递给她，里面还有几根牙签。

“David，你真细心。”Lisa 感激地说，半晌，又问：“你对太太也这样好吗?”

“哦，我从来没有和你谈过我妻子，现在介绍一下吧。”黄蔚今天要谈而不知从何开始的话题有了头绪，他一阵高兴。“我妻子很美，人非常能干，生活能力极强。是在乡下当知青的时候认识的。我们互相关心，互相鼓励，一起走过那段蹉跎岁月。她深深地爱我，我也深深地爱她。我们还有一个可爱的女儿。”

“听说她办不到来美国的签证。”Lisa 插了一句。

“领事官员认为她有移民倾向，所以签证总是不能批准。”

“这影响你们的感情吗?”

“长期分离是痛苦的。应该承认，也有各种诱惑和冲动。但一个理智的人，应该战胜自我。中国有一句名言，‘两情若是久长时，又岂在朝朝暮暮。’我们都会等待，直到相聚的那一天。”

“依我看，你应该放弃这名存实亡的婚姻。”

“Lisa，如果我是这样的男子，我相信，没有一位贤淑、善良的女子会爱上我。我将永远得不到真情。试想，我既然会抛弃第一个妻子，我同样会抛弃第二个、第三个。反过来，Lisa，如果你是她，当你所爱的人到了异国就不要你了，你会怎么想？”

一句话使 Lisa 想起往事。

“我也曾爱过一名男孩，他叫 Vejia。”Lisa 的思绪，飞回到她可爱而迷人的故乡——南美一个小镇。稠密的阔叶林里，一对少男少女正追逐。少女躲在一棵树后，少年找到了，他拥抱亲吻女友。少女挣脱又跑，少年再追……

“我们青梅竹马，两小无猜。他长得那么帅……”Lisa 沉浸在甜蜜的回忆中。

“家乡生活艰难，Vejia 好不容易才获得了到美国的机会。那天我去送他，就像昨日一样。天色是那么阴郁、沉闷，就快要下雨。记得在车站候车室，我把双手搭在他肩上，两眼噙泪，我们互相对望，依依不舍。好一阵，他才说，‘我到了就和你联系，不久我们将在美国团聚。’这句话鼓舞着我，使我信心百倍。车就要开了，我们最后拥抱，亲吻。我目送着头伸出车窗外一直看我的他，最后在我眼里消失。

“上帝保佑，他平安抵达美国。不久，在一家建筑公司找到工作，做泥水工。工作十分辛苦，但我们团聚的理想给了他力量，他克服着一切困难。

“谁知不到一年，他一点消息都没有。原来频繁的信件、电话，一下子绝了迹。我的心，就像那断线的风筝，飘浮不定。焦虑，猜测，思念，不知发生了什么事。后来在姐姐帮助下，我也来到美国。经多方打听，我终于得到 Vejia 的地址。可当我乘坐灰狗（长途公共汽车），又换出租车，风尘仆仆地来到他的家门前，开门时，眼前是赤着上身的 Vejia 和另一个女人……

"Vejia 熬不住艰苦的日子，他的信心在现实面前土崩瓦解，他背叛了自己的感情。我恨不能马上回到家乡，姐姐劝说了我。我的痛苦没有人能够理解，就这样，几年过去了。"说到这里，Lisa 泣不成声。

"多么深情、真挚的姑娘。"黄蔚无限同情。"但是 Lisa，天涯何处无芳草。他既然那样缺乏毅力，那样薄情，一点不值得留恋。世间好男人有的是，特别对于像你这样的好姑娘，上帝一定加倍眷顾。你看 Jim，他在深深地爱着你……"

Lisa 擦了擦眼泪，点点头。他们向窗外望去。窗外，阳光灿烂，微风拂煦，是多么美好的一天。

11

从张成德醉酒第二天起，他和黄蔚又和好如初。冷静下来以后，张成德想，他几乎误解了好友。然而，就黄蔚而言，他不同样需要一个女人吗。从某种意义上讲，他比自己更需要，对一个男人，长时间独居，实在太苦了。尽管他不会背叛自己的婚姻，但这不等于他不可以和别的女人有两性关系。看当今社会上，同居者不是很多吗？他们不少早已结过婚。再看黄蔚的情况，如果他和喜欢的女人同居一段，完全无可非议。而这个女人，非 Lisa 莫属。Lisa 爱他，希望有一天能嫁给他，如果黄蔚向她提出同居的要求，她应该会答应。而黄蔚呢？他喜欢 Lisa，太太长期不在，相信他毕竟难以忍受。是结束这种苦日子的时候了。至于自己，为了好友，只得牺牲一下。考虑再三，他决定暂时离开，等他们事成之后，又再回来。

黄蔚早上起床，张成德已出门。“他今天好早。”黄蔚自语。忽然发现茶几上有张字条和一把车钥匙。他信手拿起字条看，是张成德留下的。

小黄：

我想，我不应该那么自私。正因为你品格高尚，才更需要一个女人，得到温暖。Lisa 爱你，她对了。你不仅是个好朋友，也一定是个好男人。哪个女人跟了你，她将幸福一辈子。我既然爱 Lisa，就应为她着想，尊重她的选择。你们可以先同居一段。谈婚论嫁的事，再从长计议。

我准备先去加州，愿你们早结连理。在那大喜的日子，我将一定赶回来。

Lisa 今天恢复上班，请代为问好。麻烦小杨你俩帮我把车从机场开回来。

望保重

成德于即日

黄蔚看完留言，内心一阵凄然。他极力控制住有些慌乱的情绪，思考了一分钟，急忙走到电话前，拨通了Lisa的电话。

听说张成德出走，Lisa非常吃惊。

“Lisa，现在只有你能留得住Jim。请一定按我的话去做……”黄蔚恳求Lisa。Lisa考虑了一下，终于答应了黄蔚。

黄蔚驾车飞快地向机场驶去。在机场大厅，黄蔚先冲去看班机进港离港牌，然后向售票处奔去。他和几家航空公司售票员交谈，终于查到张成德的行踪。他打开手机：“Hello，Lisa，十二号门。”

候机厅十二号门前，张成德坐在后排椅子上，一根接一根地抽烟，神情忧郁。“再见了，Lisa，再见了，小黄，祝你们幸福!”他心里说。此时，他眼前好像出现了身披婚纱、手抱鲜花、极美的Lisa和西装笔挺、手挽Lisa的英俊的黄蔚。他们正微笑着向他走来。他刚想起身，对他们说祝愿的话时，忽然肩膀被人一拍，猛醒过来，回头看去。

“你不能走。”眼前气喘吁吁的黄蔚对他说。

“你怎么来了?”张成德吃惊地问。

“就算你置我们的友谊于不顾，你忍心丢下我们千辛万苦创建起来、目前正当红火的餐馆吗?”

“你一人完全可以经营，sauce 你能做；厨师拿手菜、宴席菜，甚至雕花你都会了，还做得很好。何况你已有条件做甩手老板，手艺无非防备万一。”

“不，成德，最最重要的，是一份纯洁、真挚的爱情在等待你。千万不能错过呵，Lisa 爱你!”黄蔚摇摇头。

“Lisa，她——?”

“是的，Jim，我爱你!”Lisa 突然出现在二人面前。她走上去，大方地吻了张成德。

张成德的眼睛被泪水模糊了。

12

三人走出大厅，有人向他们说：“Good morning。”

这充满生机的早晨，一天刚开始。在他们眼里，新建的高楼将竣工，扩宽的道路更多车在跑…… 他们所面临的，是一个欣欣向荣的世界。

第十七章

1

叶贞被哈佛大学商学院录取了，消息传来，黄蔚无比欣喜。

自去年夏天叶贞到哈佛，一转眼快一年了。从哈佛拿到入学申请表后，叶贞很快填写完毕，尽管需要回答的问题繁多，需要叙述的事情不少，就像写自传，但对她并不困难。在举例说明自己经历过的道德困境那一栏，她陈述了这样一件事：还在上海时，一位要好的亲友求她代别人考托福，为此她可以得到一笔较丰厚的资金作回报。本来，考托福对她是容易的事，还落得人情。拒绝的话，对亲友无法交代。但她反复考虑，思想斗争的结果，最后还是没有答应。她想，这种欺骗行为她不能参与，哪怕得罪亲友。从此，这亲友对她非常冷淡。她几次想说服一下化解矛盾都没有成功，但她内心是坦然的。

本科成绩、研究生入学考试成绩、Iowa 大学学习成绩她都完整附上。系里三位教授为她写了推荐信，工作经验她用在银行工作的一段。

收到面试通知那天，叶贞兴奋而紧张。当即和黄蔚通了电话。黄蔚高兴地祝贺她，又给她打气。一位名叫 Austin 的先生对她进行了面试。起先，他们海阔天空地交谈。后来，Austin 先生说："你是中国人，在美国，中餐馆比比皆是。现在，有一家大型中餐馆，生意每况愈下。他们请你去做经理。要把现状扭转，让生意红火起来，你打算怎样办?"

叶贞稍稍思考，心想，多像一次案例课。接着镇静地说："我会先做一张目前生意的流程图，包括餐馆内外，并进行实际考察，找出薄弱环节。我发现：内部，饭菜质量下降、服务质量下降，价格上涨，其主要原因是人员不足。因为生意不好，逐渐裁员，造成忙时难于应付；厨房人手不够，饭菜做的差；服务人员少，餐堂服务不周到；价格虽未变，等于变相提高。客人更不满意，生意更不好，又裁员；这样恶性循环。外部，有两家新张的 Buffet 店很受欢迎，抢走了一些生意。根据情况，我打算这样做：一、改名，做广告新张，中午卖 Buffet。二、充实人员，各人坚守岗位，借新张之机，做好饭菜，搞好服务。三、以新张为名，发放一段时间 coupon，买一送一，等大家了解餐馆，客源稳定后又取消。四、大做广告，发送外卖单……"说到这里，Austin 先生插了一句："如果你的做法老板不同意呢?"

“要么照我的办法，要么另请高明。”叶贞坚定地回答。叶贞演说般一席话赢得了 Austin 先生赞许的目光。

叶贞完全想不到，平常和黄蔚谈论他做餐馆的心得体会给她留下的印象，今天帮了她的大忙。

叶贞终于实现了到哈佛就学的理想。眼下距开学还有四个多月，正好她工作的银行要她 full time 干一段。叶贞决定八月底到校。利用暑期，一面工作，一面准备入学。

2

辛勤耕耘，终将获得丰硕成果。在黄蔚和张成德奋发努力下，华苑生意一派兴旺发达。其中最突出的，要算外卖量的增大。外卖是中餐馆经营的一个大头。很多中小餐馆，就仅仅是外卖店，不设餐堂。有的餐馆，外卖占总收入的几乎一半。美国人很会享受。试想，一通电话，足不出户，就能享用一顿美餐，这是很惬意的事。特别碰上天阴下雨，寒冷飘雪的日子。送来的饭菜，一次性餐具样样俱全，吃完往垃圾桶一扔，干干净净没事了。

时近黄昏，天下起毛毛细雨。这种气候下送外卖，比晴天困难得多。小杨减慢了车速，仔细而吃力地辨认着路旁房屋的门牌号码。他的心境，也和这气候一样，很有些不开心。今天送外卖的小费没有往天好。打餐馆，做 waiter，送外卖，一混几年了，年龄一天天增大，总不能当老年学生。他盼望着早点回学校，恢复那充满青春活力的学生生活。为了尽快返校，他不辞辛苦地干，小费的好坏，往往左右着他的情绪。这一带外卖少，来的次数不多，不甚熟悉。走着，他终于看到一个和要去的号码只差十的门牌，旋即在路边找个合适的地方停下车。不想当他刚从车里走出，正要提起外卖包时，忽然几个年轻人围了上来，不由分说，对他一阵拳打脚踢。他还弄不明白究竟发生了什么，已被打得鼻青脸肿，倒在地上。幸亏一个遛狗的白人男子赶上来，那伙人才逃之夭夭。狗“汪汪”地吠，要去追，被白人男子拉住。他用另一只手扶起小杨。小杨如梦方醒，不觉泪下。

“Are you ok？他们为什么打你。”

小杨摇摇头，十分悲愤。“谢谢您帮我。我是送外卖的。”小杨无限感激。

“快去吧。”那人提醒小杨。小杨这才又拎起外卖包向前面一幢房子走去。

小杨转回来时，白人男子依然牵着狗站在那儿。很明显，他是怕那伙人又出现，要等小杨走后才离开。小杨忙和他打招呼，神色非常感动。看着小杨上车，那人说：“Be careful。”

回到餐馆，满脸是伤的小杨不得不把被打的事说出。老杨听见忙放下手中的活，过来拉着他着急而心疼地看了又看：“伤成这样，还不快去医院。”

“不用了，幸亏一位美国人，那些人才跑掉。”

“他们什么模样?”张成德问。

“看上去十七八岁，头发长长的，都穿红色T恤和黑宽裤。”

“他们一不抢钱，二不要外卖，他们想干什么?”黄蔚像问大家，又像问自己。他在思考。“这几天你暂不要出去，让小赵一个人先送着。来，把伤口弄一弄。”说完，进小房间拿出药箱，仔细为他擦拭、敷药。

3

一星期过去了。这些天正好Linda有事请假，小杨就顶了她的班。一天傍晚，外卖特别多，餐堂不太忙。小杨看小赵一个人实难应付，就拿了两包，朝门外走去。当时大家各干各的，没有太在意。

餐馆打烊了，还不见小杨回来。黄蔚知道事情不好，万分着急。老杨更是如热锅上的蚂蚁，还算张成德冷静一点:“再等等，不回来我们分头去找。”

又过了半小时，两辆车从不同的方向出去，车都开得很慢，按照平时经常外送的路线，一条条街，一幢幢房屋转。然而，夜色茫茫，路灯昏暗，只偶尔有一辆辆车，不见任何行人，到哪儿去找。

夜深了，三个人都没有睡觉。老杨呆呆的眼里噙泪，显得苍老，黄蔚在深思，心情异常担忧而沉重，张成德同样满脸愁容。

小杨一夜未归，第二天他们去了警局，请警方帮助找寻。又决定贴布告，发传单，在报上登寻人启事，在寄给私人的广告后面印寻人照片，甚至还要去电视台联系。

第三天上午，黄蔚一直守在电话旁边。他焦急地企盼着来自各方面的消息。到了十一点，他再也按捺不住，拨通警局电话。

“早上好，我是David，请你们帮忙找的人情况怎么样?”

“还没有消息，可是我们会尽量努力。今早大家都很忙。海边发现一具青年男尸，不然你们也可以去看看，或许是要找的人。”女值班警员的话使黄蔚神色大变。他只觉得呼吸紧迫，尽管一个劲儿安慰自己，“不会的，不会是他。”但仍然剧烈地心跳不止。他急忙问明地点，安排听电话小姐照应一下，有点踉踉跄跄地跑了出去。Lisa看在眼里，放心不下，告诉Anna和Cecilia先做着，也跟到外面。黄蔚的车就要开动，Lisa忙跳上自己的车。

海边，浓云密布，黑灰色的天空即将下雨。大海一反它平时的蔚蓝，海风乱吹，海浪起伏汹涌，吞噬着海岸。黄蔚抵达时，警察、警车、救护车先到一步。法医已验完尸体，摄影师也从不同角度拍了照片。几位警员刚把尸体放到担架上，盖上白布。有些人在一旁围观。黄蔚跳下车，三步并作两步跑过去，顾不得和警察交谈，一把扯开那白布。一个身材高高，肚子因灌满水胀胀的，肤色呈黑灰的西班牙青年躺在那里。

“不是小杨。”他如释重负，松了口气，激动得几乎跳起来。正当他想把白布再盖上时，只听见“啊——!”一声，一位姑娘扑倒在尸体上。“天哪！Vejia，是我害了你吗？”

黄蔚定睛一看，那不是 Lisa 吗。她怎么会在这里？忙去扶她。这时，轰隆一声雷响，倾盆大雨浇了下来。雨水和着泪水一起，打湿了 Lisa 的头发、衣裳。

“他是你什么人？”一位警员过来问。别的警察迅速把尸体抬上车。

“过去的男友。几天前他来找我。我原谅了他，但也拒绝了他。他跑了，也许因此寻了短见。”Lisa 呜咽。

警员很快地又问了姓名、地址，迅速做了笔录。“就这样，我们再联系。”

黄蔚把 Lisa 扶到了自己车上：“你的车回头再来开。”他想起 Lisa 上次车撞在树上。今天绝不能还让她开。

黄蔚一直把 Lisa 送到她家里。路上，他们没有说什么。他的思绪很乱，很乱，看到 Lisa 悲哀的样子，他也不忍心再折磨她。

4

晚上，黄蔚、张成德、老杨坐在餐馆里，他们一筹莫展。“叮叮叮……”电话铃声响。黄蔚忙拿起听筒，有些激动。

“找黄老板。”

“我就是。”

“小杨在我们手里，要他活着回去，拿五万元来换，还要你亲自来。”

“时间，地点。”黄蔚冲口而出。

“明天下午七点。”

“Vittle 和 Carbin 路交叉口，一棵榆树下。”

“麻烦拼一下街名。”黄蔚很快记下。“我一定来，请千万善待他，拜托。”放下听筒，黄蔚面色煞白，没有一丝血色。一旁的老杨和张成德预感到发生了什么，急忙问：“怎么样?”稍停，黄蔚有点勉强，但又不得不说：“小杨被绑架了。”

一句话使老杨一屁股坐倒在地上，几乎昏过去。黄蔚忙搀他。

“杨师傅。”

“快去报警。”老杨上气不接下气地说。张成德眉头紧锁。黄蔚忙制止。“不能报警。现在救人要紧，他们只要五万元。把餐馆的流动资金拿出来，加上我户头上的。我想成德会同意。”

“没有问题。”张成德坚定地回答。黄蔚又说：“如果报警，搞不好撕票，那就惨了。人是第一宝贵的，钱再多也能挣。杨师傅，不要着急。我们一定把小杨救回来。”黄蔚和张成德好歹劝说，老杨总算安静下来。两人继续商量这件事。

“要说他们勒索，可要的钱并不多。”张成德自言自语。

“我想跟上次小杨被打有关。”黄蔚一面翻流动资金账本。

“这事像帮派干的。但那些黑社会的人我们并未得罪过。要在 Chinatown，有时他们会要保护费。但我们离 Chinatown 这么远，而且从来也没有人向我们提起过。”

“我明天去，说什么也要把小杨救回来。”黄蔚有点豁出去的样子。

“你得小心。”张成德十分忧虑。

“我多少有点拳脚。”

“他们可能带枪。”

“我会注意。”

“我和你一块儿去。”

“不必，成德，万一再发生什么，你还可以想办法。餐馆也不能没有人呀。”

黄蔚的话是对的，张成德没有再说什么。从小杨被打，他就觉得事有蹊跷。今天又指明要黄蔚亲自送钱去，可能此事与黄蔚有关。如果自己也发生了什么，那连救援的人都没有。“好吧，祝你马到成功。我在家等你。”他信任的目光让黄蔚增加了必胜的信心。

5

第二天晚上七点，黄蔚带了五万元现金准时来到约定地点。他态度从容镇定，运动衫、牛仔裤，仍然一副潇潇洒洒的样子。一个二十岁左右的长发青年试探地向他走近，并窥视着周围，看有没有警察。

“钱带来了吗?”

“是的。”

“拿出来吧。”

“一手交钱，一手交人，人呢?”

“我们自然会给你。”

“我必须见到人。”黄蔚毫无惧色。

“你他妈不老实。”说时一拳塞过来。黄蔚本想还手，但他忍住了。现在重要的是救出小杨，受点委屈算不了什么。“君子说话算话，你们帮派上的人不是讲义气吗？信义很重要。”黄蔚凭直觉，断定他们属于帮派。他语气平和。

“谁他妈跟你讲信义。你倒是交不交出钱来，否则可别怪我不客气。”那人气势汹汹，本想再动手，忽然记起他们大佬说的此人功夫很高，所以也不敢贸然行事。尽管周围还有弟兄埋伏，但不到万不得已，还是先诱降。反正只要将他擒回，任务就完成了。

“若不交人，就带我去见你们头领。”

“要见我们老大？除非答应我一个条件。”那人奸笑。

“什么条件?”

“我要把你的眼睛蒙住，手捆起来。”

“请吧。”黄蔚并不在乎，显得大义凛然。

那人用一块事先准备好的黑布蒙住黄蔚双眼，又把两手捆牢，拉着他向前走。大约五分钟光景，黄蔚感觉他们到了一个比较宽大的所在。一股阴湿的气息逼人，黄蔚猜想是间地下室。“站好。”那人对黄蔚说。然后走开。黄蔚听到他和另一个人谈话。

“老大，人擒来了。根本不用打，他自己要来的。”

“是吗？”黄蔚好熟悉的声音。

“让他看我。”老大冷冷地说。那人过来拿开黄蔚头上的黑布。黄蔚放眼向“老大”望去。那不是Eddy吗？依然满脸霸气。他明白发生的一切了。“想不到我们又在这里见面，你还好吧？”Eddy侧着身子，眼睛向前平视，阴险地笑笑：“此地可不比湖南楼，大丈夫报仇，十年不晚。”停了停。“兄弟们，大刑伺候。”老大一声令下，刚才埋伏在周围的几个小兄弟蠢蠢欲动。眼看一场酷刑拷打即将开始。就在这千钧一发之际，从外面走进一个年轻人来。他一见黄蔚，低头便拜：“先生您好。”然后连忙跑向Eddy：“老大，上次救我的，正是此人。”黄蔚听说仔细看他，又想了想。

……

那是几个月前的一天，黄蔚挨家挨户去送外卖menu。在有条僻静的小道上，他看见三个像越南人的青年正追一名华裔青年。其中稍高的拔出身上的手枪，准备对所追的人射击。绝不能让流血事件发生。黄蔚突然上前，一拳将高个手中的枪击落，子弹也“啪”一声斜穿入地面。三人气急败坏，一起向黄蔚扑来。他们哪是黄蔚的对手，没几下就把他们给赶跑了。被追的青年返转来，万分感激地谢黄蔚。从他口中，黄蔚知道了三人是越青帮的，和他属不同帮派。因都想吃掉对方而变成仇家。今天无意中碰上，所以追杀他。那青年正是刚才进来的人。

“老大，你不是要我找他加入我们吗?”青年和颜悦色。

“他是我的仇人。”Eddy并未转动身子。

“我求你对他开恩。”青年央告，心想，如果Eddy和这位先生有恩怨，那肯定是Eddy不对。要是别人，Eddy绝不会买账。但此人不同，他是自己大佬的侄子，也是拜把兄弟，不能不考虑。于是没好气地说：“算他走运，看你面上，今天暂饶他不死，先关起来。”说完走开。青年忙过来，为黄蔚松了绳子。

“先生请稍稍忍耐，时间不会很长。”另外两个人来带黄蔚。可以看出，他们也很钦佩黄蔚的临危不惧。为救小杨，黄蔚早就做好吃苦的准备。见了Eddy，他更清楚，自己落在Eddy手上，即使不死也得脱几层皮。但他不怕，他要用自己的毅力和智慧，勇敢地来闯此关。

6

美国的黑社会集团专门从事聚赌、放高利贷、贩毒、开地下妓馆、打家劫舍、勒索商店等勾当。黑社会集团也干国际性的犯罪大生意，让美国政府和警方大伤脑筋。他们很多人在警局都有记录，警察也很注意他们。

Eddy 现在已是 Boston 华青帮的小头目了。早先，Eddy 一家居住纽约。上中学的时候，他虽不像那些父母离异或忙于生计对子女疏于管教、英语又困难的新移民同学。可他对功课全然不感兴趣，常常喜欢和华青帮的人一块到唐人街鬼混。他们打群架、偷东西，后来索性占街为王。还刺青文身，组成“东方魔少”，勒索、收保护费，甚至抢劫，无恶不作。

他在一次保卫地盘的火拼中闹出人命。好在他不是开枪者，还未满十八岁，只交由少年惩教院的教导官监管一段时间后放回家了事。为避免他再走邪道，父母决定迁居 Boston。一家人 到了 Boston 后，哪知他旧病复发，又靠拢帮派。时遇华青帮招兵买马，他顺利地成了华青帮一员。由于又带进一帮小兄弟，因此当上小小头目。

金老板是他家的远房亲戚。湖南楼开店前，父母以他的名义入了股。所以他的合法职业是 waiter。在餐馆，他一向横行霸道，谁也不敢对他怎样。那天黄蔚帮小杨教训了他，他恨得牙痒痒的，一心要报仇。后来四处打听，终于知道黄蔚和张成德合伙开了家餐馆。若不因张成德也是老板，他早就骚扰餐馆了。他不敢得罪张成德。一方面自认为和张成德交情不错，另一方面张成德又是自己大佬的朋友，需要格外留心。想来想去，一定要让黄蔚吃点苦头，但黄蔚武功不低，这才绑架了小杨。他知道黄蔚不会不来救小杨，这样就能拿下黄蔚。他又顾虑黄蔚的功夫，所以做了多种准备。布置打起来后，把黄蔚引到树下，由事先安排好的人放下网子罩住黄蔚。谁知黄蔚不请自来，他们可谓不费吹灰之力。而黄蔚呢，自从小杨被打，他就一直在思考原因。他要找出问题的症结。他们在这里不是一天两天，只有问题彻底解决了，大家才能得以安宁。正是出于这种考虑，所以他要会会这伙人的头目。

7

已是午夜，还不见黄蔚和小杨的踪影。张成德和老杨非常焦急。看来正如张成德所料，黄蔚也被抓了。苦苦思索，就在几分钟前，张成德忽然想到，此事说不定跟 Eddy 有关。还在湖南楼时，他已知 Eddy 属华青帮。但他又希望不是这样，因为惹上帮派，麻烦事就多了。可黄蔚一向为人和善，从不得罪任何人，要说和他有恩怨的，也只有 Eddy。不管怎样，只能多方设法，先救人要紧。想到这里，张成德拿出小笔记本打开，拨了个他很少拨的电话号码。

“蓝哥吗？我是成德。”

“你好，你好，很久不见，今天怎么想起哥了。”

“蓝哥，我有事求你。我店中有名员工小杨被绑架，对方要五万，今天我们经理黄蔚带了现金去，但也被扣了。我估计，此事与你手下的 Eddy 有关。蓝哥，黄蔚是我的好兄弟。”

“今天你总算用到大哥我了。果然是 Eddy 干的，小事一桩。我先问问，你等我电话。”

张成德和他称为蓝哥的蓝阅，少年时代在台湾就是好朋友。后来蓝阅加入“竹联帮”，一心劝张成德也加入，但张成德执意不肯，又移民美国。因为一桩命案东窗事发，蓝阅被警方追捕，幸好张成德帮忙才逃到美国。开始时，一切全靠张成德，张成德待他就如亲兄弟。想不到不久蓝阅又联系上帮派，成了华青帮成员。由于原本就是黑社会的，各方面大有基础，很快成为帮派主要头目之一。对于张成德，他早就想报答一番，无奈张成德决不沾惹帮派，和他很少往来，他也没有办法。蓝阅还有个同胞哥哥，正是那次事件判了死罪，嫂嫂也因此自尽。他们留下一子蓝荣，以后蓝阅设法把他办到美国，视如亲子。

蓝阅和张成德通完电话，正要给 Eddy 去电话问问，只见蓝荣急匆匆走进来。蓝阅从未结婚生子，对于侄儿，他处处关怀备至。一方面他感念哥哥身世凄凉，蓝荣是他唯一的儿子；另一方面，他认为蓝荣是他蓝家的后代，所以事事对他百依百顺。

“阿叔，上次救我的那位先生找到了。”

“在哪里，让我去好好谢谢他。”

“关在 Eddy 那儿呢。”

“岂有此理，他为什么关人家。”

“据说是他的仇人。但我看那位先生一定不会做坏事。前两天他们绑架了一个叫小杨的，好像他也曾得罪过 Eddy。今天要这位先生来赎人，结果把他也给扣下来了。若我晚到一步，他们正要酷刑拷打这位先生。是我求情才暂关起来。”

“有这等事。”蓝阅意识到张成德所言属实。

“走吧，我们去见见你的恩人。”听到叔叔亲自出马，蓝荣喜出望外。暗想，那位先生没事了。

8

一间斗室，没有窗户，胡乱放了点旧家具，小杨就被关在这里。骂也骂够，打也打够，他们不再多管他。已经第四天，小杨不知他们要如何处置他。他不再难过，不再悲伤，不再生气，不再想什么。他感到很累，无力地躺在床上。听天由命吧，他闭上眼睛。

小杨生在一个还算不错的家庭，父亲是历史系副教授，母亲是化学系的讲师，他还有一个正念大学的妹妹。一家人经济宽裕，感情和美。兄妹俩从小父母疼爱，一切都是父母包办，什么苦都没有吃过。自从来到美国，小杨的生活发生了根本的变化。他逐渐开始懂事。他不愿意总是看着父母为自己操心，他要奋斗，要自立，也就多少能吃点苦。但遭绑架却是万万想不到的。第一天，满身鲜血和伤痛，他觉得，自己也许马上就要完蛋了。这倒没有什么可怕，只是父母可能因此而活不下去。想到这点，他心如刀绞，眼泪都快哭干。一个人被关进这没有天日的地方，从未有过的怕和寂寞使他精神崩溃，他快要发疯了。不过他相信黄蔚他们一定会来搭救他。他在苦苦地等待着。

小杨正昏睡，开门声响，他睁开眼，黄蔚走了进来。不是梦吧，他一下子跳起来，扑到黄蔚肩上大哭。

“你受苦了！”黄蔚抚摸着他的背，眼泪也夺眶而出。“我们一定能回去的。”黄蔚安慰他，把他扶到床上。两人坐下，黄蔚又帮他擦了眼泪，再看他被打的伤口，问他这几天的情况。

小杨感到一股亲切的暖流经过他的周身，治愈着他的伤口，弥补着他所受的折磨。他几天来第一次有了笑容。两人正交谈，蓝阅叔侄，还有Eddy走进了房间。见到这位气宇轩昂的年轻人，蓝阅满脸是笑。“对不起，黄先生，非常感谢你上次救了小侄。”

“不客气，我也是正好碰上。”

“黄先生既是豪侠，功夫又不凡。换了别人，这种事躲还来不及呢！对了，我是成德的好友，今晚他特意给我电话，以后有事只管找我。”

“谢谢！”

“这样吧，现在我送二位回去。”

“我想，我们的车应该都在，那这五万元？”

“谈什么钱，是吗？”蓝阅笑看Eddy，又说：“不打不相识，Eddy，黄先生是位君子，以后大家成好朋友了。”

“小黄，对不起，君子不记前仇。”Eddy无奈地和黄蔚握手。

“彼此。”

“二位的车都好好地在外面呢。”蓝荣说。

一行人向门外走去。外面，月色朦胧，万籁俱寂，家家户户沉沉入睡，静夜分外安宁。

第十八章

1

早晨十点左右，一位白人警员走进华苑，他身材魁梧，满脸的刚直和正气。警衣、警帽、警鞋整整齐齐，腰间佩戴枪支，显得英俊威武。人们都说，美国警察俊男不少，他算典型的一个。黄蔚迎上去，估计警察是为 Lisa 而来。两人问好，互通了姓名。这位名叫 Charley 的警察说明来意，他果然就是找 Lisa 的。黄蔚请他在角上一张桌旁坐下，转身去叫 Lisa，并给他端上一杯热茶："Lisa 马上就到。"黄蔚从开始就很热情。

"谢谢。"Charley 笑容可掬，接过茶，喝了一口。Lisa 也出来了，她一身 Waitress 打扮，依然秀丽，娴雅，只是面带愁容，目光哀伤。打过招呼，Lisa 在 Charley 对面坐下。

从 Charley 进门，黄蔚就有种似曾相识的感觉，反复回忆，他终于记起来了。Charley 不就是他刚到 Boston 那天闪着警灯让他在路旁车里睡了近一小时的那位警察。他多次忆起这事，想不到今天又能相逢。黄蔚正要过去讲几句感谢的话，只听 Charley 对 Lisa 说："小姐，请谈谈 Vejia 来找你的详情吧。"他态度友好，亲切。Lisa 点点头。

那天，Lisa 从家里出来，感觉好像有人在窥视自己。她故意没有直接朝汽车走去，而是绕向另一条小道。那人影跟了过来。在一家园子里有人的地方，Lisa 突然转身。跟随的人始料不及，不得不站定，并低下头来。多么熟悉的面孔，尽管头发、胡子都长长的，看上去颓丧、胆怯，但本来的神态依旧，他是 Vejia。

"你来干什么！" Lisa 愤愤地。

"想请你原谅。我对不起你。" Vejia 痛苦懊丧地说。

"过去的已经过去，就像中国话说的，泼出去的水收不回来了。"

"Lisa，再给我一次机会，念在我们青梅竹马的情分上。" Vejia 稍稍抬头，企盼地看着 Lisa。

"说什么旧情，我跟你早已结束。" Lisa 侧过脸。

"Lisa，我也有难言的苦衷。说心里话，我没有一刻不想你。不和你联系，是因为我自惭形秽，怕玷污了你的圣洁。我后来的所作所为，实在不是人干的。回想起来，我多么后悔。" Vejia 完全抬起头来，眼中流出热泪。

……

Vejia到美国后，好不容易经人介绍找到一份建筑业的工作。一开始，工头让他做杂工，有时搬运，那些轻轻重重的东西，不管你体力行不行。有时搞现场清洁，Vejia最怕扫地了，那滚滚的灰尘，呛得他一个劲儿咳嗽，老板可连口罩也不给一个。后来做泥工，夏天在烈日下烤，冬天在寒风里吹。Vejia家乡虽穷，但身为独子的他自小被父母当宝贝，可没有吃过多少苦。这样的生活，他实在是度日如年，每天下班后，长吁短叹，闷闷不乐。

一天傍晚，Vejia又一个人去街上无目的地溜达，慢慢地不知走了多远。街道两旁，五光十色霓虹灯闪亮的店铺中，有一家彩灯特别耀眼。Vejia好奇地走过去，只见窗玻璃上有个大大的霓虹灯字“25C”，门上一行小字，写着“二十一岁以上方可入内”。Vejia有意无意地走了进去。呀，彩灯闪闪，橱窗里，架子上，墙上，挂满形形色色的性玩具、性用品，使Vejia眼花缭乱。往里走，满屋子都是性杂志、性书籍、X级录像带，有的杂志用薄塑料纸包裹，有的未包。Vejia随手翻开一本，全是裸体女人、裸体男人和他们以各种姿势做爱的画面。再往里走，则是一个个小房间，有些门顶亮起红灯，里面传出女人男人的哼声和叫声。Vejia推开没有亮灯的一间，只见一台闭路电视，旁边是投币箱，一个座位，地面上有废纸团。Vejia寻思，一定是色情录像。随即按说明去兑换了一些二十五美分硬币，也观看起来。从此，这家性商店成了Vejia常光顾的地方。

有一天，Vejia又去。当他刚想走进小房间时，一个也像西班牙人的中年男子走过来小声问:“想看真实的吗?”Vejia 还没有回答,那人接着说“跟我来。”Vejia 不由自主地跟他走了出去。来到一辆大轿车前,那人说:“上车吧。”

“要很多钱吗。”

“No, free.”

在车上,那人告诉 Vejia 他叫 Bill。大约半小时车程,他们在一幢大楼前停下。Bill 领 Vejia 左弯又拐,来到一个不算宽敞的大厅。首先映入 Vejia 眼帘的,是几台摄影机,摄影师们正在拍摄。顺着强烈的灯光看过去,几组裸体男女正在真枪实弹地做爱。周围还站了一些同样赤身露体的男女。

“先看看吧。”Bill 对 Vejia 说。然后走到一个白人面前,像商谈什么。

Vejia 目不转睛地看着摄影现场。只见导演不时给演员说点什么,纠正他们的动作。一会儿叫“cut”,一会儿又大声说“action”。演员们按着他的要求一次次地做,摄影师们一次次拍。

约摸十多分钟后,Bill 走过来问 Vejia:“要不要试试干这行,工资很高呢。将来若成了明星,够享受一辈子。”

Vejia 听了,心剧烈地跳动。他怎能做这种工作。但一想到那令他害怕的建筑工地和对他很不客气的工头,他动摇了。Bill 见他低头不语,又说:“还不知合不合格呢,我们先见见老板。”说着,带 Vejia 来到旁边一个小房间。一个大腹便便的男人正坐在里面,见他们进来,站起身:“Hello”,他笑嘻嘻地,目光嘲弄但友好。

“Hi”，Vejia 应了一声。看得出老板对 Vejia 这张新面孔非常满意。其实，Vejia 身材高大、浓眉大眼，外形绝不失为一个相当性感的男人，这才被 Bill 看上了。“干我们这行很普通，也蛮有意思的。怎么样，脱开看看。”老板说。Bill 叫 Vejia 脱光衣裤，Vejia 照做了。“需要兴奋一下。”这对 Vejia 也非难事。“你合格了。”老板过来拍拍 Vejia 赤裸的肩膀：“欢迎加入我们的队伍。”这样，Vejia 成了一名色情电影录影带演员。

美国的色情行业，可以说相当发达。色情杂志、色情录影带、色情电影应有尽有，数以万计；性商店、性电影院、脱衣舞厅比比皆是；色情服务、色情酒吧、色情俱乐部也不少。特别在一些大城市如纽约、三藩市等。当局和警方对这些不能说不注意，但太普遍有时也就睁只眼，闭只眼。作为色情行业主要力量的演员和模特们，除一些被逼迫、被利诱、被欺骗的外，大部分心甘情愿。毕竟这种行当收入不错，也较轻松。他们很多干 part time，有的还是大学生。

Bill 是色情演员和模特经纪人。他有一个自己的公司，专门为制作色情录像带、色情电影的部门提供演员和模特。他还有一个摄影部，专门拍摄色情图片卖给色情杂志社。他也是 Vejia 常去那家性商店的老板。此外，他还私下开设了专门从事性活动的热线电话。除了在电话中让人听到色情语言，色情场面，进行性幻想，教你自慰外，暗地里养着一帮应召妓女和午夜牛郎。一通电话，有的人以陪酒为名，有的按约好的时间、地点送上门去，从事性交易。短短几年，Bill 干这行赚了大钱，已成为腰缠万贯的巨富。

后来，Vejia 自然地兼做了 Bill 的午夜牛郎。长此以往，频繁的性生活使他对性几乎到了麻痹的程度，不靠药物和用具就不行。有一次，他被一个法国妇人赶出房间，还遭 Bill 训了一顿。这使他自尊心受到严重打击。他痛苦，他哭泣，他跑到滂沱大雨中，让雨水冲刷他自认为肮脏的身躯。他再也不愿继续干下去。

的确，几年来，他从未忘记过 Lisa。越是痛苦的时候，他对 Lisa 的思念越是强烈。回忆起他们美好的过去。他悔恨交加。

……

听完 Vejia 的叙述，看着他痛苦的样子，Lisa 再也没办法怨恨他。要承认，她同情他。是啊，有几个到美国来的人没有辛酸的一页？于是她想过去安慰他。Vejia 看到 Lisa 的神色，像过去一样，深情、体谅、关怀。他感觉喜从天降，无比激动："Lisa，我们走吧，回家乡建立一个美满的家庭，从此幸福地生活。现在我有很多钱了。"说着，放下背包，拿出一个小手提箱打开，一片绿光闪闪，满满一箱美钞，Vejia 露出笑容。

"走——"面对整箱的钱，Lisa 一下子想起张成德，她止步了："对不起，Vejia，我不能跟你走！我已有男友，我爱他。"

"My God!" Vejia 大叫一声，迅速盖好钱箱，转身朝前方跑去。

“Vejia，你听我说。”Vejia头也不回，一下子消失了。

……

“谁知道，他竟投了海。”说到这里，Lisa再也忍不住，她泣不成声。

“请不要太难过。你给我们提供了非常有用的材料。”Charley同情地安慰她，拿起台子上的纸巾递过去：“还想问一下，Vejia水性怎样。”

“他非常善游，因为我们家乡离海很近。”

Charley又问了一些别的问题。临走前，留下自己的电话号码，希望有新情况能和他联系。当天下午，Charley给餐馆来了电话，说Vejia的死因可能不是自杀。Lisa、黄蔚、张成德无不大惊失色。

2

第二天早上，餐馆刚刚开门就进来两个三十多岁西班牙人模样的男人。他们要了两份午餐，眼睛不停地转。在三个waitress中，他们一下就盯上Lisa，虽然服务他们的是Anna。饭菜吃得差不多了，他们告诉Anna想跟Lisa谈谈。Anna心想，也许是同乡吧，叫了Lisa走过去。大家问好了之后，一个男人说：“我们是Vejia的朋友。”另一个紧接着：“他这几天在这儿吧。”

“Vejia——”Lisa声音哆嗦。黄蔚走过来。

"Lisa，你的客人叫你呢。"然后问两人："对不起，有什么事吗?"

"没什么，随便聊聊，"说着，站起来，在桌上放下十五元，匆匆出了餐馆。黄蔚从窗玻璃后目送两人上车，看清了他们的车牌号码。从他们进门，黄蔚就觉得两个人怪怪的，好像不是为了吃饭，因此特别留心，一直暗暗观察。当听到他们提起Vejia，黄蔚更感到事情复杂，立刻上前。Vejia死得不明不白，令人恻隐。事情牵连到Lisa，为了Lisa，一切需要特别小心。何况Charley所托，黄蔚当即给警局去了电话。

晚上，Lisa下班时，停车场上车已不多，显得空荡荡的。偶有夜风吹过，她有点冷飕飕的感觉。当她刚到车旁，突然一前一后出现两个男子，他们正是早上进餐馆用餐的人。"对不起，小姐，告诉我们Vejia在哪里?"

"那笔款子是不是在你手上?"两支手枪在Lisa眼前亮了一下。Lisa还没有反应过来，只听见一声大喊："你们是什么人?"黄蔚和张成德冲到面前。两支手枪一下子对准他们。

"不要，"Lisa惊慌地大叫，接着说："Vejia死了。"

"啊——!"一个男人脸转向Lisa，黄蔚乘机一脚踢落他手中的枪。二人对打。张成德正想扑向另一个男人，只见他跨步上前，飞快地一手揪住Lisa的头发，另一手把枪口紧贴Lisa的太阳穴。"你们不退下，我就开枪。"话音刚落，警灯猛闪。围上来的几辆警车里，很快跳出Charley和几名警员。两个西班牙人乖乖就擒。

原来，Lisa 走出餐馆时，黄蔚和张成德就跟上了。这几天情况特别，他们担心出什么岔子。张成德准备跟车送 Lisa 回去。而 Charley 呢，接到黄蔚电话后，就下令寻找那辆车，估计二人可能还会去找 Lisa，又安排了一位警员以便车等在华苑附近。果然，晚上那辆车又来到这里，二人的行动，尽在这位警员眼中。根据他的报告，Charley 带领一班警察即时赶来。

3

警长办公室里，Charley 坐在他的长靠背椅上。他习惯地在桌上的一本大白纸簿里写着、画着。每当思考问题时，年轻的警长总喜欢写写画画。就像现在，他在两个男人——来自纽约的 Kent 和 Boston 的 Lane、Vejia，巨款之间的线上画问号，再从问号辐射出数条线，写上几种设想的可能性。这些字、线，就像枝和叶，最终归结为一棵繁茂的大树，使他的思路完整清晰。

Charley 做警长的时间不长，但处处显得资深而老练。还在只是一名警员的时候，他就曾经相当出色地侦破了一些疑难案件，有两桩还是一级杀人案。这成就，一方面得益于他缜密且富于逻辑思维的聪明头脑，苦追寻、孜孜不倦的实干作风，另一方面，则要归功于他那很好的人际关系。Charley 早就是名优秀警官。他不但兢兢业业地做好自己的本职，对人们的日常生活也非常关心。有人遇到困难时，他总是全力帮助。像问路这样的小事，他不但清楚解释，又写又画，难找的还送上一张地图。抓到有人违章，他一面耐心说服教育，一面分析情况。绝不像有些警察一副铁面孔，视所有人为敌，不问情由，一律重重罚款了事，有的甚至错判。一次，天快下雪，他看见一位妇女正坐在路旁车里，就主动上前问她是否需要帮助。果然，那位妇女病发。他立马把她送进医院。据医生说，若再晚一步，将有生命危险。类似的事，数不胜数。善有善报，在破案过程中，众人都全力协助他。没有几年他升任了警长。作为警长，他总是忠于职守，处处以身作则，重大、疑难的案子，常常亲力亲为。里里外外，没有人不佩服尊敬他。

心中有了概念，Charley 通过对讲机传讯 Kent 和 Lane。这是对所有刑事案在向法院起诉前必经的一步。两人刚进屋时，一副满不在乎的样子。望望警长，俨然一个大帅哥，威严中更多的是和蔼，使人丝毫没有畏惧感，似乎可以蒙混过关。就座后，Charley 问："你们为什么挟持 Lisa？"他锐利的目光直射二人。

"没有挟持，只想问问她 Vejia 现在何处。"Kent 开始警惕。

"枪是干什么的？"质问严厉，二人的防线慢慢动摇，沉默。

"你们找 Vejia 有何事？"Charley 转了个方向。说话铿锵有力。

"他拿了大家的钱。"声音变低。

"哪来那么多钱？"

"一起做生意赚的。"

“什么生意?”

“服装生意，我们都是摆售货摊的。从大老板那儿进些服装零售。”答案脱口而出，是早已准备好的。

“Vejia 可没有摆过摊，卖过衣服。”Charley 成竹在胸，口气肯定，两人面面相觑，一下语塞。

“看来你们不肯说实话，下去好好想想吧。”Charley 写下点什么，看看他们，也不恼怒，只挥挥手。警员把二人带下去。Charley 拨通了纽约曼哈顿警局的电话。

征得法院批准，在相同的时刻，警方搜查了 Kent 和 Lane 纽约和 Boston 的住所。几经周折，终于查获了大量海洛因、可卡因、大麻。证据确凿，Kent 和 Lane 不得不低头认罪。

原来，他们属于一个贩毒集团。为首的即是被称为大老板以经营服装批发为幌子的毒犯亨利。他们从东南亚、南美低价购买、非法运进大量毒品，在纽约、波士顿、华盛顿零整销售。大部分人以摆服装售货摊、售货亭作为幌子。对于他们的罪行，纽约警局已有所闻，但因尚未得到确凿证据，正在侦查之中。不久前，Vejia 离开了色情行业。到哪儿去?做什么呢?正当他走投无路时，一个也曾做过色情演员的朋友把他拉入这个集团。一天，大老板派他协助 Kent 等人去做一桩大交易，不想后来遇到警察。紧急之中，Kent 把钱箱交给 Vejia，他们则引走警察。Vejia 做贩毒本属勉强，他深知这种行当的危险性，一心找寻机会退步抽身。那天突然见财起意，准备携带巨款，带着 Lisa，逃离美国。

不见 Vejia 回来，亨利大发雷霆。他警告 Kent 找不回巨款就要他的命。Kent 多方打听，得知 Vejia 一直思念女友 Lisa，故此找上门来。Lane 也属集团中人，又是 Kent 的亲戚和好友，对 Boston 熟悉，被亨利指派协助 Kent。

4

星期六晚，巡夜的警员早已报到，Charley 仍然在办公室。只不过他并未坐在长靠背椅上，而是在室内踱方步。他两手交叉放在身后，胸口稍稍前倾，头时而微微低下，时而又抬起，目不斜视，沉浸在深思之中。考虑问题时的 Charley 宛如一座雕像，严肃、沉稳而优雅。侦破了一个大的贩毒集团，使他感到高兴。但 Vejia 的死因又使他犯愁。看过法医的验尸报告，他也亲自看过尸体，死者仅有一点脑部受伤的迹象。如果说，脑部受伤是死者投海时撞到礁石上，也未尝不能说他死于自杀。但 Charley 始终认为，没有足够的理由让 Vejia 去自杀，何况他有好水性，他不是自杀。Charley 在自杀的几条射线上都划了问号。巨款、好水性、感情困扰，其他。又思考了一下，Charley 回到桌前，他把死因和他杀连起来，把犯罪动机和巨款联起来。在巨款的几条射线上写：集团里别人；Lisa，张成德，对这点，他有些不愿意往下想，看上去多么善良，真挚的姑娘，但不能感情用事；其他。他决定了下面要走的几步。

5

Charley 有个美满幸福的家庭。妻子 Nancy 是位律师，有自己的律师事务所。女儿 Emilie 今年刚进中学。结婚十多年了，夫妻俩感情一直像恋爱时期。其主要原因，在于相互理解和共同志趣。Charley 常办案，Nancy 也常办案，尽管办案的角度不同，但其目的是一样的，都在于伸张正义，将坏人绳之以法。谁在进展中遇到困难，另一半总会像对待自己的 case 一样热心投入。有时也难免争论，最后总会统一在较为合理的原则下。两人都愿意把自己的事情向对方倾诉，结果一定得到启迪和帮助，有利于问题的解决。在生活上，他们互相关心，互相体谅，互相适应。很多事情也像案件一样展开商讨，因此相处融洽。Charley 在警局是位好警长，在家是位好丈夫兼好爸爸。他帮忙妻子分担家务，丝毫没有随意呼喝妻子的大男人作风。这只要看看他把自家的花园、草地整理得多么优美就可见一斑。Nancy 在法庭上义正词严。谁又想得到她在家中却是位贤良的主妇。那一尘不染的房间，那美味可口的佳肴，一家人每天必换的整洁服装，几乎都出自她的双手。美满家庭的子女往往性格健康。女儿不仅聪慧美丽，而且活泼开朗，学习成绩优异。

星期天一大早，Charley 就提议到海边休闲一天。听说去海边，小 Emilie 高兴得欢蹦乱跳，忙去收拾自己的东西；Charley 把快速汽艇、滑水橇固定在车上；Nancy 准备好午餐。

假日的海边既美又热闹。一碧万顷的海面上，白色游艇在悠闲地飘荡，银箭般的快速汽艇拖着滑水橇在飞速地滑翔。喜欢清净的中老年人，站在游艇上，手扶围栏舒适地欣赏海中美景，让海风温柔地吹拂自己的面孔和身躯。追求刺激的年轻人，驾驭着滑水橇，紧跟快艇，所到之处浪花飞溅，他们则从阵阵紧张中获得欢乐。岸边很多的人正享受日光浴。

Charley 一家很快加入了滑水橇的行列，他们都酷爱这种运动。快艇上的 Charley，沉着稳健；滑水橇上的 Charley，勇敢坚强。几圈下来，Charley 为妻子、女儿铺好躺椅，自己则要去长游。Charley 最喜欢长距离游泳了。舒展的闷头大蛙游，每次一个多小时，游得远远的。但今天他没有太远离海岸，而且潜游的时候居多。似乎他想在海底找寻些什么。长时间过去，他已经远离热闹的人群，但依然没有任何发现，他打算再往前游。忽然，在一片浅滩前的较深处，他隐隐约约看见一个大物体。他迅速朝那物体游去，原来是一辆黑色小汽车，靠驾驶座的门开着。再仔细看，车沉下水还没有几天。什么人的车沉在这里？Charley 问自己，又多次潜下水去更详尽地考查。当他感觉差不多时，已经累得气都喘不过来了。他慢慢游回岸边，躺在沙滩上。细沙灼热着赤身，他感到从未有过的舒坦。

星期一下午，沉车被打捞起来。Charley 发现左前车门被动过，特别容易打开。再三查证、核实，这车是 Vejia 的。

6

Charley 请 Lisa 带他到那天她和 Vejia 谈话的地方。他仔细观察着周围的环境，特别注意了 Lisa 说当天有人在园子里的那幢房子。并记下了门牌号。两旁，也是一些格式差不多的独立屋。街对面，一块块小草地后边，同样是各种颜色、大大小小的独立屋，间距也都不大。Charley 信步走过去，在一幢较小的房屋前，有一块卖房的新牌子，立起还没有几天。Charley 上去，记下了经纪的人的姓名和电话号码。回到 Lisa 身边时，他问："Vejia 从哪个方向跑的。"Lisa 指了指。

"你记得当时还有点别的什么吗?"

"好像有辆车开过去，我还担心撞了 Vejia。"

"好，Lisa，谢谢你，我送你回餐馆。"

7

Vejia 喜欢大海，快乐的时候，他去看海；痛苦的时候，他也去看海。好像要让大海分享他的幸福，分担他的忧伤。Charley 经仔细分析，多次考查，选定了 Vejia 离开 Lisa 后可能去海边的路线。他顺路线来到海边。这里有一处海岸稍高，又有几块大石头，是看海的好地方。Charley 走过去，站在石上，大海一望无际，它是那么辽阔，深远。Charley想，凭直觉，那天Vejia正在此地。他反复观察，想发现点什么，可找不到任何有用的线索。Charley不死心。Charley对任何挑战都充满必胜的信念，并且总是感觉良好。Charley不但有这样的信念和感觉，他更有为解决问题的一整套计划、方案和百折不挠的坚强意志。忽然，他看见不远的海面上有块露出的礁石，那礁石会不会跟Vejia脑部的伤有关？他迅速脱下衣服，这是几天来他第三次下海。在礁石上，他捡到一把铁锤，手柄大部分露出水面。从没有任何锈蚀这点看，锤子丢在这里的时间不长。Charley小心地手握铁砣，高举锤子游回岸边。

再次验尸。Vejia头颅头盖骨骨折的一片中恰恰有被这把铁锤击伤的痕迹。也就是说，有人用这把锤子猛击Vejia的头部导致他休克。那此人是谁？联系Vejia的车沉海底，车门打开，Charley分析，凶手不是一个普普通通的人。在划的几条线中，他写道：有修车技能，熟悉海域，能潜水，胆大心细。

Charley走访了有些修车行。在经纪人带领下，穿便装的Charley去看了那幢急于出售的房子。并要求用了一下楼上主卧室的洗手间。Charley也去了银行，还到地方上了解了前些年一次游泳比赛，特别是潜游赛的情况。

……

一星期后，Charley下令拘捕了John Smith修车行的技师Ball，同一天提审。当Ball走进警长办公室时，他一点不慌乱。只是发现已在座的 Lisa 时，暗吃一惊。坐到指定的椅子上，警长说：“交代你杀害 Vejia，劫走巨款的罪行吧！”

没有声音。

看到 Ball 不为所动的样子，Charley 一点也不奇怪。这样的情况他见得多了。开始都一样。自然，眼前的 Ball 要狡猾得多，毕竟他头脑不一般。停了两分钟。“我什么也没有干，指控要有证据，警长先生。”Ball 镇定地说。

“证据”，Charley 不慌不忙从抽屉里拿出一把铁锤。

Ball 的眼睛好像被某种巨光灼伤。他的堡垒塌了一方。“何以见得是我的。”Ball 开始紧张。

“指纹，你的指纹。”Charley 有点愤怒。“说吧。”警长看着 Ball。他一言不发。

“如果你不交代，就让我来替你说。”Charley 从长靠背椅上站起来，走到桌子前面。他像法庭上一位严正的律师。

“那天，Vejia 来找这位小姐。”Charley 指指 Lisa：“当时，你正在大便。你住房楼上主卧室卫生间临街。从抽水马桶旁边的窗子，你正好可以清楚地看到他们。你下意识地一直望着他们。当 Vejia 打开钱箱时，你被巨款吸引了。一直放在抽水马桶旁的望远镜正是那天你用以进一步证实确是一整箱钱的东西。你马上下楼，钻到自己车里。Vejia 刚跑，你就追上去。Vejia，Lisa 都带着情绪，不可能太在意你的行动。Vejia 跨上车，你跟着他去到海边。在 Vejia 面对大海极为痛苦的时候，你给了他头部猛烈的一锤。Vejia 当即昏了过去。你很聪明，知道凶器于你不利，就把它扔进大海。然而天网恢恢，铁锤恰巧落在一块礁石上。你不会把 Vejia 也抛入大海，因为那样可能由于尸体而造成麻烦。你要让他沉尸海底永无人知。你把 Vejia 背回他车上，再解下他的背包放到自己车里。回来后弄了一下车门，开着 Vejia 的车冲向大海。你熟悉这一带的海域，选了正好有浅滩的地方。你又是曾经荣获潜泳赛第一名的好潜水员。车下沉后，你轻易地打开车门，游回海岸。你虽然非常细心，但百密而终有一疏，那就是未把车门再关上。Vejia 只是休克，在海水刺激下，他醒了，甚至还从车中爬出来。但毕竟受了伤，虽水性好，终不能回到岸上。”说到这里，警长威严的目光直射 Ball。

“你对了。”Ball 无力地低下了头。

第十九章

1

李宇毕业了，庆典不日即将举行，之后他就要回国。这一走，还不知何时能再见。黄蔚怀着一种复杂的心情重返难忘的 Greenland 来看李宇。

老朋友久别再见，真是特别高兴，都有说不完的话。“你不试试在美国找一份工作先干几年吗?”李宇没有直接回答，只慢慢说：“很长时间以来，我都在做一个名为‘电子手’的项目，它也是我的毕业论文。‘电子手’的概念。你不难理解吧。”

“现在的心脏外科手术，医生一般在病人的胸膛做一个一尺左右的切口，锯开胸骨，折断肋骨，造成一个比较大的孔以便使用心肺医疗器械。这不仅使病人身体受到伤害，也常常是很危险的。微电子学的原理和工艺使我联想到，如果以细小的仪器深入人体，能否在尽量减少对人体伤害和危险的前提下得到与传统外科手术等效的结果。回答是肯定的。这样，电子手的研制应运而生。电子手仅仅铅笔大小，进入人体需要的口只是铅笔直径那样大，对人体的伤害减到极小。它的金属手指有旋转的腕关节，装有微型仪表、灯和内窥相机。微小的剪刀、手术刀、针线等也能合适地配置在上面。电子手的每步移动都由电脑系统控制处理。监视器上的图像是放大了的。对于图相和实体，电脑在一个点上产生等同的但按比例增长和减缩的位移。例如，若图像和实体的比例为4∶1，那么医生在图像上移动 4 cm 时，实体仅移动 1 cm。

“电子手安装在手术台上，它们是一个系统。这个系统利用传感器记录着手术的各种微小变化，把信息即时传送到医生掌握着的控制仪表上进行复制。利用电子手，医生能够舒适地坐在主监视器仪表板前面操作，减少了他们因长时间弯着腰站在病人旁的疲劳和紧张，还能消除医生手术时经常产生的手的颤抖。将来还可以考虑遥控。即医生和病人可以不在一个房间，一个城市，甚至一个国家。我的这个项目被 BES 公司看中，他们打算以十五万年薪的待遇雇用我，成果付我研制费，将作为该公司的产品向市场推出，但我拒绝了。我要回国，这个项目是我对祖国的献礼，不能让给美国人。”

黄蔚没有说话，只对李宇投以崇敬的目光，并点点头。两人一直谈到深夜。

毕业典礼在学校礼堂举行。它热烈、庄严、隆重。头戴方冠，身穿长袍的李宇和别的博士生被颁发了学位证书。这证书，凝结着他们多年的辛苦和努力，是他们奔向理想境界的通行证。有人在接到证书的瞬间，眼眶湿润了。是啊，在这种时候，谁能不心潮澎湃呢？

典礼结束后，黄蔚和李宇一起来到系会议厅，这里正请大家吃比萨。黄蔚向另外几个荣获博士、硕士学位的同学表示祝贺。大家见了他，也都很热情，秦小波笑着说："是不是准备攻读哈佛商学院，所以要先工作两年？"

袁进拍拍黄蔚的肩膀："餐馆老板，赚很多钱了吧？"黄蔚笑笑。只不见 Jennifer，黄蔚寻思，也许她有别的事，于是问："Jennifer 没有来？"

"她目前正帮一家公司进行一个项目，这项目也是她的论文课题，要过些日子才返校。"李宇答道。

从系会议厅出来，两人信步走到艺术学院前面的花园地带。这里，一条长堤直通艺术学院。旁边两潭碧水，水面平静，波光粼粼。堤上垂柳成荫。临水有一条条长椅，供人恬息。对岸，花圃之间，则是一座座古希腊雕塑。

他们在一条长椅上坐下。"决定就回国了。"李宇点点头。

"说实话，我真佩服你，放着十五万年薪、汽车、洋房、美好的前途不要，一定要回到未卜前景的家乡去。我的餐馆若搬得动，我跟你一道走。"

"也斗争过，最后还是这样定了。不能忘本，什么都考虑自己。好了，几天都在说我，谈谈你吧。”

“干了一段餐馆，我好像爱上这一行了。我领会到，美国的中餐馆，也有它不可磨灭的功绩。首先，它极大地促进了中国传统的烹饪文化在美国的传播和发展。其次，它解决了大部分华裔新移民（不论是合法的还是非法的）刚到美国时的生存问题。并且，很多留学人员能学有所成，在一定程度上也靠了中餐馆。我们餐馆有个小杨，几年来辛辛苦苦地在餐馆工作，现在已挣够所需学费，九月前要返学校了。而他的父亲，也将安心回国。”停了停，黄蔚又说：“顺便问问，后来你遇见过 Alice 吗？”李宇摇摇头说：“你的出走，相信够她苦的。”

黄蔚惨然地低下头，看着随黄昏渐渐变暗的水面。

午夜，一辆车悄悄开进太平洋酒家停车场。从车里走出一位绅士模样的男子。他先在停车场上转了两圈，然后走上人行道，久久地凝望着 ShangriLa Inn 顶楼依然亮着灯光的窗户。

回到学校，特别是看到朋友、同学取得博士、硕士学位，这使黄蔚不能不思潮起伏。如果不是弃学，迈向走上就难以回头的实业的路，自己得到学位的日子也不远了。这一步值得吗？是不是太可惜了。自然，人一生的正确与错误，有些也许要到生命的终结才能定论。但他对自己的抉择无怨无悔。人活世上，他的很多行动不但受制于当时的客观情况，还和自身的感情、道德等精神因素有关，有时是身不由己。如果行动有利事物的发展，或给别人带来一点益处，那也就聊以自慰了。回忆做实业的岁月，自己收获也不小，更了解社会，更懂得生活，在社会这个大熔炉中经受锻炼，使自身趋向成熟。这一切，是学校生活难以给予的。博士、硕士可用他的专业给人类做出巨大贡献。而从事实业者，只要努力，也同样能够用他的事业造福人类。这一步还有一点值得庆幸的是，自己成了一个挑战生活的闯荡者，一反过去的按部就班，自然选择。这，也许使人在生活的大海里销声匿迹；也许使人在生命的长河中焕发出光彩。不管怎样，它胜过像一杯白开水那样平淡的人生。想到这些，黄蔚心中原有的惆怅得以稍稍平息。同时，他告诫自己，我付出很大的代价走上实业之路，我就应该做出与众不同的业绩，这才对得起大家，对得起自己。就说做餐馆吧，我是一代有文化基础的老板，和仅仅为了谋生的老板应该不一样。我的目标并不是餐馆，餐馆无非是起步而已。勇敢地去闯，去接受一个又一个前进道路上的挑战吧，用勤劳的双手，迎来丰硕的成果。

2

早晨，估计 Michael 还未上班，黄蔚来到他公寓门前并按了门铃。穿着睡衣的 Michael 从门眼里见是黄蔚，忙把门打开，惊喜地叫起来。“Hi，David，多么高兴又见到你。”他拥抱黄蔚。此时，从睡房走出另一位白人男子。Michael 忙说：“让我来介绍一下，我的 lover Stephen。”又向 Stephen：“老朋友 David。”两人问好，握手。他请黄蔚在沙发上坐。

黄蔚打量着 Stephen，瘦高个子，金色卷发、白净而清癯的面颊，目光温柔，褐色的大眼睛，一看就知道是位性格内向的男子。

“先喝点 coffee 吧，回头我们一起用早餐。”Stephen 说着，去做 coffee。

“谢谢，Michael，看到你们生活美满幸福，我真高兴。”

“你来得正好，这个星期六，也就是后天，我们将举行婚礼，你一定得参加。”

“是吗？祝贺你们，我一定来。”黄蔚听说，又高兴，又惊喜，因为他从未见过同性恋结婚。出于好奇，更重要的是好朋友大喜的日子，说什么也不能缺席，黄蔚把离开 Greenland 的日子推迟了两天。

第二十章

1

这些日子，可以说是华苑的多事之秋。现在，一切总算安静下来。

Vejia 的再次出现，对 Lisa 是个不小的考验，终于，Lisa 选择了张成德。这使得张成德对她的爱中又增加了几分敬重。张成德向 Lisa 提出，想把婚事办了，她点头同意。

在通知 Lisa 家庭后，他们先在餐馆举行了订婚仪式。当着亲友们，Lisa 姐夫代表岳父做了订婚说明。并建议为准新娘、准新郎的未来干杯。他还说："请大家分享我的喜悦，同时祝愿 Lisa 和我们最新的家庭成员 Jim。"

接着，张成德把一枚精致的蓝宝石戒指戴在 Lisa 纤纤的手指上，激动地说："Lisa，我找不到语言告诉你我有多幸运。我深深感谢你接受我的求婚，今天我在这里向你承诺：我将永生永世爱你。”

大家一一祝贺，在这简易但郑重的仪式中，每个人都感受到这对新人的幸福。

2

张成德开始着手筹备婚礼。他爱 Lisa，他要让她幸福，他要把婚礼办得风风光光。首先，他计划买一幢不大但漂亮的房子。花园洋房，几乎是所有美国大众的梦。尽管有些人到了晚年房子贷款仍未付清，有的人因付不出贷款房子被银行没收，但这并不重要。

谈到买房子，Anna 可有一肚子牢骚。“那些经纪人哟，她要你买房的时候，说得比唱得还动听。什么包你满意，全心全意帮你打算，百分之百帮你的忙，优良的售后服务等等。见鬼去吧，全是谎言。只要佣金到手，她再也不会露面。我的房子过户后一个多月水管就漏，有谁管你。只有自认霉气，自己出钱修理，房屋保险又不包水管……”她建议张成德要找好经纪人。

Anna 的话自然有些偏激，但也在一定程度上反映了房屋市场上的问题。其实，何止是卖房，在美国推销界，普遍鼓吹一种“把烂苹果说成金苹果”的理论。这貌似“游说”的本领，实质是行骗的伎俩。销售人员可不管顾客可能因此投海或上吊。

张成德和黄蔚看广告，遍访已购屋的亲友，选定了诚信地产公司华裔周先生作为经纪人。周先生商学院硕士毕业，有十多年从事房地产的经验，成功地为百多户人家买卖过房屋。他法律和税务知识渊博，家住此地，对这一带熟悉。所属公司的条件，人员情况都不错。周先生还提供了自己以往的一些客户，绝大部分对他评价良好。但使张成德和黄蔚在货比三家之下选择周先生，主要原因是对周先生的信任。那天，周先生详细地分析了目前房屋市场的行情，并蛮有把握地说，从种种迹象看，很快将是买方市场。如果现在开始看房，倒不失为一个好机会。他们也接触过别的经纪人，但没有一个能有这么中肯的分析，大部分是王婆卖瓜。张成德和周先生签了委托协议。

根据自己的情况，张成德向周先生谈了购屋要求。独立的花园洋房，两至三个睡房，分开的客厅、起居室和餐厅。有阳台、车库、中央空调、二套半至三套洗手间。在周先生和其公司人员带领下，张成德、黄蔚、Lisa 一起去看了十多幢房子。从地区、建筑材料、平面隔间、室内实用面积、通风采光、房屋的年份和保养状况等方面进行比较，选定了一幢两楼层、三睡房的独立屋并预付了定金。

双方讨价还价的结果，以二十八万五的价格成交。各项房屋检查完毕。贷款时间三十年，利率 6.5%，批准后，先付头期款 15%，房子正式过户。周先生不愧为房屋资深经纪人，成交时的价格和贷款利率，正如他估计都比以往偏低。

房子买成，请人做了适当的装修和整理，看上去簇新而美观。当窗帘、家具、装饰齐全后，新房更增添了舒适感。张成德又购置了各种用具，包括 Lisa 的衣物和化妆品。整幢房屋完完全全是一座温馨的爱巢。

3

定下教堂、宴会厅和婚礼蛋糕，发出请柬，试好婚纱和礼服，请了女傧相，迎宾招待（伴娘伴郎），撒花女孩（花童）。婚礼用花、音乐、拍照、交通等都仔细考虑和商量过。双方父母也已赶到。大喜的一天即将来临。

张成德体贴 Lisa 父母，婚礼按中国风俗，由男方主办。这件事充分显现了黄蔚的才干。张成德请他一手操办，他策划、联系、安排，各方面处理得井井有条。Lisa 家信奉基督教，婚礼要按基督教仪式举行。为此，黄蔚还专门进行学习和研究，又请了牧师和所有人员多次排练。

这是仲夏晴朗的一天。艳阳高照，没有一丝云彩。微风吹拂阵阵，消解了酷夏的炎热。原野、草地、树木一片深绿。建筑物在阳光下更加色彩斑斓。一大早，花店便把鲜花、胸花、各种大小花束送到 Lisa 家。黄蔚先到，和 Lisa 姐姐重复着注意事项。女傧相 Linda、Anna、Cecilia 和 Lisa 的几名女友也来了。按黄蔚的交代，化妆师为她们化好妆回来后，就帮 Lisa 检查她的每个细节，诸如婚纱、礼服、发型、头饰等等，并完成分派的任务。盛妆之下的 Lisa 像一位仙子，白色半透明的面纱暂时卷起，现出她略带娇羞的脸，低垂的双眼含情脉脉。一道雪白的头纱花冠轻轻别在乌亮卷曲的秀发后部，直拖到地上；另一道婚纱则从细腰垂下，与前一道叠在一起。礼服是洁白丝质无袖长裙，料子上凸出一圈圈圆形带角的条纹。穗子般熠熠生辉的水晶耳环直坠肩膀，颈上的水晶项链晶莹、璀璨，一束绚丽的花环稍稍倾斜地环绕右肩、胸、背和左上臂，戴白丝长手套，纯金镯子，抱一大束盛开的玫瑰、蔷薇、百合、铃兰等组合的花束。人人都赞美新娘的美丽。Lisa 一一感谢大家的祝福、友爱和帮忙。专业和业余的摄影师们开始拍照。

同时，在新房里，新郎张成德、刚回来的男傧相黄蔚、以小杨为首的迎宾招待已经集聚在一块。大家衣冠楚楚，容光焕发，佩带胸花，准备前往迎娶新娘。黄蔚按笔记再次检查了每个细节，又仔细打量了新郎的装扮。张成德穿深灰呢料半长外衫，灰马夹，条纹呢裤，蝴蝶领，打折白衬衣。系真丝红领结，戴灰羊皮手套。足上一双黑皮鞋，头发油亮，满脸红光，神采飞扬，还微微有点紧张。

“够帅。”黄蔚笑着拍拍他的肩膀。

男士们到 Lisa 家迎娶新娘时可大费周折，姑娘们出了一道又一道难题。新郎用尽心机，绞尽脑汁，很长时间才算过关。门刚一开，小伙子们欢笑着蜂拥而进，新娘在大家簇拥下上了车。

下午，迎宾招待们典礼前一小时到了教堂，他们等待在门厅里。男傧相开车和新郎典礼前半小时来到教堂，他们从侧门进入祈祷堂等候。黄蔚借机前后巡视一翻，看有无不妥之处。车辆仍频频而至，一辆乘载新郎的父母，一辆乘载女傧相们，一辆乘载主要女傧相和新娘的母亲，其他是客人们和乐队、摄影师们的车。大家先站立门厅稍候。迎宾招待护送新郎父母，新娘的母亲到前排就座，客人们也被安排了后面的座位。

教堂大厅装饰一新。两边墙壁一幅幅图画之间，鲜花环抱的蜡台上烛光闪闪。座位沿中间过道的扶手系了雪白的宽缎带。这过道红色地毯上面，又有一条稍窄的白色地毯。四根大圆柱高托着一个皇冠般的顶稳固地罩住祭坛。祭坛上方吊着十字架，下面是蜡烛和鲜花。气氛庄严而热烈。客人们坐定，按时间表，序曲音乐响起，祭台蜡烛点燃，婚礼独唱高歌，新娘和她的父亲适时到达，典礼开始。

音乐声中，牧师和紧跟他的新郎、男傧相先走到祭坛前，面向人们，牧师在中间，新郎在左边，男傧相在新郎左后站定。在门厅，依次由成双成对的迎宾招待和女傧相、撒花女孩、新娘和新娘的父亲组成的行列，开始行进到祭坛。父亲手挽新娘，撒花女孩一路轻撒鲜花。当新娘到达新郎旁边时，父亲松开她的左手臂，她把右手的花交到左手，并把右手递给新郎，新郎接过随即举起左手臂，转身挽住新娘的右手臂，他们肩并肩站在一起。此时，面向祭坛，主要女傧相站在新娘左后，男傧相站在新郎右后，新娘父亲站在新娘、新郎后面，撒花女孩站在主要女傧相后面，持婚戒人站在男傧相后面，女傧相和迎宾招待分列两边。

牧师首先问：“是谁给予这位女子以神圣的婚礼？”

新娘父亲答：“我们。”之后，他坐至妻子旁边。新娘把花递给女傧相，撒花女孩也坐下。接着，新娘的父母说：“我们为你们的结合而欣喜，祈祷上帝赐福你们。”

众人合：“以耶稣基督的名义，我们爱你们。对着他的恩典起誓，我们自己和你们一起承担婚姻契约和基督家庭的义务。”

牧师说：“你们都将对着上帝的恩典起誓，做每一件在你们权利范围内的事，拥护和关心处于他们婚姻中的这两个年轻人。”他又对双方父母说：“你们将为新娘和新郎的新关系而赐福他们，你们将用爱和他们需要的自由支持他们。你们将和他们一起分享你们的经验和才智，这些经验和才智是他们所追寻的。你们也将向他们学习一些他们的长处。”

双方父母说：“我们会，我们现在重申对我们孩子的持续的爱。我们承认，今后我们首要的责任是他们两人。”

牧师转向新郎：“Jim，你愿意娶 Lisa 为你终生的妻子，从今天起爱她，呵护她，尊敬和安慰她吗？不管在悲哀、困苦或欢乐、舒适的时候。”新郎答：“我愿意。”“你提供什么作为这些誓言的保证呢？”牧师问。

“这个戒指。”男傧相从待戒人处出示结婚戒指并把它交给牧师，牧师再把它递给新郎。

“Jim，这个戒指是你婚姻许诺的象征，当你戴它在 Lisa 右手第三指上的时候，请跟着我重复说。”牧师念了誓词。

新郎把戒指戴到新娘手指上，跟着牧师说：“我用这枚戒指代表我的爱意和保证我忠贞的爱。我娶你为妻，我宣誓保证坦率地和你分享我的整个生命，永远对你说真话。允诺始终对你尊敬、关心体贴，拥护和鼓励你实现个人的目标，和你一起经历所有生活的变故。”

牧师把同样的程序对新娘进行了一遍。出示结婚戒指的是主要女傧相。

誓言、戒指都交换过后，新郎掀起新娘的面纱，并亲吻了新娘。新娘从主要女傧相手里拿回花，手挽新郎开始退场。

尾曲响起，新娘和新郎走上过道，他们在人群中幸福地微笑。随员们紧跟着。离开圣堂前，新娘给她的母亲一束花，给父亲一个吻。迎宾招待护送双方父母和客人们到门厅。摄影师们拍了一张又一张照片和录像。

教堂钟声敲响，宣告典礼完毕。一辆车载新郎和新娘，两辆车分别载双方父母，第四辆车载女傧相，男傧相的车载主要女傧相，一行人向婚礼宴会厅而来。

在婚礼宴会厅门厅，新娘的母亲，新郎的母亲，换过装的新娘、新郎，主要女傧相依次站成一排接待客人。主要女傧相优雅地指给客人们休息的地方。新人的父亲、迎宾招待们、女傧相们都友好地与客人们交谈，回答问题。男傧相则以“解说员”的身份站在两位母亲旁边，把每位前来参加婚礼的客人的姓名一一介绍给她们。新娘和新郎告诉每个人，看见他们是多么高兴。人人祝贺这对新人，给他们最美好的祝愿。Waiter 们穿梭在宾客中，不时递上香槟。

接待客人行列的后面，放一张铺了漂亮台布的桌子，上面有一本大红缎子封面厚纸簿和一些笔。一位女傧相在旁边提醒客人们，请客人们签下自己的姓名留作纪念。

宴会大厅犹如花的海鲜。正前方，一个巨型霓虹灯“喜”字。天花板上，除灿烂的琉璃吊灯外都系满花花绿绿的彩带和气球。中部，拱形门窗间花团锦簇的壁灯特别耀眼。一棵棵花树花枝招展地林立在桌子旁边。下面，一个大舞池后面有舞台。舞池四周的圆桌上，金红台布周围结着花朵。锃亮的餐具，相框里是姓名牌，还有艳丽的花篮点缀。一张装饰精巧的小圆桌上放了婚礼蛋糕。橙色的大蛋糕一共四层，每层都覆盖奶油做的金红花朵，顶层的几朵特别大。还有紫色小花，绿色枝叶，串串葡萄和一些藤蔓。看上去鲜艳、华美而精致。角上一张显眼的大长桌，供客人们放带来的礼物。整个宴会厅五光十色，仙乐缭绕，觥筹交错，充满欢声笑语。

按照座位姓名牌，新娘和新郎就坐在紧靠舞池正中一桌中间的位子。新娘右边是男傧相，新郎左边是主要女傧相。其他有牧师和他的妻子以及几位亲近的友人。双方父母的桌子靠近新人。座位安排一般男女交替。客人们在门口拿了一个写了他们姓名的信封，里面放他们桌号的小卡片和桌子编号图。再根据桌上的姓名牌一一对号入座。

全部人手上都有饮料，坐定后，waiters 上了餐前小吃——上海春卷、虾土司、鸡串和锅贴等。第一道菜，“八仙齐贺”出来后，乐队指挥宣布舞会开始。乐队转奏探戈舞曲，新娘和新郎首先翩翩起舞。接着音乐变换，新娘和自己的父亲、新郎请岳母起跳。然后是新娘和新郎的父亲、新郎和自己的母亲、新娘父母跳舞。几分钟后乐队指挥请所有客人加入跳舞的行列，客人们纷纷离座，徜徉在欢畅的音乐之海中。

这次婚宴，经黄蔚和张成德精心设计，又高价请来专门师傅，特别推出中国传统的满汉全席。共十道菜：八仙齐贺、御赐金盏、皇母蟠桃、霸业天成、福如东海、龙凤呈祥、黄金贡肉、一品添香、白玉罗汉、玉海琼浆，全部上齐，甜酒斟满杯中，开始祝酒。男傧相首先站起来向新婚夫妇祝酒。新娘新郎向两边家人和所有客人祝酒。大家向他们祝酒。新郎向新娘祝酒。大厅掀起一阵又一阵热浪。

吃罢水果，切婚礼蛋糕仪式开始。新娘、新郎和男傧相来到蛋糕桌前。新郎把着新娘的手切下两小块蛋糕，新郎取一块喂新娘一口，新娘取一块喂新郎一口。大家喝彩、拍手，宴会达到高潮。一位 waiter 继续切蛋糕，waiters 用小盘子端蛋糕给每位客人。

新娘和新郎换衣服之前，主要女傧相和男傧相让未婚青年男女聚集在一起。新娘把她的花束从肩膀上向后朝姑娘们抛去。Lisa 的一位女友 Judy 抓到花，她会是下一个婚礼的新娘。新郎用嘴唇取下新娘的袜带向小伙子们扔去。小杨抢到袜带，他成了会紧接着结婚的新郎。大家和他逗乐。在一旁观看的老杨若有所思地微笑。

新娘新郎就要离开餐厅，他们对两边家庭成员、随员、牧师、工作人员和所有来宾说再见和表示深深的感谢。

按照中国人的风俗，还有最后一环——闹洞房。年轻的客人们一定不会放过。大家驱车来到新人的新居，蜂拥而至洞房。哇，好漂亮的洞房。除梳妆台、立柜、沙发、一张小圆桌、“喜”字、花草、图案、绘画等之外，最有特色的要数那张新床。床头墙上方固定着一个半圆形的顶。两道打折的围子沿半圆边垂下，外面的半长，里面的垂到地面并呈八字形分开，罩在床头后边和枕头两侧。右边放床头柜，上面有台灯，左边是小圆桌，以花装饰，床尾一个矩形无背沙发。所有布料同样的花口，看上去美观、大方、舒适。

考虑 Lisa 不是中国人，青年们闹房还算斯文。他们要新郎介绍追求新娘的过程，张成德腼腆地含笑简单讲了几句。又要新娘唱家乡的歌曲，Lisa 大方地唱了。还要新娘含喜糖去喂新郎，新娘也只好照办。大家喝彩，鼓掌…… 节目一个一个地出，洞房热闹非凡。眼看将近午夜，男傧相宣布：“最后一个节目。”有位青年提议，要新郎抱新娘绕洞房走一周，再放到床上。众人拍手。当新娘被新郎抱起放到床上时，大家欢乐地一哄而散，离了洞房。

黄蔚回到宿舍，已经是凌晨两点。今天，他是所有人中最辛苦的，但长时间的心血总算没有白费。这场中西合璧的婚礼圆满成功，受到所有客人的高度评价和赞赏。而他呢。对好朋友尽到责任和心意，是他感到最愉快的。

第二十一章

1

自克林顿总统任职以来，美国经济回升，大有欣欣向荣的景象。小小的华苑中餐馆也和其他行业一样，生意出现新的机遇。在大好形势面前，有头脑的实业家必然要思考事业的进一步发展，正所谓英雄所见略同。那么黄蔚和张成德要怎样前进呢。做第二个餐馆，是两人一致的意见。他们开始朝这个方向努力。

开发新的事业，首先需要筹款。自从经营华苑以来，黄蔚和张成德都积累了一定资金。张成德虽然买房、结婚花了不少钱，但 Lisa 自己存了一点钱，她愿意投资新餐馆。

在选址过程中，他们发现，有家倒闭的美国餐厅停业已很长时间。经了解，这个店原是一对姓韦伯斯特的老年夫妇经营的。不想有一天患有高血压的老头突然中风，医治无效死亡，老太太也因丧偶悲痛过度得了老年痴呆症。这样，餐厅只得交由儿子管理。可小韦伯斯特本不是做生意的料子，既不能吃苦，又不会善待下属，更不懂经营的学问，而最主要的是对做餐馆丝毫不感兴趣。没有多久，餐馆宣告关门。

这一带中餐厅不多，客源却不少。还有一些新企业即将开张。如果做一家中餐馆，相信有生意和好的前景。因此，这倒闭的美国店成了黄蔚和张成德关注的对象。他们考虑，美国餐馆改为中餐馆有它便利的一面，因比起全新装修，起码餐堂要的投资就少，包括厨房只需加几个炉头，更换大功率抽风系统；又如能把这个店以较低的价格买下来，于他们相当有利。事实上，店面荒废很长时间，低价出售不是没有可能。满怀信心，他们拜访了小韦伯斯特。

小韦伯斯特全然一副公子哥儿模样，人很肥胖，看上去行动都很吃力。谈到餐馆，他流露出恨不能马上摔掉包袱的样子。两人提出要看餐馆，他马上起身。

这餐馆的特点是用具特别丰富，并且大部分还是六七成新。若按正常价格，至少也得十几万，但他们仅用四万就盘了下来。房租每月三千。

接着进行装修，两人从旧厨具公司选购了需要添置的厨房设备、餐堂用具。工程包给一家华人装修公司。没有几天，一间崭新的中国餐馆大功告成。

面对新的事业，他们无比激动，真是笑在脸上喜在心头。新餐馆是华苑兴旺发达的结果，就取名为“兴华”。

2

几天以来，黄蔚进行着一应手续——销售许可证、营业执照、雇主鉴别号码等，也联系好各家关系户。对新餐馆，他有自己的一番打算，是以独资而非合伙的形式办理的。这天清早，黄蔚来到张成德和 Lisa 的新居。在张成德对面沙发上坐下不久，他打开小手提箱，拿出几份文件。

“这是新餐馆的注册登记表。目前各种手续都有已完备。卫生局检查通过后按计划日期开业。你要在各表中 owner（拥有者）一项签字。”黄蔚说着，递给张成德一支笔。

“你先签吧。”

“成德，新餐馆是你和 Lisa 的。”

“为什么？”张成德既不解，又吃惊。

“现在，你们已经有条件拥有自己的餐馆，你主内，Lisa 主外。”

“不，小黄，你花了那么多心血，付出那么多精力、时间和劳动。还有你的股份。”

“股份待将来餐馆盈利后，你们再还我吧。”

这时，张成德心情极不平静。他说不出话来，只想起了一件往事。

……

他曾经在徐家餐馆打工。餐馆中等规模，是两兄弟——哥哥徐自旺和弟弟徐自立的父母移民美国、奋斗终生的结果。老徐夫妇在餐馆打工，历尽千辛万苦，省吃俭用十多年才攒够资金。劳累成疾的老徐，后来又患严重糖尿病。临终前，他一再嘱咐两兄弟经营好餐馆，并交代自旺要好好照顾弟弟。父亲过世不久，母亲也相继归天，留下兄弟俩。两人从小感情不错，父母双亡后，自旺也多少懂得长兄如父的中国古训，对弟弟各方面很好。鉴于餐馆急需人手，自立中学毕业后，没有继续念书，到餐馆工作。有一次，自立骑摩托车不小心和汽车相撞，伤势严重，需要大量输血。自旺二话没说，卷起袖子把自己的鲜血输给了弟弟，自己却像大病一场。

兄弟俩刚一起做餐馆时，生意清淡，仅够维持。他们团结一致，想方设法，辛辛苦苦，努力奋斗，关系也很融洽。家和万事兴，没几年生意翻几番，有了不少赚头。餐馆走上正轨，已经老大不小的自旺结了婚，自立也开始交女朋友。嫂子对小叔子也还好，一家人和和睦睦。

然而，毕竟兄弟俩性格脾气不一样。哥哥老成稳重，继承了父亲节俭的特点，有时甚至很吝啬。弟弟大大咧咧，敢冲敢闯，常常意气用事。时间一久，两人在权利范围、收益安排、经营方法上逐渐有些分歧，随着赚钱越多，矛盾也越大。分工方面，哥哥厨技纯熟，主管厨房，身为大厨。弟弟文化高些，主管餐堂，职务是经理。财务一摊，本来主要弟弟负责。后来，兄嫂发现弟弟经济比前活跃，暗暗设法打听，查出他户头上出现很多钱，疑心是他从餐馆私吞的。因此提出嫂子也参加管账。对这事自立很有意见，认为兄嫂对他不信任。从此，吵嘴的事经常发生。其实，对餐馆的经济，自立倒是秉公办事的，从不私拿一个子儿。有时会挪用一下，但很快就还回来了。他始终对哥哥怀着深深的感情。那么，他账户上多余的钱从何而来呢？

自立有个要好的同学John，几年闯荡商界做了证券经纪商，赚了大钱。在他的影响下，自立开始玩股票，并且越玩兴趣越大，因为轻易地赚了一些钱。他想，干餐馆多辛苦，真像做牛马。难道我就是牛马命？虽说身为经理，一天十几个小时，一年到头没有休息不说，厨房谁有事请假、生病，每年一星期假，都得他去顶。周末忙不过来，也要他帮忙，打杂、洗碗是常事。看看John，轻轻松松，有时在办公室，有时甚至在床上，一赚就是几万，几十万。自己应该向他学习，将来盈利了，还要帮哥哥，让他也不要太辛苦。

时下股市对一个据说具有性功能的私人用机器人投资达到疯狂的地步，股价一涨再涨。自立也受到诱惑，倾尽全力，还动用了餐馆准备报税的五千美元想让餐馆也赚一笔，以每股八十美元买进。谁知不到一星期，因有篇报道透露此项工程尚有些技术问题难以解决，一下子股价猛跌，最后跌到每股仅两美元。这下自立可惨，赔了自己的钱不算，公司的五千美元也没法还。而兄嫂对他可早有防备，挪用之事很快被哥哥知道了，他大发雷霆，拍桌子打板凳骂弟弟：“……你难道不知报税的重要。若迟付，责任你担得起吗？罚款你自己出？……”

如果仅从报税出发，杜绝自立以后挪用公款，这是对的。在美国，税的重要性人人皆知。直接税如所得税，间接税如销售税、联邦（国）税、地方（州）税，国境税如关税，内地税如财产税、从量税、从价税、比例税、累进税等等，名目繁多，种类不少。想逃逃不脱，想赖赖不掉。尽管中餐馆往往少报税，因为老板们常说，实实在在报了税，餐馆就所剩无几了。但为此，他们必须想方设法做手脚。因为一旦被官方知道，那可惹下大祸，不坐牢也得付巨额罚款，多年辛苦也就泡汤了，所以一定要经得起查账。虽然少报，在时间上各家都很按时，以尽量避免麻烦。但这次自旺骂自立，主要是着眼于钱。随着年岁增大，自旺愈来愈视钱如命，自立常常把他比做老葛朗台。当然，在金钱社会的美国，没有什么比钱更重要。自旺正是参透了这点，才形成他守财奴的特性。他怎能容忍弟弟私拿五千美元。他限自立三天内交出公款，否则就要上法庭。

自立深感哥哥变得太狠心，只认钱却丝毫不念手足之情。三天期限已到，可他却拿不出钱来。对炒股失败者，没有人会同情。结果两兄弟在厨房大吵。自立因炒股倾家荡产，心情本已非常不好，哪里还耐得住大吵大闹，一时火起，两兄弟大打起来。当时自旺拿起一把尖厨刀，本只想唬弟弟一下，哪知自立红了眼，猛扑过来，自旺一失手，刀刺中自立心脏，当即流血不止。自旺如梦惊醒，一下子吓傻了，急忙去扶自立。自立在哥哥的怀中，喃喃地说："我还想等我发了帮你呢！"说完闭了双眼。

自旺大哭起来："我对不起你，对不起父母在天之灵，对不起列祖列宗……"他精神完全崩溃。

救护车赶到，可是已经晚了。自旺神智呆滞，紧紧抱着弟弟，要去警察局自首。之后，自旺进了监狱。

这是张成德亲眼所见的事。在美国，类似的纷争，见得、听得还少吗？相形之下，黄蔚的举动，怎能不使他感慨万分。这比起他终于有了自己的餐馆更百倍千倍地令他激动和振奋。他半天没有说话，只下意识地望了一眼茶几上黄蔚赠送的结婚礼物之一——青松盆景。那劲松，显得那样雄健、挺拔，就好像黄蔚一样，无论是身型和内心都是那么高大英挺。

突然，张成德站起来，走向黄蔚，说："小黄，谢谢你！"他眼里有泪。

两双手紧紧握在一起。

正从厨房端出早餐的 Lisa，听到了黄蔚和张成德的对话，也深受感动。

3

兴华餐馆新张 party 在漂亮的新餐堂举行，里面充满了欢快的音乐，热烈祝贺的客人。张成德、Lisa 夫妇忙碌地招呼来宾，敬酒。黄蔚、小杨父子等华苑员工围坐一桌。

“杨师傅，您放心，我会照顾小杨。”黄蔚正和老杨交谈。

“小杨年轻，有时不懂事，就当你多个兄弟。”老杨说着，张成德、Lisa 走过来。“我张成德能有今天，全靠大家帮忙，在此深表谢意，干杯！我们一定不辜负大家的期望，决心用餐馆的兴旺发达作为回报。”说到这里，他眼光转向黄蔚。

黄蔚站起来：“首先，祝成德和 Lisa 的新餐馆生意兴隆。做餐馆成德是行家，Lisa 也很能干。不久兴华必将成为一流的中餐馆，产生出大的经济效益，让我们为此干杯！同时，我借此机会预祝杨师傅一路顺风。目前，小杨已找到学校，杨师傅下星期也将回国。让我们大家在不同的地方，共同为新生活而努力、奋斗吧！”

黄蔚和张成德、Lisa 一样高兴。喝过一点酒后，他红光满面，微笑地看着大家。欢乐的音乐更嘹亮，高奏着真情和友谊的颂歌。

第二十二章

1

九月将至，叶贞飞抵 Boston，黄蔚把她接回自己所住的公寓。这是一套两卧室结构的房屋，进门一个矩形客厅，垂直放一长一短两张沙发，中间有茶几。对面是电视、录像机和音响柜。门左边有一个挂衣间。客厅的一端和餐室、厨房相连，另一端两个睡房，洗手间在厨房和睡房之间。黄蔚把叶贞带到主卧室，里面一张 full size 的床，和床配套简单大方的栗色妆台，一个床头柜，一个立柜，还有张单人沙发和茶几。床上用品都是新的。

“你就住这里，仅仅几天凑合一下。我想比旅馆方便。”

“那你呢？”

他们转到另一个屋子，看得出，它原是书房。一张大大的写字台，靠墙放着长长的书架，还有一张电脑桌。不过临时加了单人床，把沙发和茶几挪到一边。

“我住这里。”

“你的家好整洁，一点不像男人住的。当然比旅馆强多了。”叶贞微笑着。

“原来我和张成德同住，现在他成家搬出去了。来，你先休息休息，我把饭菜热一热。”

黄蔚去厨房，叶贞进了洗手间。洗手间同样非常干净，可以说一尘不染。盥洗池周围，仅仅一小瓶洗手液，其他什么东西都没有，连口缸牙刷都放在下面小柜里，镜子雪亮。叶贞一面梳洗，一面想，如果换一个男人，她绝不会和他同住一套房子。但黄蔚不同，她信任他，他是正人君子。更何况她爱他，虽然这种爱不无苦涩滋味。

晚上，叶贞和黄蔚一起来到餐馆，黄蔚需要来结账。叶贞还是第一次进华苑，在她眼中，知识分子的事业就是不一样，看这餐堂，没有那些浮华的气味，却处处给人以清新、雅致、实实在在的感觉。

员工们热情欢迎这位美貌的小姐。厨房师傅问她想吃什么，给她做。Anna、Linda、Cecilia 把她拉到一边问长问短，给她饮料。当大家听说她是哈佛大学的学生时，都非常惊讶。“想不到如此年轻漂亮，还有这么好的学问。”Anna 说。又知道有时周末和节假日她将会到餐馆来工作，大家都很高兴。

“Lisa 做新餐馆去了。生意好，我们常常忙不过来。”

Linda 说。

大伙的友爱，给了叶贞亲切和温暖之感。她还觉得，这是一个非常和睦、团结的集体。它决定了事业能够成功。让我也为这个团队尽一份力吧，她告诉自己。

回到黄蔚的住处，她和黄蔚又谈了很长时间，毕竟是久别重逢的第一天。时近午夜，不能不休息了，才各自归房。

叶贞到来，使黄蔚欢乐，也增加了房子的生气。自从张成德搬去新居，这房子静极了。黄蔚晚上回来，也没有人说话。一贯喜欢清静的他，在这种时候，也难免感到寂寞和不习惯。的确，人，不能除了事业，就是学业。生活原本是丰富多彩的。他深感自己缺少点什么。此刻，叶贞已经睡下，黄蔚可没有睡意。他穿着睡衣，坐在写字台后边的转椅上，但没有做别的事。张成德未带走的香烟，还放在台角上，他下意识地拿出一支，点燃，抽了一口，学学吞云吐雾。哇，好苦，好呛，不禁咳了几声。他知道，自己今天有点兴奋。这些日子，事情很多，时间也不算慢，但他还是盼望着九月尽快到来。他也说不出为什么，只不过，每天望望台历，本来早上翻一张的习惯改成头天晚上就翻了。现在，叶贞的花容在他的脑海，想赶也赶不走。他警告自己不能继续，但办不到。这种感觉，就像一场久旱的喜雨，他举头舔食着，然而雨却很快停了，他仍然抬头望着天。当然结果是无限的惆怅和烦恼。有时候，他欣赏自身优良的情操，这是书籍和家庭所给予的。有时候，他又觉得思想的框框套套太多，自己被束缚在个人的小天地里，不能像别的男人一样自由自在地生活。在现实面前，没完没了的内心斗争，带来的是无穷无尽的苦闷。然而，每次交战的结果，总是前者占了上风。夜深了，他怏怏地上床睡觉。

第二天，他们去学校报到。办完各种手续，又看了宿舍。宿舍光线充足，摆设、家具，给人以整洁、舒适又便于学习的印象。因为星期一才正式上课，叶贞准备到餐馆帮忙。

2

在厨房，黄蔚和叶贞向目前的女大厨 Maggie 走去。她昨天休假。现在，员工们已暗暗把叶贞当成黄蔚的女朋友，正在做调料的 Maggie 也有所闻。见到叶贞，她忙放下手中的勺子，很高兴地说：“Hi, how are you?”

“Fine, thanks. How are you?”

她们互相热情握手，Maggie 还拥抱了叶贞。叶贞仔细打量 Maggie。她三十岁左右，个子中等，身材不胖，略显壮实。生得品貌端正，形容秀丽，眉眼给人和蔼可亲、精明能干的感觉。黑发盘在脑后，穿一件无袖衫，半长裤，利利落落。中餐馆的大厨几乎都是男性，他们负责管理所有厨房人员，控制成本，做调料，设计宴席菜和本楼特有菜等，是厨房的关键人物。为何华苑是一位女大厨呢？

Maggie 刚进华苑时的职务是抓码。这位看上去有点高傲的女子，不仅接受能力极强，动作也出奇地快。各种配菜，张成德只说一遍她即心领神会。她上班第二天，是个星期五，厨房十分忙碌。她两手一动，所有菜码，丝毫无误地放在炒锅面前。平时切起菜来，几分钟就一大堆，菜盆、缸子随时满满的，还严格按照旧的先用的原则。谈到清洁卫生，不愧为女性，自身每天干干净净不说，大凡她所工作之处，无不打理得整整洁洁，使男人们自叹不如。张成德暗想，做厨自然是女人的本能。不仅如此，Maggie 天性直爽，她认为不对的，见了就说，也不怕得罪大男人们，当然总是和颜悦色，带点半开玩笑性质，所以无人不服。黄蔚和张成德都庆幸请到她。时间一久，她的才干更充分显现出来。实际操作方面，油锅、炒锅样样能干。炒锅的翻锅一项，虽要较大的腕力，但她练几次后，便得心应手，菜炒得又快，火色又好。从此，忙时她上，张成德轻松多了。她对管理方面也提了不少合理化建议，对成本、质量、省时无不大有益处。使得人人对她另眼相看。她表现本质的一点，是把餐馆当成自己的事业。她常说："我们要过好，餐馆是个前提条件，只有餐馆生意好了，员工才会好过。"她说到做到，工作总是勤奋努力。

张成德要去做新餐馆了，他和黄蔚商量，准备从厨师中提拔一人做大厨。两人不谋而合选中了 Maggie。尽管她并非厨师，又不是中国人。当张成德准备教 Maggie 做调料时，她嫣然一笑："我先试做，你看看吧。"张成德一言未发，看完 Maggie 所做和各种调料——白、黑、鱼香、柠檬、排骨等和炒菜酱油，她惊奇而满意地称赞："你好聪明!"

其实，张成德做所有调料，她早看在眼里了。那些宴席菜、厨师拿手菜，她也不在话下。

3

聪明能干、表面上谈笑风生的Maggie，却有着悲惨的过去。Maggie出生在泰国曼谷一个中等经济水平的家庭。她的祖父是中国移民。家庭以经营杂货店为生。早在十五六岁的时候，她便辍学站了柜台。Maggie原本生得俊俏，加上母亲每天她工作前都要检查她的衣着打扮，认为她是店中门面，所以Maggie在柜台上很惹人注目。一天，店中来了几个学生模样的青年，他们东瞅西瞧，问这问那。据说要外出野营，前来采购一些食品、果菜。Maggie自然地成了他们选货的指导。其中一名看上去身体健壮，模样也不错的青年问话最多，还告诉Maggie他叫Solomon。不大一会儿，青年们买好需要的东西走出店门。就像对待每天迎来送往的无数顾客一样，Maggie对他们并无特别深刻的印象。

一个星期之后，那位叫Solomon的青年又多次在店中出现。有一次他问Maggie，店里要不要帮手，他每天晚上可以来工作。Maggie说要问父母。他当即请Maggie帮忙打听一下。第二天，Solomon又来了。由于店里正需一名打烊前后整理货架兼补货的工人，Maggie 的父亲看 Solomon 不错，就雇了他。从此，Solomon 每晚都到杂货店来工作。Solomon 脚勤手快，做事认真，又不计较报酬，深得老板一家的欢心。

而他呢，其实是为 Maggie 而来。打从他第一次见到 Maggie，就被这位清纯、美貌的姑娘迷住了。那天，一群小伙子出了店门，无不夸 Maggie 长得好，但只有他对她印象最深，动了真情。一连几天，Maggie 的音容笑貌，时时浮现在他脑海中，伴他走完全部旅程。他打算回学校后要常去看她。然而，他不可能每天都去买东西。那要怎样才能接近她呢？苦苦思索，他想到了晚上去店中打工。愿望顺利实现，他既高兴又满足。现在，他可以用合适的理由每天见到 Maggie，和她交谈。有时，他会送她一束花；有时，他会借她几本书；有时，给她带点西洋糖果；有时，又为她买这样那样一些礼物。终于有一天，他向 Maggie 提出了夜晚约会的请求，但是 Maggie 拒绝了。

处于情窦初开时期 Maggie，自从 Solomon 闯入她的生活，她对他的印象是很好的。但 Maggie 压抑着这种情感，要求自己不要往那方面想。对于 Solomon 的殷勤，她尽量把它当成一般雇员对老板的讨好，虽然明知事情并非这样。Maggie 封闭着对 Solomon 的感情。因为她清楚地知道，自己的终身已由家庭做主许配给了她的表哥 Simon。虽然 Simon 既不学无术，又不务正业，她完全不喜欢他，但他的父亲是大公司有钱的大老板。然而，压抑和克制又使她喘不过气来，她为此十分矛盾痛苦。Maggie 毕竟是有一定文化知识的女性，在 Solomon 火一样的热情下，她的冰心终于被融化。第三次，Maggie 同意了和 Solomon 的约会。一旦有了一次，频繁的约会接踵而来。这样，Maggie 和 Solomon 开始处于甜蜜的热恋阶段。二者都是对方的第一意中人，他们的感情既如火如荼，又纯朴真挚。相处之中，Maggie 知道了 Solomon 是曼谷大学文史系的学生，家住外地。他们山盟海誓，Solomon 表示暑假将带 Maggie 回家见父母，他很快要娶 Maggie 为妻。

一天晚上，当两人又在一家舞厅约会的时候，不想被前来鬼混的 Simon 暗中撞见。Simon 见了他们卿卿我我的深情蜜意，知道他们的关系绝对不一般，就把此事告知了舅父。Maggie 的父亲听了不禁盛怒，查访之后，得知男方是 Solomon。他立即将 Solomon 解雇，并把 Maggie 大骂一通。可是，抽刀断水水更流，Maggie 和 Solomon 仍然私下相会。一个漆黑的夜晚，两人正幽会时，Solomon 被一伙不明不白的人打成重伤带走，Maggie 也被父亲抓回家关了起来。Maggie 哭喊，完全没有用。她惦记着 Solomon，眼泪流干，嗓子哭哑，但父亲绝了父女情，对她毫不让步。以后，Maggie 的身孕渐渐明显。父母对她绝望，Solomon 不再要她，父亲也不管她了。她恢复自由后的第一件事，就是到学校去找 Solomon。当时正是假期，四处关门，很少学生，她没有获得任何消息。直到开学以后，她终于见到那次和 Solomon 一起去店中买东西的几个同学。他们告诉她 Solomon 挨打后被送回家乡，再也没有来上学。他们给了她 Solomon 的家庭地址。Maggie 本想马上去 Solomon 家乡，但距她分娩的日子已经不远，为安全起见，她决定缓行。

孩子生下来了，是个男孩，白白胖胖的，模样酷似 Solomon，十分可爱。这给了 Maggie 莫大的安慰和欢乐。她常常抱着孩子，唱着思念的歌，自己动手给孩子做小衣服、鞋子。她称孩子为小 Solomon，一心等和 Solomon 团聚后让他给孩子起名。孩子刚满三个月，Maggie 即带着他，历尽辛苦，来到 Solomon 的家乡。Solomon 家是当地的富豪。那大片的田野、咖啡园、橡胶园，都是他家的。Maggie 想，当时若向父亲言明这些，老人家说不定会同意他们的婚事，也不至于走这段弯路。她欣喜地来到 Solomon 家庄园般的豪宅前，向看门人说明她是 Solomon 的未婚妻。守门人惊奇地看了她一眼，忙进去通报。不多久，出来一个五十多岁的男人，他向 Maggie 投以阴森森凶狠的目光。守门人告诉 Maggie，这是 Solomon 的父亲。Maggie 向他行了礼，并说怀中的小孩是 Solomon 的儿子。Solomon 父亲示意守门人把孩子抱过去。他看了孩子一眼，露出一丝笑容。毕竟孩子和他儿子十分相像。然后转过脸来骂道:“你这下贱的女人。你害死了我唯一的儿子还有脸来见我们。我们不会认你的，你滚吧!”说完，他一挥手和守门人进去了。大门也“呯”一声关上了。

如晴天霹雳，Maggie 一下子惊呆吓傻。Solomon 真不在人世了吗？她泪如雨下大哭起来，在大门前跪了下去。忽然，她想起了孩子。她发疯般奔向大门用力拍打大门。“我的孩子，还我的孩子……”然而，紧闭的大门像一堵铁墙，任凭她的手敲出血也纹丝未动。

Maggie 在原野上徘徊。她终于打听到 Solomon 的坟墓。原来，Solomon 被毒打成重伤后扔在郊外，又淋了一场大雨，拖延治疗成疾，加之对 Maggie 的思念，挨打后两个月郁郁而死。Maggie 跪在 Solomon 坟前，呼天抢地，失声痛哭。她想死，随 Solomon 而去，但想到孩子，她得活着。

天快黑了，昏昏沉沉的 Maggie 蹒跚地在路上走。迎面来了几个醉醺醺的美国大兵。这一带距美军事基地不远，时有美国兵士出没。他们见 Maggie 貌美、邪念顿生，兽性大发，拦住她的去路，嬉皮笑脸，上前调戏。Maggie 猛醒，警觉起来，急忙躲开，想跑。一个大兵一把将她拉住，其他的就来扯衣裤。她拼命叫喊。正当几个大兵准备把她拖到路边林子里集体施暴时，路上开来一辆小车，一位美国下级军官闻声停车下来。他看到几个士兵妄图强暴妇女，立刻大喝一声，拔出枪来，朝天开了一枪。大兵们见是长官，连忙拉起裤腰带逃窜。Maggie 坐在地上，双手捂着胸脯，浑身哆嗦，连跑都忘了。那军人用不熟练的泰语，要她穿好衣服，说他叫 Wilson，叫她不要怕。她这才渐渐恢复了神志，但仍然惊恐万分。Wilson 又叫她坐上汽车。她先有点迟疑，但看到 Wilson 和善的目光，天色也晚，怕又遇坏人，于是勉强上了汽车。Wilson 带她到基地医院，医生看过后，护士给她注射了镇静剂，她完全安静下来。她打从心底感激救了她的 Wilson，称他为恩人，向他倾诉了自己的不幸。Wilson 对她寄予无限同情。当 Wilson 问她作何打算时，她泪流满面地说："我要待在这里，直到要回我的孩子。"

既然不走，Wilson 帮她找了一份在美军基地食堂打杂的工作。从此，但凡休假的日子，她都会到 Solomon 家去。然而，她从未获准进门，并且再也见不到自己的儿子。只不过一天天地站在那里，她跟看门人熟识起来。看门人是同情她的，但要保住自己的饭碗，他万万不敢得罪主人。从他口中，Maggie 知道了，Solomon 的家人曾带她儿子去做亲子鉴定，证实了这孩子是 Solomon 的亲子。从此他们百般疼爱他，每天几个保姆伺候，目前长得非常健康。他要 Maggie 放心。听到这些，Maggie 倒是安慰不少。有时，她退一步想，如果儿子还在她身边，由于各方面条件有限，也许生活得还不如在 Solomon 家中好。既然他们又不让她进门看儿子，她渐渐也就去得少了，以后慢慢再说吧。使她少去的另外原因，是她又开始了新的感情生活。Maggie 出于对 Wilson 的感激，Wilson 出于对 Maggie 的同情，他们成为好朋友。Wilson 常常来看 Maggie 并向她学泰语，同时也教她一些简单的英语。Maggie 则是常常盼望着见到 Wilson。渐渐地友谊升华成爱情，他们同居了。当 Wilson 服役期满回国时，Maggie 已经怀了他的孩子。征得家人同意后，Maggie 随 Wilson 来到美国。

人生的道路总是坎坷不平。在美国，Maggie 和 Wilson 正式成婚。他们有了自己的孩子，自己的房子。Wilson 在政府部门工作，Maggie 操持家务。美国是一个移民的国家，从社会到 Wilson 的家庭，对 Maggie 都没有任何的歧视，按说一家人还是美美满满的。然而，毕竟双方原来的文化背景不一样，价值观、生活习惯上都有差异。几年以后，Wilson 渐渐对自己的生活不满意。后来，他有了美国姑娘作为女朋友，于是向 Maggie 提出离婚的要求。多年过去，随着年龄的增长，Maggie 变得成熟多了。她没有伤心落泪。在离婚率相当高的美国，对很多的男人来说，离婚是家常便饭，于 Wilson 也是迟早的事。只是这种时候，她更怀念 Solomon，更思念她的大儿子。她同意离婚，Wilson 搬走了，她和儿子住在贷款尚未付清的房子里。从此，Maggie 开始了外出工作。所幸的是，和 Wilson 生活的几年，她学到了一口流利的英语。又念过一些书，简单写作也不成问题。更由于她心灵手巧，动作快，所从事的任何工种，都深受大家的好评。由于华苑离家较近，他们过去常到这里吃饭，她很喜欢这家餐馆。听说餐馆招工，她便前来应征。从此就在华苑工作。

凭着 Maggie 漂亮的外表，直爽而诚恳的个性，勤劳善良和乐于助人的为人，她结识了不少朋友，并很得男人们的好感。她有个邻居，模样不错，健壮，忠厚老实的木匠 Rodger 深深地爱着她。自从 Wilson 离开后，很多事情 Rodger 主动来帮她。草地上草稍稍长高，Rodger 会不声不响把它割短。还不等 Maggie 考虑打扫树叶，Rodger 早帮她把庭院弄得干干净净。凡是家中的力气活，全让 Rodger 给包了。他还是 Maggie 小儿子 Nick 的好朋友。他们有时一起去钓鱼，有时 Rodger 带 Nick 去狩猎。Nick 很喜欢 Rodger。Maggie 早知道 Rodger 的心思。她对他印象也很好，但感情生活几经挫折使她觉得累，她要先休息一下。好几次，面对 Rodger 的“我爱你”，她总是含笑回答，“不要这样，我们是好朋友。”她把整个身心扑在抚养儿子和工作上。自然，Rodger 也绝不会气馁。他立志要获得 Maggie 的芳心。

4

叶贞早听黄蔚谈过 Maggie，对这位女大厨很是钦佩。她们亲切交谈，但话题很快转到厨房方面。“我觉得成本核算很麻烦。但它又非常重要。”叶贞说。

“可不是，一定要让它控制在生意量的三分之一以下，我几乎每天都做。价格常常浮动。叫货时就必须货比三家，选低的。进货后，根据价格，我们菜目的单价也要适当的调整。我的做法是，对一段时间偏低的货价，就卖 special（特别菜），这有助于招徕那些喜欢便宜一点的客人。若货价升高，也要相应改进，特别是比较贵的货。例如大虾，至少那几天每道菜要减几条。我们的 menu 因季节而不同。尽量多卖上市菜，这也有利于降低成本。你想，大冬天来卖夏季的菜，当然成本会高……”

叶贞听着，她感到 Maggie 很有见地。无怪黄蔚常常夸她，对她放心。叶贞点点头，敬重地看着 Maggie。

星期五、星期六，叶贞都在繁忙的餐馆帮忙。有时在前面接外卖，收碗盘。帮紧张的 waitress 点点菜，和客人交谈。有时在后面拿递东西、切切临时急需的菜、包包外卖，哪里忙到哪里。虽然很辛苦，但她对餐馆整套运作有了一个感性的认识。她相信这将对她的功课有帮助，也会为她给餐馆提一些改进意见创造条件，心里是很愉快的。

星期天上午，黄蔚送叶贞去学校。他们约好。叶贞有时间的周末，黄蔚再去接她。

第二十三章

1

夜已深了，但哈佛大部分学生宿舍的灯光依然明亮。很多同学学习得比较晚，特别是新生。叶贞坐在长长的书桌前，正聚精会神地准备功课。她时而手扶下巴，肘支撑在桌上，明眸沉浸在思索之中；时而低首迅速地写，本子一页页翻过去；时而仔细阅读书籍、讲义、资料，毫无困倦的神色。开学一个月来，她每天都在紧张中度过。尽管对于学院的案例教学法原来也有所了解，但真正上课时，还是感到压力不小。她是班上唯一的中国女生，长相出众。大家都很注意她，才第一次课，教授就点了她发言。还算那天的课《市场营销学》她比较熟悉，又事先做了充分准备，同时，英语才能也帮了她大忙，她说：“……市场营销不是销售。它应了解消费者需要什么而不是公司想给消费者什么。它通常的定义为：市场营销是负责鉴定，预期和有偿地满足顾客要求的运作过程。完美的市场营销涉及市场调查、计划安排、目标设定、策略实施、推销手段、广告和公关各环节设计，以及新技术在市场营销中的运用等方面……”她发音纯正流利的英语，落落大方而无忸怩羞怯之态的讲演，赢得大家的好评。尽管有人对她的观点持有不同看法，但都在首先肯定的前提下。这次课，让她学到不少东西，给了她信心和力量，也使她感到集体的温暖。课后，大家都对她表现出更友好的态度。其中一名叫 Phillip 的白人男生，走过来一直跟她讨论课上的问题。

2

早晨八点十分，叶贞走进教室。班上大部分同学已先来到。灯光明亮的阶梯教室里，左中右各设五排座位，中间由两行过道分隔。前后壁上，是大小黑板、布告板。门顶和布告板间有几个挂钟。

八点三十分，准时开始上课。今天上《人力资源管理》。实例要求学生就康州 ACEI 空调器材公司的人力资源管理展开讨论。分析 ACEI 人力资源管理成功的原因并提出自己的意见。教授首先提纲挈领地讲了几句，就指定 Phillip 第一个发言。Phillip 向大家投以自信的目光，开始对案例简单说明。

ACEI 是一家生气勃勃、很有成就的公司。几年来，它的销售量年年增长，利润持续大幅度增加，市场占有份额不断提高，在同类产品企业中遥遥领先，股价连连上涨。产品使用单位和个体都反映，该公司交货准时，产品质量高，售后服务好，它赢得越来越多的客户。公司内部，产品成本逐渐下降。全公司一盘棋，生产秩序井然。大家团结协作，干劲很足。工人出勤率、机器利用率都很高。工伤事故少，人员流动率、废品率却相当低。

公司的最高一层领导是由董事长、总经理和董事组成的董事会。负责制定生产任务，拟定公司生产计划，做出经营战略与政策决定。它一段时间召开一次全公司大会，向员工宣讲各项决策，把问题摆在大家面前。公司的第二层领导是工人代表会，它由各部门推选的代表组成。工人代表会定期召集工人开会，讨论公司的各种问题，征求意见，收集反映。工人的意见和反映由工人代表会带给董事会。董事会成员，特别是董事长，每星期例行邀请一部分员工谈心，听取员工们的心声和投诉，给予帮助、激励和表扬。他们以真诚和尊重的态度对待员工，赢得员工的信任。员工们对公司的大小问题有相当程度的发言权，没有顾虑。公司规章制度少，有几条却很有力，它提倡自由自在、舒心的工作环境。

ACEI 人力资源管理的一个特点是：没有层层叠叠的官僚机构。全公司根据业务范围，编为各种精干的小组，小组有一定责任和自治权。例如生产线分为各制造组，除完成生产任务外，还负责编制预算，采购原料，检验进货，记录生产费用，控制质量和质量信息反馈，监督安全措施，清点存货，登记考勤和工作表现。各种工作由每个组员定期轮流担任，小组有权自行雇用新工人，也有权辞退不称职的组员。每个制造小组有一位supervisor，他的职责除日常组织管理外，主要是培训工人，帮助他们做好自己的工作，使小组不断提高自治能力。专业技术人员、财务人员、营销人员组成不同的业务协助组。在产品设计、工艺流程、财务分析、质量检验、材料使用、机器维修、原料采购等方面指导和帮助制造组。各业务协助组也设一位supervisor。

公司对所有人员有一定要求。例如supervisor和协助组人员必须有丰富而熟练的业务知识和技能，工作积极热忱，善于处理人际关系。其作用不是向工人发号施令，而是通过各种措施来激发工人的积极性，使他们在技术和管理上走向成熟。对工人的要求：一是成为多面手，学会做各种不同的工作。如装配工除了精通装配还要学会零件加工；机床工同样要学会装配；机器操作者不仅要学会操作，还要懂得保养维修机器；每个人都要逐渐掌握一定管理技能。二是不断用新技术武装和充实自己，踊跃参加业余学习和训练，提高专业科学知识和技术水平。每个工人都要制订出自己的年度计划，写出在这一年要掌握几门新技术，完成几项任务。为此，不但公司内部进行强有力的培训，还联系了有关技术院校让员工旁听，并承担一部分公司外业余学习和培训的费用。新来的工人一律要参加为期半年的培训学习，为工作打下良好基础。这方面的业绩，各小组进行年终评比或由supervisor

评定。

公司人力资源管理重要的一环是，既要马儿跑，又让马儿吃饱。除了优厚的工资待遇外，公司有良好的福利，就是新进公司的工人，每年也有节日假十天，病事假各六天，家人婚、丧假三到五天，年休假两星期。若不休假，就加发工资。医疗和牙医保险、各种退休计划都齐全。小的方面，室内外停车场、舒适的休息室、清洁的洗手间、更衣室、方便的洗衣房、宽敞的运动场、有趣的游乐室、运动器械繁多的健身房都考虑到。大的方面，在一定时期给予员工可观的红利和股票。

公司人员提拔加薪、奖励的标准，除了资历，更取决于他们掌握了几门新技术，解决了几个新问题，有什么新的发明创造以及是否愿意在实际工作中运用这一切。这方面出色的员工，除提拔加薪，还给予较多股票奖励。

历年来，申请进入公司的人员不断增加。公司的宗旨是，不但要善于招聘优秀人才，还要善于保住人才，发展人才并将保证让这些人才长期发挥最大的作用。公司很少人才外流现象。

Phillip 对案例说明后，进行分析并提出自己的意见。他一结束，很多同学举手争着发言。教授点了叶贞。她站起来，面带微笑，神色比上次镇定自若得多："企业是由人组成的，一个公司成功与否，在很大程度上取决于它对人员管理的方法和技巧。ACEI 人力资源优良的管理方法，我初步领会到几点。

"一、公司的领导体系机构精简、干练、效率高，虽没有很多层次却有力量。这利于统一意见，形成一盘棋的局面。避免了多而杂造成的意见分散，各自为政和人浮于事的现象。

“二、领导和员工之间有良好的沟通。沟通对于促进团结、正确决策、协调行动、保证集体活力都非常重要。领导对员工行为做出即时反应，给予激励，使员工感到领导时刻关注着自己而更加努力地工作。形成互相支持，互相合作，协调一致的人际关系。沟通还有利于下情上达和上情下达。不仅使领导能即时了解公司的一些情况，迅速制定出解决方案，而且使员工因意见被采纳、问题被解决而心情舒畅，从而大大激发出工作热情。这就促进了领导和员工的联系，改善了相互的关系。还有集思广益，发挥集体智慧的效果。对提高‘情商’也大有好处。

“三、员工参加管理。它使员工清楚了解公司的目标和决策，在此基础上，又亲自参加一定环节的管理工作。这能调动员工的积极性，加强他们的责任感，提高他们主人翁的精神。大家不是单调地从事生产，而是工作内容丰富，有更多尝试的机会。增加了工作的刺激性和挑战性。这就充分发挥出每个人的潜力，展现他们各方面的能动因素，做到人尽其才，还大大节省了人力。

“四、科学技术育人。我们处在科学技术飞跃发展的时代。不管企业还是个人，都要面对技术老化和技术落伍的问题。只有始终掌握本行业最新的科学成就，才能永远立于不败之地。ACEI对员工的要求，正是不断用新的科学技术武装大家的头脑，使他们向‘优质’迈进。员工素质的提高，为提出各种合理化建议、促进技术革新、改进产品性能、更新工艺流程、保证产品质量、提高工效创造了条件，也间接降低了成本。

“五、正确的评价和奖酬制度。奖酬制度中资历的成分激励员工忠诚于公司，对减少人员外流有好处。而能力提高的成分更促进他们为成为有才干员工而努力。使公司出现愈来愈多的优秀员工，并体现了用人唯贤。高质员工将导致优质产品，其效果是大大改善了产品质量，从而进一步提高了公司在社会上的威望和形象。公司不仅注重招聘优秀人才，而且注重保住人才，发展人才并保证人才长期发挥最大作用，这点至关重要。它保证了人才体系的相对稳定。稳定和繁荣是连在一起的。稳定的社会，国家以致企业必然各方面欣欣向荣，营造出一个昌盛的天地。而要做到这点，正确的评价和奖酬制度是先决条件。

“六、给予员工美好的生活。人们工作的目的，很大程度上是为了生活。追求美好的生活是人类的共性。各种主张、主义无不用美好生活作为号召，来唤起人们的信仰。历史上，人民生活较好的朝代都相对稳定和繁荣，是所谓太平盛世。这时期的生产力，都有很大的发展。而作为一个企业，如果能带给员工以好的生活，它必然能赢得更多优秀人才。ACEI 正是深深懂得这个道理。相信公司在这方面的付出，一定低于因为这些措施所取得的收益。

“ACEI 强劲的管理，形成一个良性循环，促进着公司不断向前发展。我有一条意见，完好人力资源管理的充要条件是优良的人事部门。公司领导务必重视这一点。在 ACEI，想必也是一个小组。它除了机构健全，有睿智的领班和成员外，还必须深入和参加各种人力资源管理活动，在其中起指导和协助作用。例如，制造小组在雇用新工人、辞退不称职组员时，公司在对员工进行评价和奖酬时，在公司给员工开辟新的福利待遇时，人事部门都要起到领导层参谋和员工朋友的作用。在公司人力资源管理中发挥最积极的作用。”

叶贞说完，更多同学抢着发言。课堂热烈的气氛像一道强光照见了事物的真谛，让人思路无比清楚、明晰。

3

在学院的 cafeteria，叶贞正和女友 Lucy 用午餐。Phillip 也端了一盘菜走过来。“Hello”，他笑着在两位女同学旁边坐下。热情豪放的 Phillip，尽管带一副深度近视眼镜，但仍看得出有一双敏锐的大眼睛。方脸，浓而密的络腮胡子，红白的面色，英挺的鼻梁，整齐的牙齿和嘴唇，高而匀称的身躯，看上去仪表堂堂。他笑口常开，总显得快快乐乐，一副开朗不羁的样子。

“Jane，这个长周末想干点什么？”

“我的朋友将会来接我。”

“又是中餐馆，你不觉得 bore 吗？”

“我想，对我们的一些课程会有帮助。”

“你那位朋友看起来很不错。但我相信将有人与他公平竞争。”

“你别开玩笑了。”

“我说的是真话。星期六晚，在我家有 party，欢迎你参加，第二天我们去登山，你也应该放松一下。”

“你家不是在 Ohio 吗。”

“他在剑桥也买了一幢房了。不愧为经理人才，几年以后，房子的增值超过他念哈佛的费用。有两间还租给别人呢。”Lucy 插了一句。又说：“我参加。”

“欢迎！怎么样？Jane。”

“谢谢，我下回吧。”

“哎，我这次暂时败了。”Phillip 叹了口气，但仍然笑着。

4

Baker 图书馆，几乎是叶贞每天必到的地方，馆内浩若烟海的藏书，满足着她的求知欲。在这里，她是一块尚未浸透的海绵，而知识像水。只不过，这海绵，永远也不会被水完全浸透。此刻，她正在学习。Phillip 又出现了。

“Jane，明天上的《生产与作业管理》课准备得怎么样了？”

叶贞从书本上抬起头，含笑看了 Phillip 一眼，她说不上很喜欢这位男同学，但一点不讨厌他。她觉得 Phillip 对事物的看法往往比较深刻，能注意到本质的方面。有时对她很有启发，常常被她誉为真知灼见。而他的爽快，总给人憨厚、诚实、可爱之感。

“对我来说，比别的课程棘手些。”

“我也一样，兴趣不大。我想是因为我们从未在生产现场待过的缘故吧。也就是说，我们不熟悉。像你，学校出，学校进，而我是学校加公司。而愈是这样，我就要求自己愈要多花功夫。”叶贞同意地点点头。他继续说：“反复阅读和思考，我终于有了一些体会。”

“说来听听吧。”

“生产与作业管理，是一门综合性较强的课程。它教我们如何通过分析有关生产过程、操作方法、生产能力利用率、作业规划、新工艺采用、质量控制等多方面的因素，来有效地使用人力、财力、原料、机器以及组织日常生产活动，降低成本，提高质量，增加投资收益率并学会制定远期生产战略和技术开发战略。在分析方法上，可以首先勾画出有关整个生产过程的各环节，即所谓流程图。它包括产品使用什么材料，经过哪些人力或机械加工工序，每个工序所需时间。然后再分析所拥有的各种信息，并决定问题是什么，产生的原因，以及可能的解决方案，最后找出最好的解决办法，做出有关决策。现在以日本 Sony 音响工厂为例进行分析 ……”

叶贞看得出来，Phillip 对课程是做了认真准备的。这位班上的高才生，往往对问题的分析既精辟又中肯。

Philip 出生在一个德国移民的家庭。他的父亲是德国人，母亲是意大利人。德国历来人才辈出，Phillip 的父亲也是人才之一。他毕业于有名的格庭根大学，专业是原子物理。母亲所学为化学。Phillip 从小就受到父母的影响和培养，对他们有目的的训练和严格要求都能适应和接受，所以一贯学习成绩优良，有很强的逻辑思维能力和数理头脑。父母原以为他也会对理工科感兴趣，但念大学时他选择了 CWRU 的商业管理。进哈佛商学院之前，他已经在 Pittsbergh 一家公司工作了几年。凭着他的聪明才智，他在公司很快被升职。是两个原因使他离开了这家公司，一是在副总裁的选拔问题上。如果按照能力和业绩，公司领导层人员一致认为非 Phillip 莫属。但实际上另一个叫 Joseph 的同事得到了副总裁的位置。虽然 Joseph 和他的差距非常明显，可 Joseph 是董事长的亲戚。这件事让 Phillip 看到公司存在用人唯亲的问题。他断定有这种情况的公司前景不大。二是和女友的分手。别看 Phillip 豪爽奔放，可属于重感情类的小伙子。他深深爱上了公司公关部门的姑娘 Nina，Nina 也倾心于他。Nina 既漂亮又能干，是部门里出类拔萃的人物。未能当上副总裁，他希望 Nina 能理解他。但两人在这方面有分歧。当发现 Nina 对他有轻视情绪后，他的自尊心受到伤害，二人感情也到此为止。Phillip 立志要成为企业主管级人物，经过一段时间的准备，他进了哈佛。遇到叶贞，他首先被她的外貌倾倒。进一步相处，叶贞东方女性那种贤淑温柔、体贴的特点深深打动了他，和他对待情感的态度产生了共鸣。而在学习中，叶贞的才华又使他不得不折服。从此，他可以说爱上她了。令他非常遗憾的是，他误认为叶贞已有boyfriend。他错把黄蔚当成叶贞的boyfriend。但他不甘心，他要竞争一下。虽然他感到对手并不弱，因为看到了其优良的气质和外表，但他一定会尝试。他认为自己应该很有些优势。正是这点鼓舞了他，让他充满信心。

第二十四章

1

自从叶贞参加了华苑的部分管理工作后，她把课堂上学到的知识，灵活地运用于餐馆的具体实践中，提出了不少合理化建议和改进意见。黄蔚一一采纳，使餐馆生意更上一层楼。

鉴于餐馆原材料用量逐渐增大，女大厨 Maggie 建议黄蔚考虑增开一家东方杂货店。她说："目前进行这项事业存在一定有利条件。近年亚裔移民不断增加，决定了东方食品需要量的增大。如果有了自己的批发进货系统，餐馆的一部分货源成本得以降低。餐馆作为后盾，杂货店滞销的食品，如当天卖不完的菜蔬，可用于餐馆，以减少杂货店的浪费。如果开展对别家餐馆送货，这又是一条盈利的渠道。"

对于食品杂货店，黄蔚不是没有考虑过，但这是他的第二步计划。他准备等有了自己的三家餐馆后实现它。纵观美国的餐饮业，连锁快餐店麦当劳给了他很大的启示。标准的生产模式，同样的运作方法，统一的管理，薄利多销的原则，广大的客源，这些特点为它成功创造了条件。对中餐馆来说，有很多值得借鉴的地方。若形成多家餐馆连锁，首先统一进货成本就能降低。市场上往往买得越多，价格越便宜。再从剩余价值的观点看，当然也是雇用的人员多，收益就大。另外，统筹兼顾，取长补短，有便利管理的一面。因此，餐馆发展到一定的时候，就应该考虑第二家、第三家。在多家餐馆的基础上，食品杂货店就势在必行。这除了 Maggie 所说的好处外，食品杂货店和餐馆情况不一样，餐馆以服务为主，杂货店则具有更多商业性质。如果行销技巧掌握得好，有好的销售，应该说利润相对会更大。当然，商店风险会比餐馆大。而食品店的滞销浪费现象也是一大瓶颈。但如果兼有餐馆，情况会好些。

Maggie 的提议，在黄蔚思想中掀起阵阵浪潮。辍学做实业的他本来只打算干一段时间，他还要回到总是强烈地吸引着他的学校。但那实业之路，一旦上去，就难得再下来。这有各方面的因素。既然下不来，就要继续走，并且要很好地走下去。退一步想，餐饮食品行业，同样是一种事业，应该说它并不比工程方面的事业低一等。看世界上，不也出现过不少这方面成功的名人。自己应该向他们学习。这样考虑之后，黄蔚逐渐安下心来。当然，决定往这方面发展那就不能只是一个小小的餐馆，他为自己设定了一整套计划，目标是一种新模式的商业中心。现在提前做食品杂货店，正迎合了他在商场上跃跃欲试的思想。他想看看，经商，自己到底怎么样？是不是那块料子？想来想去，他决定首先进行市场调查。

黄蔚先后参加了一些附近的华人集会。他了解到，人们要买中国食品，需要去比较远的地方。如果本地区有一家店，倒解决了他们的需求。他又统计了四周的亚裔，如菲律宾、马来西亚、越南、泰国等移民的数量，人口并不少。他还调查了部分美国人。他们热爱中国餐，有时也学习做，所以间或也去中国食品店。当他走访那十几家中餐馆时，老板们都表示，只要他的货物价格公道，质量不错，他们可以向他进货。看来，客源有一些。

那货源呢？为此，黄蔚专程跑了纽约和当地一些农贸市场。他计划新鲜蔬菜就以当地进货为主。当然，大批量的价格是比较低。按照现在一般杂货店的销售价和送货价，的确有不小的赚头。

在各种资料的基础上，黄蔚对食品杂货店做了初步设想。整个店分两部分：门市和库房。门市暂设两名工作人员，vice manager and salesman 和 cashier。前者负责营销包括市场调查、计划安排、目标策略、推销、广告和公关以及各环节设计。例如宣传，订货和供货联系，不断开发新的送货餐馆等都是他的事。后者除了负责收银外，还兼部分财务。库房暂设三名工作人员。一是卡车司机，负责附近提货和餐馆送货。二是库房管理员，负责收货发货、盘点，每天给公司货物清单，当好公司进货、出货的参谋。三是库房工人，负责为卡车司机准备好当天各家餐馆要送的货物，为门市整理货架、补货，做某些货物（如零售蔬菜）的包装、整个店的清洁卫生。在经营的项目方面，黄蔚准备第一阶段以干货和蔬菜为主，附带一些日常的美国店食品，让客人顺便选购。等有了一定基础和经验，再增加肉类等副食品。

当黄蔚把他的设想和叶贞谈时，得到叶贞的支持。

店面租下来后，Maggie 男友 Rodger 的包工队帮忙做了装修。冷冻设备、货架安装好，各种货物送到提到。开店前一晚上，大家忙了个通宵达旦。第二天，Asian Market 在鞭炮声中开业。副经理兼销售员林黎的工作没有白做，开张第一天，大排长龙。当然有些是前来捧场的熟人和朋友。同时也跟新张 10% off 有关。

面对熙熙攘攘的人流和热闹的店堂，黄蔚稍稍有几分激动。但另一方面，他感到肩上的担子更重了。

2

下午，黄蔚正在餐馆做账。一个胖胖的年轻人进了店并向他走来。“表哥。”来者笑着叫了一声，黄蔚抬起头：“云生，什么时候到的?”黄蔚说着放下账目，站起身。两人走到角上一张桌子旁坐下。黄蔚给表弟倒了茶水，热情地问道：“出差还是办事?”

“表哥，我有事特地来找你。我准备在 Virginia 买一间餐馆，想请你帮忙去看看。”

“怎么，想改行了?”

“向你学呗。看你，赚多少钱。做上班族工资有限，扣下税来没有多少了。永远发不了。”

“做实业也不容易。”

“不管怎样，你一定得帮我忙。”

说实话，对这位表弟，黄蔚可帮过不少了。人称“小胖”的钱云生是黄父一位表姐的儿子。几年前，黄蔚为他联系，办理各种手续，到美国来念书。他的专业是药理研究。硕士毕业后，目前在 Virginia 一家公司工作。他为人处处爱耍点小聪明，所以人事关系还处理得不错。但踏实性就比较欠缺。他在家是小儿子，从小娇生惯养，吃苦耐劳精神几乎没有。到美国后，由于有表哥这棵好乘凉的大树，各方面也很顺利，反正遇到问题就找表哥。黄蔚对他却是处处照顾，就像亲弟弟一样。看见黄蔚做餐馆不断发展，不久前又开了杂货店，钱云生心想，黄蔚一定赚了大钱。自己做研究多辛苦，有时下了班还在思考。天天担心，恐不出成果被公司解雇，对老板是一百个小心翼翼，又怕公司前景不佳而裁员，压力实在不小。要是开餐馆赚了钱，何必吃这种苦。太太也不用外出打工。他早就想买一间餐馆干干。

黄蔚这几天餐馆、杂货店里外正忙，但表弟的事不能不管。经钱云生一再要求，只得交代了 Maggie 和林黎，二人当日就动身，直奔 Virginia 而来。

第二天，他们看了钱云生想买的那家店。这是一间中等偏大的餐馆，独立屋，前面两个长形餐堂，中间设酒吧。还有一个宴会厅。后面是厨房、仓库。餐堂上面有楼房。房子和设备八九成新。餐堂布置得十分漂亮。“楼上将来可考虑建成一个专门的大酒吧。你看内部楼梯直通厨房旁边，外侧另有大的楼梯和门。”钱云生说。

“餐馆本身不错，你扩建酒吧的想法也很好，只不知生意情况如何，这里各方面的条件是否能把生意做起来。”

“我了解过一下，餐馆位于 Downtown，办公室人员很多，周围居民也不少，相信有生意可做。”

“主人为什么要卖店呢”

“据说他们要回台湾。”

“云生，这是一家较大的餐馆，投资不小，各方面要非常小心。因为我在这里不能待得太久。况且一两天也解决不了实质性问题。我打算留下几条，你把这些问题彻底真实地弄清楚了，我们再商量吧。”

钱云生历来很佩服黄蔚。他在心目中常常把黄蔚当成楷模。尽管这次他比较急，原因是店主人告诉他还有别人想买。但他还是认为黄蔚说得对，准备安下心来一条一条照黄蔚要求的去仔细了解调查。

没有几天，钱云生就把黄蔚要求的答案电传过来了。从不算少的页数和字面看，钱云生是花过一定功夫的。例如附近市民的人均收入一项，他曾跑到 City Hall 设法调查了解，数字应当是准确的。综合各方面的资料，黄蔚认为：以钱云生调查了解的情况基本属实为前提，这个餐馆如果他做，凭着几年在餐馆业打拼的经验，也许能做得起来。但对初出茅庐的钱云生来说，他没有把握。他把自己的想法如实地对钱云生说了。在重大问题上，黄蔚从不含糊，他要对表弟负责。

两天后，钱云生又找上黄蔚。这次他要求同黄蔚合伙做这个餐馆，他请黄蔚带带他。并说从他的资金来看也不够，原本还打算向黄蔚借。钱云生的要求，大大出乎黄蔚所料。他想，亏表弟想得出来，这不是给他出了一道难题吗！但钱云生非常恳切地找他谈了多次，使重感情的黄蔚不得不受到感动。他终于回答可以考虑，这使钱云生高兴万分。

一连几天，黄蔚一直在考虑这个问题。有两点是吸引他的。一是做这个餐馆有些符合他连锁店的计划；二是钱云生把楼层改为大酒吧的设想他很欣赏。他早就有想试一下酒吧生意的念头。他看到，大部分美国人喜欢喝酒，有事无事，都爱到酒吧间泡一阵子。如果在酒吧再弄点卡拉 OK 什么的，估计会有相当的生意。而餐馆附设酒吧的客人，很多也会 order 一些饭菜，这就又增加了餐馆的生意量。但是马上再经营一家店，从经济到精力，他都感到困难。

黄蔚把事情同叶贞和 Maggie 商量，两位女士都持反对意见。

叶贞说，这会不会犯了兵家“劳师远征”的大忌？Maggie说，眼下杂货店刚开不久，尽管生意不错，但是需一个稳定和向前发展的过程。黄蔚不能分散精力，影响了杂货店的事业。并且，华苑的很多业务都需要他亲自处理。她们的意见完全正确，黄蔚举棋不定。

钱云生多次来电话，他看出黄蔚正在犹豫，于是从大洋彼岸搬来救兵。一通表姑母的越洋电话，使黄蔚不得不答应了这件事。在六十多岁老人面前，他能说什么呢？他忍心让老人家哭哭啼啼吗。唉，拳拳慈母心。

“仁义”使黄蔚以勉强的心情去做这个起名为China Land的餐馆。他到了Virginia。一切事务顺利办理。由于餐馆不必做较大装修，从尽快产生经济效益着眼，餐馆很快开张了。开张前的宣传、广告，请记者写的推荐、介绍文章，广泛散发的外卖单子起了一定作用，生意不错，红红火火。在餐馆服务模式问题上，鉴于目前buffet以一种新的服务形式，显示出它的生命力，考虑午餐客人时间有限等因素，黄蔚定了餐馆中午卖buffet，让lunch往大众化方向发展。但他反复强调，dinner一定要走“高级路线”。我们要用最好的环境气氛、最好的服务和最好的食物，最大限度地逐渐把那些讲究享受的客人引进门，并把他们造就成回头客人、常客和老客人。只有这样，才有利于餐馆的生存发展。因此，晚上全部时间，一律点菜服务。他也把自己精力的绝大部分放在dinner。

看着 China Land 逐渐走上正轨，经理钱云生也对工作熟悉起来，黄蔚准备回 Boston 一段时间。华苑和亚洲市场很多事务等着他去料理。

黄蔚暂时离去，China Land 的大摊子一下落到钱云生肩上。实现了做餐馆的理想，几个月又拿到较多的钱，虽离投入的成本还远，但照此发展下去，成本归还用不了多久，钱云生好不得意。他自负地想，做餐馆其实不难，自己也是个做生意的料子。早知这样容易，当初自己一人做，现在不是百分之百完全赚了。他甚至有点后悔跟黄蔚合伙。目前黄蔚不在，急功近利的钱云生正想露一手，让黄蔚回来看看他钱云生也不是孬种。然而，钱云生未免过高估计自己。很多事情，看别人做容易，真要自己动手，可并非那么简单。作为一个餐馆老板，需要面对很多事情，很多关系，真正要把各方面处理得好，保证盈利，这是非常难的。像黄蔚那样，懂得做生意，有知识、有涵养，品质好，德才兼备的餐馆老板，实在找不出几个。一开始，厨房、餐堂很多事情问钱云生，他虽不是一问摇头三不知，可有的还是近乎答非所问，闹出笑话。一看就知，过去没有干过餐馆。忙的时候，他瞎指挥，大叫大吼。有时各处帮帮，可结果是越帮越忙。随时摆出一副老板架势，和一些员工搞得关系紧张。现在，只是要小聪明不行了。大家说他和黄蔚不能比。

一个星期五晚上，几个 waiter、waitress 不来上班。钱云生一阵发火，下令道："今晚卖 buffet。"

想不到那天晚上生意特别好。钱云生不和黄蔚商量，把以后星期五、六晚餐通通改成 Buffet。黄蔚回来知道此事，心中十分恼火。但他考虑，如果把钱云生责备一顿，非但不能解决问题，还会影响相互的感情和关系。事已至此，只能慢慢做他的工作。

一个星期天，黄蔚和钱云生都在办公室里，黄蔚笑着对钱云生说："我们来看看星期五、六两晚上的生意情况吧，这两晚挺忙的。"黄蔚拿出账单。堂吃，星期五 $3627.15，星期六 $4213.90。酒吧，星期五 $216.83，星期六 $273.16。再看看厨房报来的货款。黄蔚又拿出大厨丁师傅做的货款日报表："星期五，$1765.00，星期六 $1927.00。星期五货款占收入的 48.66%，星期六占收入的 45.73%。那星期五、六点菜服务时的情况又如何呢？随便看一周吧。堂吃，周五 $3498.75，周六 $3976.50。酒吧，周五 $978.34，周六 $1056.18。堂吃货款：周五 $1070.00，占收入的 30.75%。周六 $1138.00 占收入的 28.62%。表面看来，卖 buffet 生意量大一点，但它成本高很多，酒吧收入减少。伴随货款增加，各方面都要增加，结果怎样呢？经济效益减少，这是显而易见的。但它并非问题的关键。云生，最最重要的，星期五、六晚卖 buffet，那些需要 service 的好客人不来了，这才是我们巨大的损失。而吃 buffet 的客人也会因为吃腻而逐渐减少，那时我们就惨了。至于点菜的现状，还可以改进，它大有潜力，只要工作做到，相信生意量一定会提高。"

事实既在，钱云生不得不心服口服。他又一次钦佩黄蔚做工作的仔细。暗想，有这种作风不会不成功的。“那还把它改回来吧！”钱云生有些不好意思。

“让我们再努力把餐馆做得更好。”黄蔚面露欣慰之色。

第二十五章

1

华苑和 Asian Market 都有事，黄蔚星夜赶路。走不多久，雾气渐渐升腾上来。起先它轻纱般地笼罩大地，使夜色变得更柔美。但随着雾气愈来愈浓，天地连在一起，形成银灰色，朦朦胧胧一片，几步远处就什么都看不清楚。黄蔚打开高灯，小心翼翼地前行。大雾中开车他倍感吃力。前方，左边车道上，似乎有一辆车，用比他慢的速度走着。怎不是呢，黄蔚快赶上并渐渐看清那辆车了。这时，从后视镜上，他看到一辆长型 truck 直奔那车而来。作为美国主要运输工具之一的 truck，在高速公路上常常是横冲直撞的。因为他们重量大，行驶比较平稳。特别在下雨下雪的时候，它们不像一般小车容易打滑。雨雪之中，它们是佼佼者，更显得神气活现，耀武扬威。然而，truck 司机违章者不少，常有车祸发生。遇到 truck，黄蔚历来非常注意。当他看清那辆 truck 以较快的速度从左后方驶过来时，本能地减慢了速度，并稍稍往右边靠。那 truck 从他左边开过，但司机嫌前面的小车速度太慢，于是强行超车。由于 truck 车身很长，距黄蔚的车太近速度又快，当它换车道时，尾部一下子把黄蔚的车掀翻了，车被掀得老远。truck 司机却全然没有反应，扬长而去。

一辆后面的车目睹了这一惨状。车里人立即把车停在路边，打了 911 紧急电话。大约几分钟后，两部警车同时到达现场，又一分钟，救护车、救火车赶到，紧接着，直升机抵达。人们紧张地展开抢救处理工作。几名警察维持现场秩序，指挥交通。两名警察和打电话人交谈，详细了解情况。一名警察打开已被撞坏的小车，救护人员将已不省人事的黄蔚从车内挪到担架上，接着输液、输氧、量血压，包扎，然后送入直升机。

2

黄蔚处于昏睡之中，叶贞日夜守护身边。在旁人眼里，她是一位多么贤淑、体贴的妻子，然而她并不是妻子。面对眼前孱弱的挚友，她悲伤，难过，担心，但更多的是爱和同情。她要为他做自己能做的一切。这种时候，她自然地又联想到他的妻子。和黄蔚相处，她看到，尽管天各一方，但黄蔚对吴菁的深情依然如旧。这常使叶贞对她有一种羡慕甚至是一种友好的忌妒。现在，应该是他最需要妻子的时候。如果等他醒来，能看到她在身边，那对他的身心将有多大的好处啊。而作为妻子的她，如果在这种时候不能在丈夫身旁，那将是一生中多大的憾事。想到这里，叶贞急忙往医院办公室跑去。

医院出具了病危证明。叶贞奔赴移民局为吴菁母女办好同意立即入境的文件。她又电话联系上吴菁。吴菁接到叶贞 Fax 过来的文件，顺利办好各种手续，当即飞往美国。这一切是那样神速，也许上苍也怜悯他们太久的分离而大发慈悲。也许叶贞处处以人道主义精神作为感召，唤起了一个又一个美国人的恻隐之心。也许…… 但所有这些，无一不是叶贞巨大心血和汗水的结果。

3

接机厅十号门前，叶贞等待着吴菁到来。她们素昧平生，吴菁是什么样子呢？但从黄蔚的情况看，她一定不是普普通通的女子。至少在外貌上，必定非常出众。叶贞正沉思着，旅客们陆陆续续出来了。她们约好以吴菁手牵玲玲，玲玲头系一个粉红色蝴蝶结为标志。吴菁出现了，她不显得雍容华贵，但从秀美的五官到颀长的身材都给人一种异常漂亮和气质高雅的感觉。叶贞迎上去。吴菁眼中的叶贞，是那样清纯，那样秀丽，使她不觉想到一枝盛开的白玉兰。两个女人，为了同一个男人，她们没有猜忌，更没有敌意。有的只是同情，只是感激，只是期盼。

“黄太太一路辛苦了。”叶贞向吴菁伸出手接过吴菁较大的提包。

“叶小姐，万分感激，叫我吴菁吧。”叶贞又弯下腰去。

“玲玲，你好，累了吧。”

“快叫阿姨。”

“阿姨好。”叶贞另一只手牵了玲玲。三个人向行李厅走去。

“他怎么样了。”吴菁焦急地问。

“今天还在昏睡。你们先回家休息再到医院，我想玲玲就暂时别去吧。”

“不用了，还是先去医院。”

“我要见爸爸。”

4

吴菁一再要求，叶贞只好把车从机场直接开到医院。

医院病房里，输着氧，输着液，纱布缠绕的黄蔚安静地躺在病床上。当吴菁走进病房，见到黄蔚的那一刹那，她感到窒息，一阵眩晕差点倒下去。但她把手支撑在床沿上，用意志力强迫自己始终站立着。多年的分离，多年的思念，多年的奋斗，多年的苦难，想不到重逢在这小小的病房，付出的是如此惨重的代价。早知如此，为什么要到美国来。此刻，那早就强忍的眼泪，像决了堤的洪水，汹涌奔流。

“蔚——！”她扑倒在黄蔚身上。

“爸爸——！”玲玲也大哭起来。

泪水同样涌出叶贞的双眼。这时，黄蔚微微睁开双眼。

“他醒了。”叶贞惊喜的叫声使吴菁一下子抬起头来。医生、护士马上来到病房。

当吴菁和玲玲的面容出现在黄蔚眼里的时候，他百感交集，但说不出话来。只有眼泪泉水般地湿了缠绕的纱布。

“是叶小姐办好一切。”

黄蔚向叶贞投去像以往一样亲切、深情，但又增添了无限感激的目光。

医生护士在忙，吴菁帮着料理。叶贞知道，她可以暂时离开了。她还有什么不放心的呢？她只要祝愿黄蔚尽快康复。去给吴菁母女买点吃的，晚一点再接她们回家吧。